CW00860317

OSCURO FINAL DE LA CALLE

ANDREW MADIGAN

Traducido por
SEBASTIAN OBREGON

"Este libro está dedicado a nadie."

GOLPEANDO EL PAVIMENTO

Horvath se despierta ante el sonido de una cabeza golpeándose en contra del concreto afuera de su ventana. El sonido es apagado y hueco. No hay eco pero puedes sentirlo en tus dientes y huesos. Hay sonidos que pueden hacer a un hombre duro acobardarse. Había puesto un despertador la noche anterior, pero esto no era exactamente lo que él tenia en mente.

Al principio es como un bate de béisbol golpeando una pared de ladrillos a 90 millas por hora. Él piensa sobre esto y mira la preparación, el lanzamiento y la liberación. El impacto. Imagina la pelota, posteriormente, cayendo al suelo como si estuviese exhausta de un largo día de trabajo.

Luego mira los ojos muertos del hombre, el sudor, el doloroso rictus de su boca. Armas y piernas caídas como una muñeca de trapo. Y el otro hombre, montado sobre un cuerpo sin vida. Mandíbula apretada, ojos rojos, venas abultadas. Manos agarrando al hombre por las solapas, enrolladas como puños mientras lo golpeaban hacia la superficial implacable, una y otra vez.

Horvath tira sus piernas hacia el lado de la cama, se araña a sí mismo, bosteza. Enciende un cigarro.

Él estaba soñando con océanos profundos e infinitos desiertos solo algunos minutos atrás, y ahora esto. La vida no es un menú para cenar, piensa. No puedes escoger y decidir o colocar tu orden con una atractica mesera. No, te traen cualquier cosa vieja y te lo tienes que comer.

Dos más golpeteos de cabeza, pero el sonido es diferente ahora. Más suaves y más precisos. Como un melon de almizcle cortado a la mitad por un machete.

Puede escuchar al hombre afuera, respirando pesadamente. Puede sudar hacia el pavimiento, sangre agrupada bajo los cuerpos. O quizás sea solo su imaginación.

Y luego todo se vuelve tranquilo.

La fortaleza del hombre se había secado, como aceite de motor en una cubeta colectora. Todo lo que tienes que hacer es apretar esa nuez y todo sale rápidamente.

Horvath mira los brazos flácidos y las piernas gomosas. Incluso sus párpados están exhaustos. Él sabe como se siente el sujeto. Como si no hubiese dormido en años. Vacío, inútil, yendo en círculos. the limp arms and rubbery legs. Even his eyelids are exhausted. He knows how the guy feels. Like he hasn't slept in years. Empty, useless, going in circles. Continuaba en cigarillos, bourbon, y sopa fría que no se molestaba en recalentar.

El hombre cae, completamente cansado. Él ahora está extendido sobre su amigo como si estuviesen abrazados. Hace una especie de sonido, un suave gemido.

El otro hombre no hace ningún sonido.

Horvath se levanta, se estira, hace un chillido mientras la punta de sus dedos alcanzan el techo.

Un último soplo antes de que aplaste el cigarillo en la cenizera cuadrada de vidrio.

Mira al sillón reclinable, donde sus pantalones arrugados cuelgan sobre el espaldar. El cinturón aún está sujeto, arrugado a través de los broches como un brazo alrededor de la cintura de alguien.

Tiempo para vestirse. Él suspira hacia los pantalones grises.

Zapatos, camiseta, abrigo. Sin corbata.

Billetera, llaves, reloj de muñeca, monedas.

Encendedor, cigarillos.

Listo para irse.

El elevador es más que un ataúd. Pequeño, oscuro y sin aire. Depresivo.

Silencioso e inmóvil, los pasajeros son más como cadaveres que seres vivos que respiran. De hecho, la mayoría de ellos ya han muerto. Pero aún no lo saben.

Horvath presiona la brillante L.

Las puertas se cierran, y el elevador se mueve.

Los otros pasajeros, un hombre y una mujer, se bajan en el tercer piso.

Hay una abrupta grieta en el vidrio, como un relámpago brillante, y la plata está desvaneciéndose, así que más que una ventana es un vidrio para mirar. De cualquier forma, no le gusta lo que mira. Solía verse como aquel famoso actor, o al menos como su menos atractivo primo, pero ahora, cuando se mira en el espejo, Horvath mira el dibujo de un niño. El tambaleante conserje de una casa embrujada, o un hombre salido de un hospital días atrás.

Una deslustrada placa de latón dice EL EJECUTIVO en letra cursive que está tan ornamentada que es casi imposible de leer. Horvath se ríe silenciosamente. Ningún ejecutivo se quedó en este basurero, al menos en los últimos 20 años de cualquier forma.

Este es el tipo de hotel donde las personas no se quedan la noche. Se quedan por una hora, o viven aquí por semanas, meses, quizás años. Algunos mueren aquí. O se escondeen hasta que es seguro, luego se visten y caminan por la calle con un brillo en su caminar, silbando una vieja tonada hasta que alguien se acera por detrás de ellos y clava un cuchillo en su espalda.

Enciende su cigarro en el momento exacto que observa el letrero de NO FUMAR. De hecho, dice N_FUMAR. La O se ha derretido, incinerada. Y el resto del letrero está cubierta de quemaduras de cigarrillo, como un ama de casa abusada que va a hacer algo uno de estos días.

LOS HOMBRES MUERTOS SON MÁS PESADOS QUE LOS CORAZONES ROTOS

Aún está oscuro.

El cielo es gris, como una calzada después de que llueve.

Como esos pantalones de franela mi jefe solía usar. Se detiene en el borde y hace un giro pensativo, mirando a través de la ciudad durmiente.

Sr. Lazlo. Gerente Regional Asistente de Dominion Enterprises. Leslie Lazlo. El Viejo Les.

Siempre usaba un sombrero, llevaba un paraguas. Y esa estúpido alfiler de corbata. Que imbécil.Ese fue mi último trabajo real. Gran Alivio, dice, sin estar seguro si en verdad lo quiere decir.

Mira a su reloj. Nunca estoy en el horario correcto. Antes del amanecer, o aún despierto cuando el sol sale.

Nadie está alrededor. Las calles están vacías. Hay un cable de teléfono a través del camino, recto y alto como un dedo alzado a los labios pidiéndote que estés tranquilo. Incluso las ratas y ratones se han escapade hacia algún lado. No quieren estar cerca cuando los policías lleguen aquí. Tienen mejores cosas que hacer que beber café rancio y repetir la misma historia cien veces hasta que los detectives estén satisfechos.

Horvath camina alrededor hacia el lado del edificio.

Nada se mueve en el alrededor aquí, nada aún, pero de alguna manera puede sentir los camiones de periódicos deslizándose a través de las calles con baches, panaderos amasando masa, una transeúnte anciana poniéndose un gorro de noche y diciéndose a sí misma una historia para dormir. Su vista es tán Buena que puede ver cosas que no están ni siquiera ahí.

Él camina media manzana hacia el lado oeste del hotel y da vuelta a la derecha hacia un callejón. Colchón manchado, basurero azul, algunas bolsas de basuras alrededor de él. El aroma de leche descompuesta e incluso más ajo podrido. Una puerta mosquitera se cierra abruptamente.

El cuerpo se sienta ahí tranquilamente e inmóvil, como si tuviese su retrato pintado.

Pero no hay ningún artista por aquí, ni siquiera alguien con una boina.

Horvath camina a través del callejón. En su mente el suelo estaba hecho de concreto, pero en realidad era asfalto. Él encuentra esto perturbador por razones que no entiende.

Las suelas de sus zapatos se pegan al alquitrán pegajoso.

La rigidez está en sus pies ahora. Él mira hacia el tercer piso y mira la marca de tiza en el cristal de su ventana. McGrath le enseñó eso. Así que siempre sabes donde estas, incluso cuando estás en el exterior mirándolo.

Un último arrastre antes de mover el trasero en contra de la pared de ladrillo. Se encuentra cerca de un par de latas de aluminio viejas, paradas como una pareja de ancianas discutiendo por un pedazo de fruta en el mercado.

Él camina hacia el basurero y abre la cubierta.

Horvath empuja las mangas de su chaqueta algunos centímetros, se inclina, y toma al sujeto por las muñecas. No está mal, él piensa. 180, 190. Continúa recordando una alfombra enrollada en Cincinnati, algunos años atrás. Su espalda inferior lo recuerda también.

Él arrastra el cuerpo hacia el basurero, pone sus manos en sus caderas y toma algunos suspiros. Estoy muy viejo para esto. Este tipo no es un maniquí barrido y yo no estoy en el IV escuadrón de fútbol.

Desciende hacia abajo, como juez de línea deensivo. Le toma esfuerzo, pero logra levanter el cuerpo sobre sus hombros. Tómalo suavemente. Levántalo con tus piernas. Ahí lo tienes. Él sonríe y lanza el cuerpo a la boca de un basurero. Tengo algunos pocos años buenos en mi aún.

Me sentaría bien un shot de whisky, un gran cinturón inmóvil.

Este es el coro a esa canción que está atrapada en mi cabeza.

Toma algunas bolsas de basura, algunas botellas de cerveza, un tapacubos, lo lanza todo en el basurero. Periódicos, tazas de café, un paraguas roto que se ve como un cuervo muerto. Tres pilas de revistas viejas unidas con un cordel desgastado. Una bolsa de papel con envoltorios de hamburguesas adentro, hechas una bola y arrugadas como la semilla de una ciruela.

Toma un vistazo al basurero. Hay una lona salpicada de pintura a los pies del sujeto. Se recuesta, lo toma, lo pone sobre sus piernas, que aún estaban visibles bajo la basura. Ahí. No lo puedes ver ahora. Básicamente no está aquí. Con alguna suerte, los hombres de la basura no lo encontrarán y llegará al basurero municipal sin que nadie se entere.

Horvath mira hacia sus manos. Están cubiertas en una pegajosa capa de sangre y algo que lo hace pensar en yemas de huevo. ¿Pus? ¿Órganos internos? No sabe mucho acerca de los trabajos internos de un cuerpo humano pero se lo imagina como una pequeña maleta, cada elemento empacado ornenada y limpiamente, todo en su lugar apropiado. Las medias durmiendo dentro de los zapatos, camisetas limpias encima.

Huele sus manos, pero eso no le dice nada, así que las limpia en sus pantalones.

La factura de la secadora. Intenta no pensar en ello.

Despierto ahora, el sol está comenzando salir por las persianas, y Horvath ya ha pasado por un día entero de trabajo. O al menos eso parecía.

7

El hambre es el puño de un extraño golpeando insistentemente a la puerta.

Se dirige a la parte alta de la ciudad y para en la cafeteria en la Quinta y De Lucca por tocino, huevos y dos rebanadas de tostada crujiente. Se lo ha ganado.

OJOS DE COLOR FALSOS

Hojea el menú, solo para asegurarse.

La mesera, cuadernillo verde en mano, hombros caídos.

"Tendré el #37." Señala al ítem, aún cuando ella no está mirando.

Ella asiente, garabatea en su cuaderno, camina hacia el mostrador.

El cocinero está volteando un sartén. Mira a Horvath. Aún es temprano, pero su delantal está tan sucio como el de un carnicero al final de un día duro de matanza.

La enfermera grita, golpeando el papel endeble sobre el carrusel de plata.

No hay nada que hacer mientras espera por el café, ni siquiera un periódico abandonado para leer.

Horvath está buscando una distracción cuando ella aparece. Lo primero que nota es la punzación de tacones de punta en las baldosas.

Se sienta en el mostrador, cuatro taburetes hacia abajo.

Mueve sus ojos sin virar su cabeza. Falda azul de medianoche, apenas arriba de la rodilla. Está envuelta apretadamente a su cintura. Como manos ásperas alrededor de tu garganta, él piensa. Blusa amarilla, delicadamente abotonadas al cuello. Pero no hay nada delicado en sus ojos, que te dice que sabe que todas las palabras de cuatro letras incluso si no las va a decir en voz alta.

Ojos verdes pálidos con una banda de gris alrededor del exterior. Labios rojos, como todo espacio en una ruleta. Pelo oscuro café atado en la punta, con algunos mechones sueltos dejando ver la parte trasera de su cuello. Uñas pintadas en el mismo rojo casino.

Parece familiar. ¿La conozco?

Hojea a través de un Rolodex de caras de mujeres, pero no encuentra nada. Las caras comienzan a verse iguales.

No esta,de hecho . La recuerda. Se destaca como un payaso en un funeral de estado. Una verdadera rompecorazones. Sabe que la miro aún cuando no puede verme. Puedo leerlo en sus hombros, sus piernas cruzadas, en los dedos finos tocando ese broche atado a su blusa.

El café ya llega, eventualmente. Como el galope de caballeria después de que todos los soldados a pie han sido asesinados.

Horvath intent recordar si alguna vez tuvo el corazón roto. No lo cree. Mis brazos han sido fracturados. Algunas costillas. Clavículas y nariz, pero ningún problema del corazón. No me quedo por mucho tiempo. El sueña un sueño que estaría muy avergonzado de confesar, incluso a sí mismo.

Cuando la comida llega, la consume como si no hubiese comido por semanas..

Antes de que diga algo, él la siente inclinándose, siente el cambio en su respiración.

"Disculpe."

Se da la vuelta.

"¿Me puedes pasar la sal?"

"Seguro. Aquí tienes." Lo desliza a través del mesón grasoso.

Puede sentir al cocinero mirándolo. Sus ojos están sobre él, como el tapete mojado que utiliza para limpiar los derrames.

Pone sal a sus huevos, luego sostiene el salero con una ola. "¿Lo quieres de vuelta?"

"Quédatelo. Estoy bien."

Le dio un vistazo, dos veces. "Lana."

"Hola, Lana."

"No, *Lana*, como la actriz."

"Oh de acuerdo, ella."

"¿Eres un aficionado del cine?"

"No en realidad."

"¿Qué te gusta entonces?"

"Libros."

"¿Te gusta leer?"

"Sí." Trocea el tocino hacia su huevo, en una cama de huevos líquidos. Lo lava con café negro. Amargo, pero hace su trabajo correctamente.

"¿Qué te gusta leer, cómics?"

Se ríe, vira la cabeza.

Su sonrisa es tan delgada que casi no existe. Horvath piensa de maestros, políticos, y hombres de Dios. Siempre hablando, pero cuando tratas de entender sus palabras, no hay nada ahí. Todo se desmorona a polvo en tus manos.

"No, libros reales. *Literatura*."

"Oh, bueno. La-di-da. No sabía que estaba lidiando con un académico."

Se ríe, de verdad en este momento. "También me gusta el misterio, crimen, westerns..."

"¿Todo el paquete, huh? Bueno, te dejo en ello ". Ella hace una pausa. "Lamento molestarlo, profesor".

"No es ninguna molestia".

"Bueno, me alegra escuchar eso". Lana le da una sonrisa más grande, como si dieras un par de monedas a un vagabundo. "¿Cómo dijiste que te llamabas?"

"No lo hice".

"Lo sé."

Él baja un asiento y le dice su nombre.

"Te queda bien, supongo."

"Lo tomaré como un cumplido."

Sus cejas se arquean. "Si insistes."

Lana era una verdadera fisgona. Nadie podría discutir con eso. Pero hay algo en sus ojos. Horvath puede verlo, claro como el día, aunque intenta ocultarlo. Puede que me esté hablando, pero está pensando en otra cosa. O alguien más.

"Nunca te había visto aquí antes", dice.

"Nuevo en la ciudad." Ella asiente, toma un sorbo de té.

Limpia el resto del desayuno con la última tostada, que ya no está tan crujiente. El autobús Greyhound plateado llega a su memoria. Comió maní, leyó y miró por la ventana a través de seis estados idénticos. Cojines de asiento rotos y baños miserables de estaciones de tren. Teléfonos públicos vestidos con graffiti, con páginas amarillas que tiraban de un corredor y un cordón plateado sin recibidor al final. Todavía puede escuchar al hombre enjuto detrás de él, meciéndose en su asiento y murmurando para sí mismo todo el camino desde el condado de Bucks, Pe hasta Beckley, Virginia Occidental.

"Entonces, ¿eres un habitual aquí?" Horvath se traga los restos de su café.

"Sí, más o menos. Yo vengo a veces ".

"Bueno ..." Él paga la cuenta, con 25 centavos extra para la camarera. Por todo el trabajo duro que no hizo y todo el encanto que no tenía. "—Quizá vuelva en uno de estos días".

"Que suertudo que soy."

Ahora era su turno para una sonrisa estrecha, más un rumor que un hecho frío y duro.

TIENES QUE MOVERTE EN LÍNEA RECTA

Horvath sale y mira a ambos lados, pero no tiene idea de dónde ir.

Ha estado caminando mucho durante los últimos meses, desde que los hombres del repositorio le robaron su coche, un Chevy Bel Air del 54. Llegaron en la oscuridad de la noche, cuando él estaba jugando al billar en Duff's. Le encantaba ese coche, incluso si la transmisión está disparada.

No se siente él mismo, un extraño en una ciudad nueva. La gente camina un poco diferente, habla un poco diferente. Llevan un poco fuera de ropa, e incluso la forma en que beben café no es del todo correcta. Los edificios lo miran con desprecio, como si supieran algo que él no sabe.

Intenta mezclarse, pero no es fácil. Caminando por la ciudad, puede sentir sus ojos quemar su espalda. Saben que no es de por aquí. Su espalda duele y sus pies están cubiertos de ampollas. No ha usado huecos en el fotndo de sus zapatos, no aún de cualquier forma, pero sí se siente una pulgada y media más corto

Hombre vivo, las ampollas. Horvath se considera a sí mismo un cliente justamente duro, pero tiene la piel de un ternero. Rmando un barco, juntando hojas, caminando por el alrededor con nuevos zapatos, sus manos y se ponen hinchados-sus manos y piernas rasgadas al menor agravio.

HOMBRE CAMINA HACIA UN BAR

Horvath tiene tiempo para matar así que comienza a caminar hacia la parte alta de la ciudad, malditas sean las ampollas.

Es el comienzo de la primavera. El sol brilla, los pájaros cantan, las flores están floreciendo, todas esas cosas bonitas.

Estómago lleno, paquete fresco de cigarrillos, sol en su rostro. ¿Qué más desearía un chico?

Se detiene en una tienda de discos y comienza a hojear los álbumes alineados en los contenedores de madera. Ha intentado comprar el nuevo de aquel sujeto joven. Barbudo, mirada de acero. Washington Cualesquiercosa. Algunaotracosa Washington.

Un dependiente está pasando. Tiene una de esas miradas que Horvath no puede tolerar. Estirado, boca pequeña, mentón respingado, ojos desconfiales. Cabello que pasaba demasiado tiempo en frente del espejo, admirándose. Tenía lentes de marco negro, un pequeño bigote y un sombrero posado en el lado de su cabeza como un hombre que está a punto de salta de un edificio.

Detiene al dependiente, en contra de su mejor juzgamiento. "Disculpeme."

"¿Qué es?"

La forma en la que dice esto, sonaba más a *¿Por qué me estás molestando? Tengo cosas que hacer, lugares que conocer.*

"Estoy buscando un disco."

El dependiente le da una mirada quemimportista.

"Washington...algo. Joven saxofonista. También sax, tal vez."

El dependiente es silencioso, mirándose sus uñas. El tipo trabaja en una tienda de discos, pero piensa que es el Rey de Siam

"He oído cosas uenas."

"No tengo idea." El dependiente suspira. "Me refiero, Washington es un nombre bastante común, no lo sabes? Especialmente para músicos de jazz."

Tiene suerte que no haya bebido, Horvath piensa. Y que no estoy de humor para cualquier cosa dura

"Es el nombre de una ciudad, también." El dependiente camina hacia el cuarto trasero. Tiene dientes para pulir, líneas para memorizar.

Piensa de todos los Washingtons que han pasado. Sin carisma, olvidables pequeñas ciudades. Sucias, fétidas, cloacas llenas de ratas. Bestias ferales cubiertas en mugre y corrupción en lugar de pelaje. También está Washington, DC, la ciudad más sucia de todas.

Tienen toda una sección de Lester Young. Eso es un buen signo.

Toma el disco que Young hizo con Roy Eldridge y Harry Edison y se dirige a la cabina de escucha. Una rubia peróxida le sonríe del pasillo azul, peor no está en el humor para charlar. Y por la vista de ella, la conversación sería muy corta.

El primer lado comienza a dar vueltas. Cuando la aguja toca la ranura, Horvath piensa en un tranvía rodando a través de la ciudad en rieles de metal.

Lester Young podia soplar como otros hombres podían respirar. No seguía un camino. Cuando lo tocaba, era como un Chrysler conduciendo por el lado de una montaña. Siempre sentías que giraría fuera de control, aunque rara vez lo hacía.

No se molestaba con el Lado 2. No había forma que superara a la primera part.

A su salida mira a la rubia, que evaluaba a un hombre alto flaco mirando a discos de R&B.

El dependiente mira a Horvath y aprieta sus cejas como un par de erizos peleando. Bastardo barato, él piensa. Ni siquiera compré un periódico.

Es hora para beber asi que Horvath se da la vuelta y se dirige hacia la parta baja de la ciudad. Las calles son más sucias pero el whisky es más baraot. Esa es una gran ganga, en cuanto a él le concierne.

La Taberna de Smith. Los locale probablemente lo llaman Smittie's.

Empuja a través de la puerta principal y toma un asiento en el bar.

El lugar es oscuro, casi vacío. Es tranquilo y no hay muchas fotografáis en las paredes. Sólo la manera que le gusta.

Dos hombres jóvenes se juntan en la mesa por la ventana, cabezas juntas, usando rostros que tomaron prestados de una película de gángsters. Piensan que son un par de hombres duros. Mira un bulto debajo del brazo, donde cartuchera debería estar.

Una mujer anciana se sienta sola al final del bar. Mira al vaso vacío en frentede ella de la forma en la que verías el traje de un hombre colgado en el closet después de que hubiese muerto. Cae rápidamente y uno de estos días va a tocar fondo.

El bartender parado ahí, mirando a Horvath.

"Whisky, genial."

El bartender hace el movimiento más pequeño como si pareciese un asentimiento. Sigue esto al alcanzar la barra por una botella de whisky de Centeno sin quitar sus ojos del cliente.

"¿Tienes una rocola?" pregunta.

"No."

"Genial."

Le toma un par de segundos, pero el bartender sonríe

Toma algunas bebidas, pero no muchas. Necesita mantener sus ocurrencias acerca de él.

Él piensa acerca de ese disco de Lester Young. Hubiese sido lindo, pero está corto de dinero. Y le gusta viajar ligeramente. Sólo un idiota caminaría todo el día con una bolsa para comprar. Nunca sabiendo cuando la necesitarías en tus manos.

Después de la primera bebida, Horvath comienza a pensar sobre lo rígido que tiró en el tacho de la basura.

Me dijeron que habrían cuerpos. Esta es una mala ciudad, y todo el mundo sabe eso.

No era mi tipo. Eso tanto sé. ¿Pero quién era? No tenia identificación o billetera.

¿Qué tiene que ver conmigo? Nada, talvez. Puede ser una coincidencia.

Pero no, Horvath no cree en eso.

Pasó justo a lado de mi ventana. ¿Vieron la marca de tiza? ¿Estaban tratando de decirme algo? Quizás era un mensaje, una pequeña postal sellada en sangre.

Mejor me aseguré. Él alza su barbilla al bartender, quien lo ve peor no mueve una pulgada. Tiene un periódico en su guantilla, pretendiendo leerla.

Después de unos segundos largos, el bartender pone abajo al papel y camina bastante lento como si tuviese un yunque donde sus pies deberían estar. Bosteza, se recuesta hacia el bar, mira a Horvath con ojos como puntos de mira.

No dice nada de la manera que otros hombres dirían *Sí, mejor que esto sea bueno.*

¿Cuál es el problema con los bartenders?

"¿Qué necesitas, amigo?"

"¿Tienes una cabina telefónica?"

"Sí, en la parte de atrás." Sacude su cabeza sobre su hombro.

Horvath mira un callejón negro detrás del bar.

"¿Cambio por un dolár?"

El bartender le da el cambio, a regañadientes, y lo golpea en la mesa del bar. "¿Desea que le quite el aire de su vaso?"

"Seguro, que sea doble esta vez."

El bartender vierte la bebida, la empuja.

"¿Así que, Smith?"

Mira a Horvath con ojos muertos.

"Ya sabes, *La Taberna de Smith.* ¿Tú eres el dueño?"

El bartender agita su cabeza. "No hay ningún Smith, hasta donde yo conozco."

"¿Es solo un nombre, huh? ¿No significa nada?"

"Algo así. Un tipo llamado Childers dirige el lugar." El bartender apunta la doble mirada de sus ojos a Horvath. "¿Por qué lo quiere saber?"

"Solo curiosidad."

Los hombres están tranquilos ahora, pero el bartender no se aleja.

"Gracias por la bebida."

El bartender asiente, arrastra sus pies de vuelta a su papel.

Deja el whisky, se bajó del taburete, y caminó alrededor del bar. Uno de los hombres jovenes por la ventana miró por un segundo, pero luego volvió a su conversación. La mujer anciana ni siquiera nota que está ahí. Sólo sigue mirando a ese vaso vacío.

Dianas, máquinas de cigarillos, ceniceros que necesitan ser vacíados.

Gran cuarto vacío a la izquierda. Recuerda los viejos días, cuando las mujeres no eran permitidas en el bar. Tenían que sentarse en un lado del cuarto si querían una bebida.

Él camina a través del pasillo, decorado en moho inicial con acentos de Daño por Agua y Putrefacción de la Madera. Creo que llamarías al estilo Ecléctico. Mantienen las luces tenues para que no puedas ver lo decrépito que el lugar está.

Al final del pasillo, hay un rayo de luz proviniendo del cuarto pequeño. Pone su oreja a la puerta. Dos hombres están hablando, discutienod. Quizás haya tres de ellos. El silencio entra cuando terminan de beber.

El teléfono está en la pared, a su derecha. Pone un par de monedas y llama a Ungerleider, su contacto en la firma.

Es una llamada corta. Ungerleider no tiene mucho que decir

porque nunca lo hace. Para él, los gruñidos de una pareja son como una obra de Shakespeare. Horvath se mantiene corto, también. Él solo está cerciorándose. Diciéndole lo que sabe, que no es mucho, y verlo si no tienen nueva información. No lo tienen.

Cuelga y revisa la ranura por cambio. Vacío.

Los chicos en el cuarto trasero están todavía callados. Debe ser hora para callarse, reclinarse y beber. Sonríe. Después de un par de rondas estarán discutiendo otra vez, y luego los golpes entrarán en juego.

Enciende un cigarro y se reclina hacia la pared. Hay algo que no le dijo a Ungerleider. Él encontró algo en el callejón, cerca del cuerpo. Una pista.

Eso es otra cosa que McGrath le enseñó—siempre sosteniéndose atrás, por si acaso.

Además, él no está seguro que sea una pista, no aún. Él necesita hurgarse la nariz primero. La vida está llena de indicios que no llegan a más que callejones sin salida.

PASTELERÍAS & RED VELVET

Horvath regresa al Ejecutivo, se quita su suéter, y se recuesta en la cama. El colchón es viejo y flaco, y no huele muy bien, pero eso no le evita quedarse dormido.

Cuando se despierta el sol está tomando su propia siesta.

Horvath se saltó el almuerzo y durmió durante la cena.

Él camina hacia el lavabo, salpica agua fresca en su rostro, se seca con una toalla blanca áspera.

Tiempo para dar otro vistazo a esa pista, si eso es lo que es.

En los bolsillos de su pantalón, una pequeña hoja de papel. Azul pálido con líneas. Rasgada a través de la parte superior y doblada en cuartos.

Dice *R. Johnson*, con un número de teléfono local. Escritura Temblorosa. Un hombre, él supone.

Hay una guía de teléfono en la mesa de noche. La hojea. 14 Johnsons, pero ninguno con una R.

Intenta con el último número. *Johnson*, no hay primer nombre.

El número ha sido desconectado. Un callejón sin salida. No está sorprendido, pero usualmente le toma más tiempo antes que se quede sin opciones.

Tiempo para la cena. Le gustaría un filete grueso y papas horneadas. Quizás un tazón de estofado. Un par de whiskys, también. Toda esa comida necesitaría un baño.

Se viste, peina su cabello, y silba una tonada de Pharaoh Sanders mientras sale de la puerta.

En el elevador ve una tarjeta de negocios atascada en la esquina del marco del espejo. La silueta de una mujer desnuda sentándose en un gran vaso de martini. Él piensa acerca de la castaña con piernas largas de la cafeteria.

Presiona la *L* y espera.

El elevador se para en el Segundo piso, pero no hay nadie ahí.

Algo hace click en la mente de Horvath. Mira de vuelta a la carta.

La ciudad del Paraíso de *Ron Johnson's.*

R. Johnson. Saca el papel de su bolsillo y revisa el número. Es el mismo.

No fue un callejón sin salida después de todo.

Toma la tarjeta de negocios y la mete en el bolsillo del pecho de su chaqueta. Parece que tendrá que visitarlos.

Pero antes necesita un poco de combustible.

La cena es perfecta. Whisky fuerte y un filete a término medio que prácticamente usaba una campana alrededor de su cuello.

Su comida vino con arverjas a un lado, que hacía a Horvath sentirse como un fanático de la salud. Muy pronto, él piensa, estaré comiendo dientes de león y sentándome con las piernas cruzadas en una almohada.

Afuera, él camina a la esquina y saca su brazo.

Un taxi se detiene un par de segundos después.

Entra a la parte trasera, se reclina hacia adelante, sostiene la tarjeta de negocios. "¿Sabe dónde es esto?"

El conductor mira de reojo, mueve el mondadientes al otro lado de su boca. "Sí. En la parte baja de la ciudad."

"¿Cuánto tardará en llegar ahí?"

"20 minutos. Más con tráfico."

Horvath saca un par de billetes, los entrega al conductor. "Hágalo en 15."

"Así será, amigo."

El taxista no parece tener prisa. Se mantiene en el límite de velocidad, se queda en un carril, no sobrepasa a los otros amarillos. Pero 12 minutos más tarde hay un gran letrero brillante y esa mujer nadando como una aceituna en un vaso de martini.

El tipo sabía que no tomarían 20 minutos, o 30. Horvath agita su cabeza. Todos los ángulos están considerados.

Los clubes nocturnos están por donde mires. Toda la franja está cubierta de neón y luces parpadeantes.

Horvath sale del taxi y camina hacia la entrada brillante. Hay tanto vataje aquí que en el resto de la ciudad debe haber una escasez de bombillos.

Le da un dólar al portero y entra.

Hay un pequeño bar a su izquierda, parecido a un salon tiki. Mujeres vestidas en faldas de paja y flores en su cabello sirviendo cocteles con sobreprecio a vendedores gordos de Toledo y Jeff City. Él ha estado aquí un millón de veces, en otras ciudades.

Va directo, hacia un largo y estrecho corredor.

Al final está el lobby, con un guardarropa a la derecha. Una chica en una camiseta escotada está detrás de un mostrador de madera, sonriendo por propinas. Un sólo bombillo cuelga del techo, zumbando.

Hay fotos enmarcadas en la pared, pero no reconoce ninguna de las caras.

A la izquierda, un pequeño café o restaurante con media docena de mesas redondas. Un puñado de trajes grises están sentados solos. Comiendo, bebiendo, fumando. Nadie habla. Un candelabro pesado cuelga del techo como un mal recuerdo.

Asiente a la mesera con chaqueta y sigue moviéndose. Otro corredor, no tan oscuro.

Baño. Escaleras al Segundo piso. Clóset de Suministros. Cabina Telefónica.

Continúa caminando.

Mesa grande de codo, con una mesa de banquero. Al lado, una puerta y una cortina roja terciopela.

Un hombre grande en un traje oscuro y una frente abultada está parado ahí mirando embobado a Horvath como si los días de las cavernas todavía estuvieren en auge.

"¿Está...aquí por...el entre-te-ni-miento, señor?"

Este es el show, él piensa. Gorila en un traje que puede emitir palabras.

"Seguro. ¿Qué tipo de show es, exactamente?"

"Un bur-le, bur-le. Es una ...revista de variedades al desnudo, señor."

"Suena bien. ¿Cuánto?"

"Dos dólares."

Horvath le da algunos más. "¿El Sr. Johnson está esta noche?"

El sorprendente gorila hablador mira al lado y la derecho, pero sólo por un segundo. "No, señor."

"Oh, que mal. Dime, ¿Tienes algo más esta noche? Sabes, ¿Además de la revista de variedades?"

El hombre le mira como si estuviese hablando Griego Antiguo, o Inglés.

"Cualquiercosa...¿Algo más especial?"

El hombre le mira duramente y por un largo tiempo. "Nada como eso, señor. Disfrute el show."

Abre la cortina de terciopelo y Horvath camina adentro.

Las mesas son aún más pequeñas aquí, con una pequeña lámpara en el medio de cada una. La pantalla de las lámparas son rojo tercio-pelo, como las cortinas, pero con borlas dorada.

Es un cuarto enorme, del tamaño de un campo de fútbol.

Una chica de los cigarrillos camina sonriendo como si tuviese tres filas de dientes, quizás cuatro.

La anfitriona le saluda, le invita a una mesa. El dobladillo de su vestido de seda falso es tan corto que puede ver todo hasta Altoona, donde ella creció.

Recoge el menú de cócteles. Cuero falso, borlas doradas. Este lugar tiene tanta clase que tienen que apiñaro en bodega, o al menos eso es lo que quieres que piensen.

Cuando Horvath abre el menú y mira los precios, se pone su piel de gallina. ¿Quién paga tanto por una bebida? Jesús, espero que me reembolsen por esot. Alcanza al bolsillo de su chaqueta y saca un tarro de aspirina. Lo tuerce para abrirlo, agita un puñado a su palma, las tira.

"¿Quiere un chupito con eso, señor?"

Mira a la mesera, que está usando el mismo vestido que la anfitriona, sólo más corto. "Genial. ¿Tú eres el acto siguiente?"

"Puedo serlo."

Le sonríe, pero es el tipo de sonrisa que te hace querer darte una ducha después.

"¿Qué te traigo?"

"Honda de Singapur."

"¿Algo más, señor?" Su charola de bebidas está pintada de círculos mojados.

"No, eso estará bien. Si necesito algo más, hablare con el gerente de mi banco y pediré un préstamo."

Esta vez la sonrisa es limpia, y real. Casi puede ver a la chica que solía ser, antes que deambulase por este lugar.

La música comienza y, unos minutos después, las cortinas del escenario se abren.

Los hombres aplauden educadamente hasta que la bailarina sale pavoneándose en un vestido de lama dorado. Pelirroja pechugona con buenas piernas y una boca curel. Un tenue foco la sigue alrededor.

Sin advertencia, la música se hace más ruidosa y las luces del escenario explotan. Ahora puedes ver un montaje de tres parts en la esquina del escenario. El baterista se ve como si estuviese durmiendo. Un cigarro, colgando de la esquina de su boca, utiliza pijamas y un gorro de dormir.

El vestido dorado no se queda por mucho tiempo.

Los aplausos se hacen más fuertes. Algunos silbidos y chillidos.

El bikini de plata viene y se va.

Ahora está ella parade en paños menores, balanceando esas borlas como si su vida dependiese de ello. Y quizás lo hace.

Las borlas son doradas, como en el menú. Verdaderamente de clase.

"Aquí tiene, señor."

La mesera se mueve, por una propina.

Horvath desliza un billete a su palma.

"¿Johnson aún regenta este lugar?"

"No sabría responderle, señor."

"Déjame adivinar. ¿Sólo mantienes tu boca cerrada y sirves bebidas?"

"Bueno, hago más que eso."

"Me imagino."

La mesera alza una ceja, charola de bebidas vacía en su cadera. Está buscando por otra propina, o quizás un trabajo aparte.

"¿Así que quién es tu jefe? ¿Está cerca?"

"Lo siento, señor. Tengo otras mesas."

La mesera se aleja y la bailarina exotica se quita lo que queda de su atuendo.

La audiencia aplaude y silba. Los hombres se dan una palmada en la espalda. En verdad están viviendo la gran vida.

Un jaibol y dos bailarinas después, Horvath mira a la mesera a través del cuarto susurrando a un hombre bajo y fornido en un traje barato. Músculoso, por su aspecto.

Señala en su dirección y el hombre mira.

Hora de irse.

Un bailarín se desliza a través del escenario en una nube de cigarillo, o quizás alambres ocultos.

Se mueve rápidamente, pero no al nivel que no puedas darte cuenta. Cabeza abajo, manos metidas en sus bolsillos.

Pasando el guardarropa, acelera y piensa en McGrath. No cojas tu abrigo. Esa era una de sus favoritas. Nunca sabrás cuando debas hacer una salida rápida, así que viaja ligeramente y mantén tu abrigo cerca.

No es que necesite uno esta noche. Afuera, el calor ha bajado pero alguien subió la humedad a tope. Esta ciudad no es un picnic, eso es seguro.

No hay taxis en el borde así que da la vuelta a la derecho y comienza a caminar.

En el camino principal vira a la izquierda y se mezcla con la multitud. Las aceras están llenas de gente sonríendo yendo a ningún lado.

Después de tres manzanas se detiene y mira a la ventana principal de una tienda. Herramientas Squadrinis. Martillos y cinceles están de venta.

Parejas bobas están en sus talones. No el portero gorila, pero dos de sus primos. Chimpancés, quizás.

Quién quiera que sean, no son los mejores. Siguiéndome muy cerca. Mirándome directo a mí. Corbatas llamativas, como si estuvieran en Miami o en algún lugar similar. Trajes muy apretados. Podías ver sus cuerpos abultados como bocio. Agita su cabeza. Así es como atraes calor de los chicos en azul. Estúpido.

O quizás superen a la policía. Los tengo bajo mi mano. No hay necesidad para esconderse más.

Camina algunas manzanas, cruza hacia la luz, da una vuelta.

Los tontos tienen problemas en continuar. Están corriendo a través de la intersección, o intentándolo. Su especie sólo puede permanecer erguida por tan corto tiempo.

Aumenta el paso cerca de una calle cercana. Puesto de diarios, casa de empeño, tabaquera.

Es un bloque corto. Wino se destaca en la esquina como un letrero tambaleante de calle.

Después de la calle que cruza, él mira atrás. El musculoso ha rodeado la esquina. Es oscuro y las calles están repletas de de carros. Quizás aún no lo han visto.

Hace un rápido giro a la izquierda en el callejón.

Hay un farol, pero está quemado.

Las paredes de ladrillo en cada lado. Chimeneas. El callejón dirige una fila de tiendas pequeñas.. Carnicero, joyero, antros y restaurants foráneos. Él puede prácticamente ver los manteles rojos y azules, velas derritiéndose en botellas viejas de chianti. Pollos enteros colgando en las ventanas. Hombre viejo inclinado sobre una mesa de trabajo, lentes de contacto atascados en sus ojos.

Una puerta abierta, restaurante quizás.

Se encierra adentro, cierra lentamente la puerta. La ciera con llave y lanza el cerrojo de seguridad. Intenta no respirar tan alto.

Después de un par de segundos revisa sus alrededores. No es una cocina. No hay calor de los hornos, no hay ajo o cebolla, nadie ladrando órdenes. No hay espátulas raspando en sartenes o cuchillos golpeando en contra de tablas de picar.

Es oscuro pero sus ojos se están ajustando. Puede ver siluetas y sombras vagas. Cajones de madera, cajas de cartón.

Enciende su cigarro, mira alrededor.

Es una bodega, para una tienda o restaurante. Debe ser cerrado para la noche. Quizás es su día libre.

Cuarto pequeño. Estanterías de metal. Frascos y latas alíneadas en filas prolijamente alineadas, como soldados en un desfile. Un par de barriles de madera. Cajas apiñadas en el suelo.

Telarañas, botella grande de limpiador, rolloo de toallas de papel, balde, una gran pila de viejos trapos, escoba y recogedor. Dos tinas de 55 galones, hombro a hombro como un par de sacaborrachos afuera de un club nocturno.

Hay algo más, en la esquina. Una sombra negra. Horvath apunta el encendedor.

No está solo.

Cuando ella sonríe, sus dientes blancos son como una linterna en la oscuridad.

Espera un grito. O un golpe a la parte trasera de su cabeza con una llave de ruedas. Pero todo lo que recibe es una sonrisa.

La mujer china camina hacia adelante y se detiene a ocho pulgadas de él. Ella cruza sus brazos y lo mira de arriba y abajo, un bóxer a la altura de la competición.

Le da unas 85 libras, empapada. Ella no podría calificar ni siquiera como peso pluma.

La mujer no mide más de 1.50 cm. 70 años, quizás más. Viste una de esos atuendos de pijama negra que la gente le gusta usar.

Se reclina hacia adelante, susurrando. "Lo siento, señora. Sólo me escondo por un par de minutos. No quiero hacerle daño."

Se queda mirando, sin palabras.

"No te hare daño."

Se ríe ahora. Esos dientes brillantes son amplios hasta verse como un foco.

"Quieto." Él señala, alza un dedo a sus labios. "Hombres Malos. Vienen a perseguirme."

Ella asiente, pone una mano en sus hombros.

Ahora es su turno para evaluarla. Vieja y arrugada, todos sus huesos con una pequeña piel pintada. Pero con músculos compactos apretados y venas estallando por todos lados como un mapa de carretera. Se ve fuerte y resistente. Si Charles Atlas fuera una mujer china anciana, así es como si se mirara.

Se apiñan en la oscuridad y escuchan los pasos afuera.

Los tontos corren por arriba y abajo del callejón, paran a algunos metros de la puerta. Voces, respiración pesada. Están quietos por algunos segundos, probablemente buscando y conspirando su movida siguiente. Uno de ellos intenta la puerta.

Horvath los escucha marcharse, lentamente. No tienen prisa en regresar al club. Su jefe no está feliz cuando escucha las malas noticias. Sabe el sentimiento. Nadie le gusta irse a casa con las manos vacías y ser reprendido por el jefe.

La mujer comienza a hablar, pero pone una mano para detenerla.

Un minuto tarde alcanza al bolsillo de su chaqueta, saca un cigarillo, lo enciende, sopla humo al techo. "Gracias, señora."

"Sé como mantener mi boca cerrada."

"Esa es una buena cualidad en una mujer."

"En un hombre, también."

"En eso tienes razón." Alcanza su bolsillo por algunos dólares. "¿Nunca me viste, de acuerdo?"

Ella le despide con su mano, frunce su boca. "No necesariamente."

"Siéntete cómod."

"Tomaré uno de esos cigarillos, sin embargo."

"Seguro." Toma un par del paquete. "Aquí hay algunas para más tarde, también."

"Gracias."

Le enciende el cigarillo y fuman en silencio por algunos minutos. El cuarto de bodega sin ventilar se está volviendo denso con humo, pero no les importa.

LA COLINA DE HORMIGAS

"¿Estás hambriento?" ella pregunta.

"Siempre."

"Ven."

La sigue a través de una peurta de metal al otro lado del cuarto.

Están en un pasillo. Las baldosas del piso están viejas y rotas, las paredes necesitan pintura, y el techo necesita un poco de enlucido, pero el lugar está limpio.

La sigue por el salón, a través de un par de puertas. Un trapeador se reclina en la pared como un hombre anciano tomando un descanso con un cigarrillo.

Ella se detiene, saca un anillo metálico de su bolsillo, busca la llave correcta sin mirar, y abre una puerta. "Ven. Arriba."

Las escaleras son tambaleantes y las luces no están ayudando, pero él continua caminando.

La puerta encima de las escaleras también está cerrada, pero ella lo deja entrar.

Mientras su mano entra a la perilla, Horvath escucha un sonido vibratorio bajo, como un zumbido de cables eléctricos en una caja de transformadores.

Él camina a un vestíbulo pequeño. Sólo más adelante, está una entrada que da a un gran cuarto con un enorme techo. Él procede a entrar.

No hay luces por encima de la cabeza, pero lámparas pequeñas que lo están viendo desde varios puntos de la habitación. Hay luz natural también. Velas y cigarrillos brillantes.

"Vivo aquí. Todos lo hacemos."

Horvath mira al alrededor. Es un almacén viejo o taller clandestine que ha sido dividido en miles de pequeños cuartos, quizás más. Ninguno más grande que el depósito de la planta baja, y la mayoría de ellos más pequeño. *Casa* es definitivamente la palabra errónea. *Apartamento* sería una exageración. *Espacio vital*, tal vez. Si lo puedes llamar vivir. *Casucha* es la palabra que me viene a la mente. Algunos de los más modestos compartimientos no tienen paredes sólidas. Son más como gallineros glorificados

"No estoy seguro que este lugar cumpla el código."

Se ríe. "No, No lo creo."

La mujer se desliza a la ciudad de cuartos improvisados y entra a través de una entrada delgada. Tiene que entrar de costado, meter su estómago, y estrujarse hacia adentro. La mujer mira atrás y mira, pero no se ríe. Ella está bien según su libro.

La conversación es ensordecedeora. Miles de personas sentadas inmóviles, intentando no hacer mucho ruido. No hay lugar para respirar.

Da vuelta a la derecha, izquierda, izquierda. Trepa por una escalera de madera, que también es la pared de algún cuarto. Horvath mira al hombre adentro, comiendo fideos de un tazón negro agujereado. Se sienta con las piernas cruzadas en el piso y viste una camiseta sin mangas blanca. Su espacio es pequeño y limpio, casi meticuloso.

El segundo piso está más atiborrado y el techo es tan bajo que se tiene que agachar. Ahora se siente como el simio. Pero nadie mira o se da cuenta mientras se escabullen por el laberinto, aún cuando es la única cara blanca alrededor.

Otra escalera. Hacia el tercer piso.

Se para en frente de una puerta sin pintar de madera contrachapada y la abre. Horvath agradece a Dios o a quien este a cargo aquí que ya no hay más ascensos.

Ellos caminan adentro.

Horvath se siente como un gigante. Las paredes se están cerrando y comienza a sudar incontrolablemente. Ha perdido el aliento de escalar la colina de hormigas humana.

Se ríe, moving libros y almohadas fuera del camino para hacer espacio. "Déjame traerte agua."

"Gracias."

Se pregunta que tan alto tienes que escalar para ir al baño communal, si hay uno. La mujer vive en un solo cuarto. Ningún clóset o gabinete. Ninguna hielera. Ningún ventilador, a menos que cuentes el doblado que tiene en su mano. Él puede tocar casi cada pared de donde se está sentando, y el cielo no está muy lejos del alcance. Él recuerda una caminata por el tercer piso en Astoria, que no parece tan mal ahora. Un baño y lavabo, sin escaleras para escalar.

"¿Qué quieres comer?"

"Cualquier cosa está bien. Lo que sea más fácil para ti."

"¿Te gustan las sobras?"

"Es lo único que sé cocinar."

Le abofetea y sonríe, metiéndose uno de sus cigarrillos a su boca.

Él lo enciende, y uno para él.

Ella sopla un anillo de humo perfectamente y sostiene su cigarillo. "Buen sabor. Gracias."

"Cuando quieras."

"De vuelta en un minuto."

Se desliza hacia afuera y trota hacia el salon hasta que Horvath no puede escuchar las suaves pisadas. Debo ser tan ágil a su edad,piensa.

Demonios, a mi edad.

Unos minutos más tarde la mujer regresa con un tacho de metal en sus manos. Saca una placa calefactora, toma un wok que cuelga de la pared, tira un poco de aceite de cocinar, y vacía el tacho en el wok.

"Tenemos cocina aquí abajo, pero la placa calefactora es buena para recalentar."

Él asiente.

Pronto, la comida está crepitando.

"Huele bien. ¿Qué es?"

"Huevos Fu Yung."

"¿Qué es eso?"

"Huevos, cebolla, zanahorias, chícharos...plato famoso chino."

Revuelve la comid a un par de veces, espera, luego la deposita en dos platos.

"¿Más agua?"

Agita su cabeza diciendo no.

Ella le pasa un tenedor pero agarra palillos para ella.

Comen en silencio. No hay música, no hay conversación. Él se siente en casa.

Ella engulle la comida con una expression seria, como un académico devorando libros viejos. Ambos acabaron en menos de dos minutos.

"Gracias. Eso estuvo bien."

Ella se inclina.

"¿Cúal es tu nombre, de cualquier forma?"

"Fang. Eso es chino para agradable. O planta que huele bien."

"Significa algo más en Inglés."

"Lo sé." Se ríe.

Le dice a la mujer anciana su nombre.

"¿Qué significa?"

"No lo sé. Nada, probablemente."

Horvath enciende un cigarrillo, le pasa uno a Fang.

Ella lo enciende de una vela roja corta invadiendo un Buda de cobre. "¿Bebes?"

"Por qué no."

Ella alcanza a una caja de madera en la base de su cama, que es

34

un colchón delgado apiñado en la esquina. Fang sostiene una botella de lícor puro y lo vierte en tazas de cerámica pequeñas.

"¿Qué es?"

"Bebida china. *Baijiu*. No sé la palabra en inglés para eso."

"Quizás no la haya," él dice. "Salud."

Chocan sus vasos y beben. Es fuerte. No es bueno, pero fuerte.

"¿Le gusta?"

"Hace el truco."

"Uno más, para la suerte."

"¿Es eso lo que dicen en China?"

"No lo sé, pero yo lo digo."

Su sonrisa es una luminaria. Horvath se siente como uno de los bailarines en la revista musical.

"¿Tienes alguna familia aquí?" él pregunta.

"No."

"¿Qué haces para trabajar?"

"Limpio este lugar. Y la parte de arria."

"Los baños deben ser un desastre, con toda esta gente..."

Ella lanza ambas manos. "No me lo recuerdes."

"Bueno, mejor me voy. Gracias por la comida, y por todo."

Ella encoge sus hombros.

"Ten, mantén el resto." Él tira un par de cigarillos en una mesa. "Y si necesitas algo, estoy en eel Ejecutivo."

Ella asiente mientras él se para.

Horvath se desliza de la habitación y ella alcanza la botella.

TREN NOCTURNO

Regresa al depósito sin demasiados giros equivocados. Antes que abra la puerta hacia el callejón, se para y escucha. Nadie está ahí. Es seguro.

De regreso al camino principal, da la vuelta a la izquierda y se aleja de Paradise City. El músculoso debe haber desaparecido para este momento, pero no tiene sentido arriesgarse.

Las aceras y las calles están abarrotadas. Nadie duerme en la ciudad, él piensa.

Cruzando una intersección ajetreada, se tropieza en lo que él cree que es un adoquín de granito. Pero no, es una vía de metal. Él mira. Cables de contacto corren encima, como diálogos en las tiras cómicas. Él mira al alrededor pero no hay parade del tranvía. Quizás ya no circulen más.

Él se sigue moviendo. No hay más bares o tiendas. Sólo algunas casas solitarias, con césped muerto y buzones reclinándose como borrachos de esquina. Una bomba de aire oxidado de bicicleta está sobre la curva, como si esperara por una vuelta. Las afueras de la ciudad se acercan.

Más adelante, hay una plataforma elevada. Por supuesto, el subterráneo mató los tranvías.

Él rebota la escalera de metal. La plataforma está vacía, y no hay señal de un tren.

Horvath camina cerca a las vías y mira sobre la ciudad. Horizonte, azoteas, heces de paloma, torres de agua. Él recuerda dormir en un techo cubierto de alquitrán cuando era un niño. En las noches calurosas de verano su cuarto era un horno.

Los cuervos son manchas sobre el cielo azul oscuro. Un dibujo de un niño.

Él piensa de que lo trajo ahí, a esta ciudad moribunda.

El tren debería haber llegado. Revisa su reloj. ¿Está la estación cerrada para reparación? No hay anuncios publicados.

Que mal que no lleve un termo.

Él puede verla clara como el agua, como si estuviese parada ahí en la plataforma. La mujer de la cafetería. Lana. Sus piernas son largas y esbeltas, pero maravillosas. Podrían hacer a un hombre volverse loco, o al menos olvidar qué estaba haciendo por un par de minutos.

Ya ha pasado casi media hora. Algo está mal.

Se va a dar la vuelta e irse cuando los vea. Los tontos están caminando lado a lado acechándola en las sombras por la escalera.

¿Planearon esto? Demonios, no controlan el horario del tren, ¿O sí?

¿Hay otra salida? No, sólo un conjunto de trenes.

Horvath mira de arriba a bajo las vías, en el techo cubierto de la estación. La plataforma no es lo suficientemente ancha para huír de ellos.

Los gorilas están acercando. Él puede oír sus puños acercándose. Sólo hay una salida.

Salta la plataforma y corre a toda velocidad por las vías. Trepa al otro lado, corre por la plataforma, y toma las escaleras.

Los tontos están detrás de él. Sus zapatos golpean fueremente contra el concreto como si fuse un sustituto para su cara.

En la calle, va a la derecha y se dirige de vuelta a la ciudad.

Hace algunas vueltas, baja la velocidad.

Edificios de apartamentos, cerrajero, eléctrico, cabaña de ciervo canadiense, cafetería.

Hay un bar en la esquina. Dom's. Las luces están prendidas pero no puede escuchar nada. Las calles están vacías ahora

No puedo oír a los tontos más así que para de correr, entra a un callejón.

Rebusca sus bolsillos pero no puede encontrar sus cigarrillos. Eso es. Se los dio a Fang.

El callejón es oscuro y estrecho. Paredes de ladrillo se alzan a cada lado de él, que lo hace pensar en los hombres pisandole los talones. Lo hace pensar en otras cosas también. La vida se le está cerrando.

No hay letreto de No Parquear en la pared. Un farol le mira.

Horvath cruza el callejón, se esconde detrás de un basurero. Se agacha para quedar fuera de al vista

Él no escogió esta vida, no en verdad. Sólo cayó en su regazo. No tuvo una opción en el asunto, o al menos eso se dice a sí mismo. A veces se siente como un tipo duro. Peleas a puños, ojos negros, heridas de puñaladas, puestos de vigilancia. Cazando a hombres. Buscando información para la firma. Pero no se siente fuerte ahora, acobardándose junto a un basurero en un callejón inmundo.

Después de 20 minutos decide que es seguro, y que sus rodillas no pueden soportarlo más. Se para y camina lentamente fuera del callejón. Si hay algo que ha aprendido a lo largo de los años, es como moverse sin hacer ningún sonido.

Las calles están más calmadas ahora, como un cementero.

Un gato corre bajo un Ford, mirándolo con recelosos ojos amarillos.

Un hombre se tropieza en el bar cruzando la calle, llama a un taxi que no está ahí.

El viento sopla y una lata de aluminio rueda el asfalto como una rechinante nube del desierto.

Él continúa caminando al centro de la ciudad. El Ejecutivo está a 20 minutos, a pie. Los taxis están probablemente en la cama para este momento, soñando con hermosas mujeres y alfombras mágicas.

Es casi pacífico, una caminata tranquila sin nadie alrededor. No hay carros pitando, no hay mujeres chillando, no hay idiotas intentando actuar fuertes. Él a veces sueña que el día pudiese ser como la noche.

Una sombra se mueve en la entrada de una tienda de abarrotes, y ahí están.

Ellos bloquean la acera, manos en la cadera.

"Oh, vaya. Son los arrastra nutrillos. ¿Cómo están amigos?"

No responden. Uno de ellos aprieta sus nodillos.

"Pensé que estarían en la casa del árbol para este momento. Colgándose en lianas, comiendo bananas. Quizás despulgándose el uno al otro."

Los tontos muestran sus dientes y flexionan sus músculos del cuello al mismo tiempo, como si fuiese una rutina de baile.

"Deben estar felices. El cuidador del zoológico dejándolos salir de la jaula por tan largo tiempo."

Horvath se ríe, pero todo es fanfarroneo. Está haciendo tiempo.

Sería buen momento para llevar un arma, él piensa. Pero McGrath era claro acerca de eso. No armas de mano. Ellas causan más problemas de las que resuelven.

"¿Cómo es que ustedes cayeron en este jaleo, de cualquier forma?" Mete sus manos en sus bolsillos, como si parlotearan sin más. "Ya tuviste las corbatas estridentes y los trajes de alfiler, ¿Así que el jefe te contrató en el lugar? ¿Te salvó algunos dólares en el guardarropa?"

Se ríe. Los tipos duros no se ríen.

"O ya sabes...tú y el jefe son de la misma especie, ¿Verdad? Fueron a Universidad Chimpancé juntos. Se conocieron en, eh, ¿Seminario de golpe de pecho de avanzado?"

Los tontos tienen cabezas cuadradas y cabello corto como pelusa de pelota de tenis.Están construídos como buzones—pechos de barril y piernas cortas.

Tonto 1 da un golpe y da un paso.

Tonto 2 alcanza su chaqueta.

Quizás no sean inteligentes, él piensa. O rápidos en sus pies. Y no están actualizados con los descubrimientos en física cuántica. Pero tienen puños y pistolas y probalemente saben cómo usarlas.

"Vengan amigos, por qué no nos sentamos, tomamos algo, solucionamos las cosas."

El del frente se ríe, o talvez gruñe, luego gira su cabeza algunas pulgadas para decir algo a su compañero.

Horvath no necesita una invitación.

Él da un paso adelante, trae su talon derecho a la rodilla del sujeto tan fuerte como puede. Hace un sonido escandaloso, como un conductor de coche de basura sobre una fila de calaveras. El tipo no grita o busca ayuda, pero cae a sus rodillas. Horvath lanza dos golpes cuadrados en la nariz, que lo hacen caer en el cemento.

Tonto 2 saca su arma.

Horvath sostiene sus manos. "De acuerdo. Me rindo. Me tienes."

El tonto mantiene su arma en Horvath, suavemente patea a su compañero en el hombro.

El tipo no se mueve. Su compañero lo patea de nuevo, un poco más fuerte esta vez.

Él gime.

"¿Estás bien?"

Él gime de nuevo, pero en un tono un poco más bajo.

Tonto 2 asiente. Él parece entender los gruñidos y quejidos de de su compañero. Debe ser en su idioma natal.

El bandido se alcanza sus manos y rodillas, mira a Horvath. Él está en buena forma. Sus huesos crujen como la puerta trasera de una casa abandonada.

Horvath sabe como estar en un ring de boxeo, pero no golpeó al hombre tan fuerte. La acera hizo más daño que sus puños. Cuando eres un hombre grande, eso es usualmente el caso.

"Vamos," su compañero dice. "Levántate ya."

Él ve a un carro disminuír la velocidad y dar vuelta.

El tonto está teniendo un momento duro levantándose. Su cabeza golpeó el piso muy fuerte y sus ojos no se están enfocando. Tonto 2 lo alcanza y lo toma por el hombro.

Él ve la curva, a 9 metros de la carretera. El auto está esperando. Es un taxi.

El conductor asiente.

El tonto comienza a alcanzarle y su compañero le ayuda. Él gime más fuerte esta vez y, por un momento, su compañero baja el arma y mira a otro lado de Horvath.

Eso es todo el tiempo que necesita.

Él patea la pistola de la mano del tonto, le da un izquierdazo al lado de su cabeza, y aterriza un sólido gancho en su mandíbula.

El tonto se tambalea y su compañero se cae al suelo.

Horvath corre a toda velocidad por el taxi. El conductor está aclerando.

Él salta al asiento trasero y el conductor aprieta el acelerador. Horvath se da la vuelta y mira al musculoso por la ventana trasera. Parece que el Tonto 2 tiene una nariz rota. Ambos están erguidos ahora, agitando sus brazos y discutiendo de quién es la culpa.

Él da la vuelta, toma un respire profundo, y se asienta en su silla. El conductor se mueve por la estática buscando por una buena canción en la radio, que no es fácil, y al mismo tiempo acelera para hacer la luz amarilla.

TE EDIFICA, SÓLO PARA
MENOSPRECIARTE

Horvath duerme en la noche como un gran bebé con una sombra de las cinco.

Él revisa el reloj. Es casi 11:00 am.

No ha dormido tan bien desde la última vez que alguien puso droga en mi bebida.

Él alcanza por un paquete de cigarrillos que no está ahí, se queja, piensa en los dos simios que le siguieron por la ciudad.

¿Qué están construyendo en el club nocturno? ¿Qué tiene que ver con mi tipo?

¿Cuántos bandidos más enviarán para que me busquen?

Su vejiga va a reventar. Se levanta, camina al baño, hace pis, lava sus manos y cara.

No hay tiempo para afeitarse. No hay buenas hojas, de cualquier forma.

Toma una camiseta. Limpia, pero no tan limpia como solía ser. Se pone un traje fresco, esta tiene una sombra un poco más oscura de gris.

Billetera, llaves, reloj, cambio, encendedor.

Él toma sus prendas sucias y se dirige a la puerta.

. . .

El hombre joven en el escritorio frontal le da una mirada melindrosa y señala a la lavandería. "¿Le gustaría dejar eso con nosotros?"

"¿Qué, estás bromeando? Ustedes cambian un brazo por una pierna."

"Bueno, si puedes pagarlo..."

"Por lo que estás preguntando para planchar un par de camisas, podría contratar a una chica que venga aquí y me suture un nuevo traje a partir de un rasguño. Y luego freír algunos filetes después."

El dependeinte de la mesa inspecciona sus uñas, nariz en el aire. Parece que se afeita sus cejas, y tiene suficiente aceite en su cabello para una dozena de trabajos de lubricante.

¿Por qué estos tipos siempre tienen que ser idiotas arrogantes? se pregunta a sí mismo. Incluso un basurero como este. "Mira, me gustaría sentarme todo el día y balbucear pero, tengo otras cosas que hacer. ¿Sabes que hay un gimnasio aquí?"

El dependiente lo mira de arriba a abajo.

"En algún lado puedo ir a dar más vueltas."

"Tres manzanas al norte en Russell, a la izquierda en Quaker Lane. No te puedes perder. Gran edificio verde feo."

"Mientras más feo, mejor."

El dependiente de escritorio toca una libreta de tela suave de algodón con caligrafía dorada labrada en la portada. Él habla sin hacer contacto visual. "Digamos, que sé un pequeño secreto que te gustaría escuchar."

"¿Así?"

"Sí."

Horvath coloca dos billetes.

El dependiente mira al dinero como si fiese una montaña de mierda de perro. "Bueno, creo que no es tan importante después de todo."

Pone otro billete.

El dependiente alza en sus brazos el dinero, lo dobla, lo mete en el bolsillo de pecho de su traje italiano.

"La última noche, una mujer estaba esperando en el vestíbulo, buscándote. Ella parecía ansiosa, y agitada."

"¿Hablas con ella?"

"No."

"¿Quién lo hizo?"

"Rafael."

"¿Él está aquí ahora?"

"No, es su día libre." El hombrecito quisquilloso ajusta su bolsillo cuadrado naranja.

"De acuerdo, continúa."

"Ella era rubia, con piernas." Alza una oscura, ceja esculpida.

"¿Con piernas, eh?"

"Si, señor. ¿Sabe quién es la señora?"

"Tengo una muy buena idea." Mira fijamente al libro de contabilidad, la campana de servicio, el laberinto de casilleros detrás del dependiente. "¿Qué más dijo este Rafael?"

"Hm...¿Sabes qué? Me estoy nublando."

Coloca otro billete.

Cuando el dependiente alcanza su mano, Horvath la aprieta, duro. "Tu memoria necesita mejorar, rápido."

"Sí, señor." Se retuerce del dolor, listo para llorar. El sarcasm y la importancia propia se han drenado de su voz.

Deja ir la mano del hombre joven.

El dependiente ajusta su corbata, ajusta su cabello inmóvil.

"Tus manos son suaves," Horvath dice.

"Loción hidratante." Él libera una leve sonrisa.

"Así que la chica. ¿Qué dijo?"

"No mucho. Pero quería hablar contigo. Urgentemente, diría. Ella estaba esperando por al menos dos horas."

Dos sillas y una mesa. ¿Eso es un vestíbulo? "¿La ves?"

"Vi un destello."

Horvath asiente.

"Pero no hable con ella."

"Así dices."

El dependiente endereza algunos papeles en el mostrador, sus ojos mirando a toda velocidad al alrededor como bolas pachinko. Su nudo Windsor es ancho como un puño.

"¿Ella me dejó un mensaje o algo?"

"No, pero Rafael dijo que la ha visto."

"¿Así? ¿Dónde?"

"Frank's."

"¿Qué es eso, un bar?"

El dependiente asiente. "Vigésimosegunda y Delaney. El lugar no es lujoso."

"No creí que lo fuera."

¿No lo es? Horvath piensa, mientras empuja a través de la puerta giratoria. Me imagino que Sr. Elegante Dependiente de Escritorio no es tan elegatne, cuando se refiere a eso. Todos pretendemos ser quien no somos.

Él se dirige hacia la parte alta de la ciudad, hacia la Vigésimosegunda. Destinado a pasar por una tintorería en el camino.

La tercera avenida es amplia y casi impresionante. Algunos árboles, una plaza pequeña con la estatua de alguien que solía ser importante. Pero las calles están tan sucias como aquí, y también es el aire.

Edificios de oficina, edificios fanfarrones, bonitos restaurantes. Un porter obeso parado debajo de un toldo, manos abrochadas detrás de su espalda, vestido en un largo abrigo y una gorra a la moda como si fuise el gran mariscal de un desfile.

Da vuelta a la derecha, camina dos manzanas, da un giro a la izquierda en una calle secundaria.

Reparación de zapatos, panaderías, tienda de herramientas, bodega, café. Esto está mejor.

Comida para llevar china, carnicería, juguetería, bar. Apartaments amontonados como cajones de madera en un almacen.

Le gusta caminar, incluso con las ampollas y el sudor. Te sientes vivo cuando te mueves por la ciudad en tus dos pies.

Tintorería. Bingo.

El letrero dice Lavado de Prendas de una Hora. Todo limpio y ordenado en 60 minutos, sin químicos peligrosos. Que pensarán después.

Deja sus prendas y toma un boleto.

Farmacia al final de la manzana. Él se detiene por algunas cosas.

Cigarrillos, aspirina, hojas de afeitar, lápiz hemostático, medias. Bolígrafo, libretas. Dos libros de cubierta de papel—ciencia ficción y western. Hay un mostador de almuerzo en la parte trasera. Después de que paga por sus cosas, Horvath camina y toma un taburete en el mostrador.

Un gran señora camina. Tiene un nido de ratas de cabello pelirrojo embotellado y pequeños lentes encaramados al final de su nariz, pero ella conoce el trabajo. Vierte una humeante taza de café sin preguntar, o hacer conversación.

Se reclina, toma un sorbo. No importa que tan mala fue tu noche. Todo ese sorbo lo limpia.

Los humos lo miran. Horvath acaricia el paquete, quita su arrugado vestido de celofán. No puede hacer nada sobre esa estúpida sonrisa en su rostro, pero afortunadamente no está salviando.

Algunos soplos y un pequeño aro de humo. Largo y lento sorbo de café.

Casi se siente humano de nuevo. Reanimado, como el monstruo de Frankenstein.

No es tan descabellado, él piensa. Podría incluso trabajar en una montaña de viejas llantas y madera contrachapada rota. Su llenas cualquier cosa con café fuerte, cigarrillos y whisky, está destinado a pararse erguidamente y caminar alrededor por un tiempo.

Él recuerda cuando los cigarrillos estuvieron envueltos en papel de aluminio. Aquellos eran los días...

Demonios, me hago viejo.

Horvath piensa en esto por un tiempo. ¿Consiguiendo? Demonios, ya soy mayor que mi padre cuando murió. Nunca antes había pensado en esto.

Una mesera lo atrapa mirando fijamente con una mente ausente hacia la distancia, o al ayudante de camarero manco, Rick. Ella chasquea en su cara. "Oiga, señor. Quiere ordenar, o qué?"

Él ya ha olvidado en qué estaba soñando despierto. "Seguro. Huevos revueltos y tocino, una porción de tostada crujiente."

"Entendido."

Él la mira. Es más joven que la que le vertió el café. Demasiado joven. Esta ciudad la va a comer viva. Y ella es flaca, demasiado flaca. Hombros caídos estrechos. Piel pálida manchada. Mirada enferma, un demonio dopado. Pero no parece el tipo. Aún hay vida en sus ojos almendradso. Cabello lacio sucio de color rubio, recogido con un par de lápices metidos ahí. Si alguien la golpeara, caería como uno de esos dulces de las piñatas mexicanas.

Él observa la libreta en su mano izquierda. "¿Planeas escribir mi orden?"

"Nahh, la recordaré." Se da un golpecito en su cabeza para demostrar lo inteligente que es, que es algo que únicamente haces cuando no eres muy inteligetne.

Ella camina de vuelta a la cocina.

Se encorva para tomar el café, golpeando sus nalgas hacia el platillo.

Algunos minutos más tarde la mesera se precipita con la cafetera. "¿Otra ronda?"

"Siempre."

Ella no se va. En vez de ello, deja la cafetera, se reclina sobre el mesón, saca una sección de periódico doblado del bolsillo de su delantal. Con una frente arrugada, ella estudia el papel como si considerase participar en la sexta carrera.

Ella resuelve un crucigrama, pero el cuadro está prácticamente vacío.

"Dígame, señor. ¿Cúal es una palabra de nueve letras para *larga, campaña ardua?*"

"Desayunos."

Ella entrecierra sus ojos al crucigrama. Puede ver sus labios mientras ella cuenta los cuadrados. No te mates pensando, jovencita. Lo necesitarás algún día.

"Entra. Gracias." Comienza a escribir, pero queda corto. "Oye, ¿Me estás tomando el pelo?"

"No, no haría eso, pequeña. ¿Necesitas más ayuda con esa cosa?"

"Así es." Ella sonríe y tuerce un mechón suelto de su cabello, flirteando como si hubiese leído de ello pero no lo hubiese intentado aún. "¿Sabes, tienes razón?."

"Mi madre solía pensar en eso."

El cocinero golpea el timbre plateado.

Mira a su alrededor. Su comida está humeando en la encimera plateada.

"¿Qué tal una frase de dos palabras para *atrasado*? Cuatro letras cada una."

"Comida fría?"

"No, no entra."

La mesera más vieja le entrega su comida. "¿Por qué no dejas a los clientes en paz, Maggie."

"¿Te gusta, verdad?"

"Seguro."

La camarera mayor agita su cabeza, aunque casi no puedes verlo, antes de irse arrastrando los pies para recoger algunos platos y limpiar un desastre dos taburetes más abajo.

"¿Cómo está tu comida?" pregunta la camarera.

"Genial."

"Huevo Frito hacia arriba, tal como ordenó."

"Sí, casi".

Ella lo mira comer por unos momentos, luego vuelve a su rompecabezas.

Un hombre calvo con pequeños anteojos redondos se sienta en el mostrador. La camarera sigue hablando del crucigrama, inconsciente.

Horvath sale a tomar aire un minuto después, con el desayuno a medio terminar. "Realmente eres algo, chica".

"Lo sé." Garabatea algunas letras y luego las borra. "¿Necesitas algo mas?"

Trocea una yema de huevo líquida y una tostada empapada, se la mete en la boca y todo el asunto con una avalancha de café negro.

"Sólo la cuenta".

Afuera, mira a su alrededor. El letrero de la calle dice Decimonovena y Michigan. Frank's está en la Vigésimosegunda y Delaney.

¿Estará en el bar tan temprano? Se emociona y mira su reloj. Seguro, Por qué no.

Delgados dedos de luz solar se extienden entre dos edificios y le golpean la cara.

Entrecierra los ojos, se tapa los ojos con la mano y sigue caminando.

Después de unas cuadras va a Delaney, corta a la derecha.

Ahí está. Fran_'s.

La K se ha caído. Quizá deudas de juego.

Un perro callejero está acurrucado en la entrada, con los ojos cerrados, absorbiendo la luz del sol.

Antes de que pueda cruzar el umbral, un viejo borracho se acerca a un lado del edificio. Pantalones rotos, tirantes grises, camiseta blanca sucia. Se está aferrando a los ladrillos agrietados para no caer. El ala de su fedora hecha jirones cuelga tan bajo que le cubre los ojos.

Se acerca a Horvath, quien lo toma del brazo.

"¿Estás bien, anciano?"

"Lo será, si me puedes dar una moneda de veinticinco centavos".

Saca algunas monedas de su bolsillo y se las entrega. "¿Qué vas a hacer con el dinero, ir a la escuela nocturna?"

El hombre se ríe con la boca casi vacía. Sus dientes son una valla blanca a la que le faltan la mayoría de las tablillas. "Ja, buena. No señor, voy a comprarme una buena cerveza fría ".

"Disfrútala." Le quita la emoción de los ojos al hombre y lo hace girar para señalar la puerta. "Ahí tienes".

"Gracias, Joe". El hombre le saluda con la mano y se tropieza con el bar.

Espera unos segundos y luego lo sigue adentro.

Esta oscuro. Dirigiéndose al bar, se siente tan ciego como el viejo borracho.

Vic Damone está cantando en la máquina de discos. La niebla de terciopelo. Nada mal para un cantante melódico.

El taburete se tambalea. Mira a su alrededor. La gente de aquí también se tambalea un poco.

No hay señales de un camarero. El borracho está sonriendo para sí mismo en una cabina cerca de la ventana, murmurando algo. Quién dice que necesitas dos personas para conversar.

Hay pintura roja en el suelo cerca de sus pies. O tal vez sea sangre. Pone sus pies sobre la alfombrilla de pies.

El lugar no ha visto una escoba ni un recogedor en un tiempo. Unos vasos sucios merodean por la barra. De vuelta cerca de las botellas, hay un plato blanco salpicado de salsa de tomate. Trozos de cartílago y pan tostado se esparcen por el plato. El tenedor y el cuchillo se sientan allí en silencio, testigos presenciales de un crimen.

El hombre camina hacia él desde el baño, secándose las manos en los pantalones. No se ha afeitado en unos días. Parece que el cabello está tratando de escapar.

Es el barman. Levanta la tabla con bisagras de madera sin pintar al final de la barra, se desliza, agarra una botella de ginebra y se sirve tres dedos. Por la escotilla.

No presta atención a sus clientes. Ni siquiera parece saber que existen.

El perro de afuera entra, camina junto a las mesas a lado de la pared, vomita en la pata de una silla. Hierba, sobre todo. Probablemente mejor que comer aquí.

El camarero no parpadea..

He estado en peores antros, piensa. Pero sólo en Ohio.

Este lugar debería estar clausurado, pero no es lo suficientemente bueno para eso. Los chicos del Departamento de Salud no se molestarían. Pronto se derrumbará por sí solo. Muerte por causas naturales.

¿Qué pasa con esta ciudad? Todo está destartalado, descompuesto, falta algo. ¿No pueden arreglar nada por aquí? Es un gran basurero.

El camarero toma otro trago, niega con la cabeza, se rasca. Mira a Horvath con ojos muertos y una boca que cuelga abierta como un cajón roto.

"Whisky."

"¿Rocas?"

"Genial."

El cantinero sirve la bebida, se acerca y la deja, derramando un cuarto de onza en la barra.Horvath asiente y toma un sorbo.

El hombre coloca las manos en la barra y lo mira con la boca abierta. La forma en que mirarías a un extraterrestre o una cabra parlante que se sentara y pidiera un cóctel.

"¿Comida?"

"No. Esto está bien por mí".

El camarero no se mueve.

"¿Conoces a una morena?" Pregunta Horvath. "Alta, buenas piernas, se llama a sí misma Lana".

El camarero hace su mejor imitación de una estatua.

Horvath quiere decir algo sobre sus ojos, cómo están llenos de ternura y crueldad, pero eso sería demasiada poesía para un bar de esquina en una tarde de día laboral.

"¿Así que la has visto alguna vez? Ella viene aquí a veces, por lo que escuché".

El cantinero señala hacia atrás con el pulgar, como si estuviera arrojándose sal por encima del hombro para tener buena suerte.

Cuando se da vuelta, Lana está ahí, su vestido rozando el costado de la barra. Ella sonríe a Horvath como si fuera un filete grande y jugoso y es hora de dar el primer bocado.

Él asiente.

Ella agarra un pesado cenicero de vidrio y lo desliza por la barra. "Necesitarás esto".

Mira su cigarrillo. La torre de ceniza está a punto de derrumbarse. "Gracias."

"No lo menciones".

Tacones negros, vestido rojo, sombrero negro con un pequeño velo.

Se acerca con pasos largos y precisos como si estuviera audicionando para un papel, y tal vez lo sea.

LA MUJER EN ROJO

Se miran el uno al otro en silencio, dos boxeadores a punto de subir al ring.

El cantinero se marcha. Día ajetreado, tiene lugares donde rascar.

"¿Qué hay en tu pequeña bolsa?" ella pregunta.

"Tuve que recoger algunas cosas en la farmacia".

"Nada serio, espero".

Él sonríe. "Solo necesitaba cigarrillos y maquinillas de afeitar".

"¿Vas a cortarte la garganta o simplemente quemar algunos agujeros en tu brazo?"

"Suficiente con las bromas". Termina el whisky. "Escuché que estabas husmeando en mi hotel".

"¿A eso lo llamas hotel?"

"Buen punto, pero ¿lo estabas?"

"Tal vez."

"¿Por qué no me dices lo que tal vez querías?"

Lana asiente con la cabeza al camarero y, rápido como un estremecimiento, aparece un gin tonic. Horvath no creía que el tipo pudiera moverse tan rápido. Ella debe tener algo de fuerza por aquí.

Empuja su vaso vacío a través de la barra y el hombre camina hacia la botella de whisky, un poco más lento esta vez.

"Estaba buscando tú antigua dirección". Se lleva el jaibol a los labios, con el meñique hacia fuera como una dama, y toma un sorbo con cautela.

Cuando llega su bebida, apaga el cigarrillo antes de tomar un trago.

Toma otro trago, más sedienta esta vez, baja el vaso. "Mi amigo no está".

"¿Qué tipo de amigo?

"Del tipo que se queda a dormir de vez en cuándo".

"¿Pero no siempre?"

"Una niña necesita tiempo para sí misma".

Déjame asimilar esto. "Entonces, ¿por qué crees que puedo ayudar?"

"Pareces el tipo de tipo que sabe manejarse a sí mismo".

"Lo hago, la mayor parte del tiempo".

"¿Qué pasa con el resto del tiempo?" ella pregunta.

"Ahí es cuando no puedo".

Lana abre su bolso, saca una caja de cigarrillos.

Horvath enciende su cigarrillo.

Ella se inclina, los ojos fijos en Horvath. "Gracias."

No lo menciones". Hace una pausa. "La cosa es que ni siquiera me conoces. ¿Por qué no le preguntas a uno de tus amigos?

"¿Quién, como Sammy de allí?" Lana señala al viejo borracho, murmurando para sí mismo junto a la ventana.

"No él, sino alguien a quien conoces y en quien confías".

"No confío en nadie".

"¿Que hay de mí?"

"Todavía estoy tratando de resolver eso". Termina su bebida, sin dejar de mirar a Horvath.

Bebe el resto de su whisky.

El camarero se acerca con un cóctel recién hecho y una botella de bourbon. Está a punto de servir el whisky, pero Horvath pone la mano sobre la botella. "Déjalo."

El camarero se aleja.

Intenta leer su rostro, pero es un misterio al que le faltan una docena de páginas y sus delgadas cejas son un signo diacrítico en un idioma extranjero.

Lana toma un buen trago de ginebra, pero no parece afectarla.

Ella puede sostener su licor. A él le gusta eso, pero podría significar problemas.

"Entonces, vayamos a los hechos básicos", dice.

"Bien por mi."

"¿Cómo sabías dónde me estaba quedando? ¿Quién te lo dijo?"

"Nadie me dijo nada. Te seguí".

"Hum..."

"Sí, hum."

Echa un vistazo más de cerca a la mujer. Sus ojos no delatan nada, ni tampoco su boca. Pero el cuerpo es una historia diferente. Lo regala todo, gratis. Ella no lleva ese vestido rojo. Está pintado. Más cerca de la piel que la mayoría de los tatuajes. Lana se ve muy bien y lo sabe. Puede que a Horvath lo estén tomando por tonto, y él también lo sabe. Una mujer como ella podría romper una docena de corazones antes del desayuno, y los tontos ni siquiera se enojarían. Se lo agradecerían.

Ella echa humo por el borde de su boca.

Se queda ahí sentado, pensando.

"Eh", repite Lana. "¿Eso es todo lo que tienes que decir?"

"Es suficiente."

"¿Alguien te ha dicho alguna vez que eres un gran conversador".

"Aún no."

"No lo creo".

"¿Así que me seguiste? ¿Esa es la verdad?"

"Honesto a Dios. Pensaste que eras demasiado escurridizo para eso, ¿No es así?

Debería haberlo sabido, debería haberlo sentido. El alcohol le está tocando en el hombro.

Lana sonríe. "Las mejores marcas son las que no creen que sean marcas".

"Eso lo he oído antes".

"Entonces deberías saberlo mejor". Lanza un anillo de humo, lo ve flotar hacia el techo y desaparecer. "Me subestimaste".

"Supongo que sí".

"Mi primer marido hizo lo mismo".

"¿Cómo te fue?"

"Como lo esperarías", dice. "Entonces, ¿lo harás? ¿Buscar a mi amigo?

"Yo ya estoy buscando a alguien".

"Genial, entonces es una función doble".

Horvath se inclina más hacia Lana. "Tal vez puedas ayudarme a encontrar al tipo que estoy buscando".

"¿Cual es su nombre?"

Él le dice a ella.

"Nunca escuché de él."

Tiene sus dudas. Ella juega sus cartas cerca del pecho.

"¿Qué dices?" ella pregunta.

"Se supone que no debo aceptar ningún trabajo secundario. A las personas para las que trabajo no les gustaría ".

"No se lo diré a nadie".

"No, no supongas que lo haría".

"¿Entonces?" Se limpia la boca con un pañuelo.

"¿Cómo se llama este amigo tuyo?"

"Al Kovacs. Pero a veces usa el pseudónimo Kupchak. O Bill Covington ".

"Nombres falsos, ¿eh? Suena como un verdadero boy scout ".

"Sí, tiene el pañuelo y todo".

"¿Cómo es él?"

"Más bajo que tú. De complexión mediana, tal vez 185 libras. Cabello oscuro, ojos oscuros. Le gustan los zapatos de suela pequeña y las corbatas rojas brillantes. Viste un traje de color crema ".

"Un hombre corriente de la ciudad".

"Puede que no sea mucho, pero es todo lo que tengo".

"También he escuchado eso antes".

Ella se encoge de hombros. "Veo demasiadas películas".

Él asiente, tratando de asimilarlo todo. "¿Qué más puedes decirme?"

"Eso es. No sé nada más ".

"De alguna manera, no te creo".

"Pruébame."

"Quizás lo haga."

Ella sonríe, como un león tras una cacería. "Mire al Sr. Hablador de aquí".

"¿Crees que tu amigo pudo haber escapado de la ciudad?"

"De ninguna manera. Él ha dejado todo atrás. Traje de repuesto, par de zapatos, aceite para el cabello. Incluso su mejor sombrero fedora. Nunca se iría sin eso".

Sus cejas saltan. "El mejor sombrero fedora, ¿Eh? Sin comentarios."

"Como dije, él es todo lo que tengo".

"¿Le debe dinero a alguien?"

"No."

"¿Qué hizo, de todos modos?"

"Nada."

"Así que lo agarraron, lo golpearon, tal vez lo mataron. Todo sin ninguna razón ".

Ella se encoge de hombros. "Eso sucede."

¿Lo hace? Se sirve otros tres dedos y un pulgar por si acaso. "Así que no corrió. ¿Fue un juego sucio?

"Esa es mi opinión".

"¿Cuánto tiempo ha estado desaparecido?"

"Dos días, tal vez tres". Cruza las piernas lentamente, se apoya en la barra.

Horvath se sienta y disfruta del espectáculo.

Lana agarra la aceituna de su vaso vacío y se la mete en la boca.

El camarero da medio paso hacia adelante, pero ella lo interrumpe con una mano levantada a unos centímetros de la barra.

Ella se ve muy bien, piensa, incluso en esta horrible luz. Pero está muerta de cansancio. Eso es algo que no puede ocultarme. No ha dormido mucho. Tiene suficientes ojeras para un viaje de fin de semana a París.

"Entonces, ¿Lo harás?" ella pregunta.

"Seguro Por qué no." Podría usar el dinero para un nuevo juego de ruedas, piensa. Y un traje nuevo también.

"¿Cuánto cuesta?"

Él pone un precio.

"Yo puedo manejar eso."

"Más gastos".

"Gastos, ¿eh? Simplemente no rellene la cuenta. Te estaré vigilando".

"Estoy seguro de que lo harás."

Se quita una hoja de tabaco de la lengua. "Es un trato, entonces".

Ellos se dan la mano.

"¿Una cosa más?"

"¿Qué es?" Pregunta Lana.

"¿Qué sabes sobre este bar caro, Paradise City? Un par de matones me persiguieron por toda la ciudad anoche, me apuntaron con un arma. Tuve suerte de salir en una sola pieza ".

"¿Qué hiciste para merecer todo eso?"

"Hice algunas preguntas inocentes".

"Me imagino. Metiendo la nariz donde no se quiere, eso hará que te maten en esta ciudad ".

"Entonces, ¿Quién dirige el lugar?"

"Bueno, no es Ron Johnson, eso es seguro".

"¿No?"

"Lo encontraron en el río hace unos meses".

"¿Zapatos de cemento?"

"No sé sobre su calzado, pero no estaba vestido para nadar".

"¿Qué pasó?"

"Estuvo en el sindicato durante 20 años. Al menos eso es lo que escuché ".

"¿De quién?"

"De todos. Está por toda la ciudad ".

"¿Qué más sabes?"

"Eso es todo. El sindicato dirige el lugar ahora. Consiguieron que un títere actuara como si fuera el nuevo propietario, pero es solo un estirado. No engaña a nadie ".

"¿Ni siquiera a la policía?"

Ella ríe. "Buena".

"¿Entonces la policía no hace ningún movimiento sin pedir permiso al sindicato?""Bingo."

"¿Quién es este títere?"

"Ni idea. Deberías preguntar por ahí ".

"Yo haré eso."

"Mira, tengo que irme". Lana le entrega un discreto fajo de billetes. "Eso es para empezar. Déjema saber si encuentras algo.

"¿Cómo puedo ponerme en contacto contigo?"

Se ríe como lo haces cuando algo no es gracioso. "Fácil. Pasa por mi oficina ".

"¿Qué, diriges este lugar?"

""Te das cuenta rápido".

Horvath se da la vuelta y se aleja antes de decir algo de lo que se arrepienta.

PULPA

El resto del día es borroso.

Camina por la ciudad, busca en algunas tiendas, cena, aplasta colillas de cigarrillos con los talones. Un día normal, pero no se acerca más a la verdad. No sabe dónde está su hombre y no tiene buenas pistas.

Tiene los ojos abiertos y la boca cerrada. Cuando todo lo demás falla, mantén un perfil bajo. Ese es otro de los proverbios de McGrath. Debería escribirlos todos y enmarcarlos. Debería colgaros en la pared junto a su licencia de matrimonio, título universitario y listas de compras antiguas. Todos esos pedazos de papel inútiles.

Llama a Ungerleider, su contacto en la empresa, y obtiene una dirección. Lado norte de la ciudad. Una casa adosada. Le han dicho que lo compruebe lo antes posible. Esa es toda la información que tiene. Pregunta por el amigo de Lana, Kovacs, pero Ungerleider nunca ha oído hablar de él.

Cuando llega a la casa al anochecer, el lugar está vacío.

Realmente vacío. Ventanas rotas, puerta astillada, colchón

manchado en la esquina. El congelador no tiene ni un frasco de rábano picante o una vieja lata de sardinas. Tampoco zumba. Se cortó la electricidad. El agua también. Incluso las plantas rodadoras se han escapado.

Sube al segundo piso y abre un armario. La ropa se ha ido y, cuando toca las frágiles perchas de metal, estas tintinean como huesos de esqueleto.

Parece que los policías entraron en el lugar. O tal vez una banda de estafadores. Alguien. Quienquiera que fuera, buscaba algo.

No ve sangre. Quizás entró en razón en el último minuto y lo venció.

Horvath niega con la cabeza. Ungerleider ha sido inútil, desde hace meses. Todas sus pistas son callejones sin salida. Sus palabras son tan vacías como esta maldita casa adosada.

Al salir, se detiene un segundo en el porche delantero. Las tablas del suelo crujen y el viento silba a través de la casa sin ventanas.

Él oye algo.

En la puerta de al lado, una niña se aferra a la barandilla de madera sin pintar. Debe tener unos seis o siete años. Horvath no puede decirlo. Cola de caballo, trenzas, cintas rosas. Vestido de cuadros con cuello blanco. Calcetines blancos, zapatos de charol de cuero. Todo el conjunto.

"Hola señor."

Él asiente.

Ella sigue mirando.

"¿Nunca nadie te dijo que no es educado mirar fijamente?"

"Sí."

Ella no entiende la indirecta.

"¿Tú vives aquí?" Señala la casa adjunta de al lado.

"Sí."

"¿Escuchaste algo de este lugar últimamente? ¿Peleas, gritos, voces fuertes?

"No."

"¿Sabes quién vive aquí?"

"No."

"¿Alguna vez has visto a alguien entrar o salir?"

Ella se mira los dedos, todavía agarrada a la barandilla, vuelve a mirar al extraño. "No."

Por supuesto que no. "Mira, lamento preguntar, pero... ¿Me estás diciendo la verdad? Porque es importante".

"Sí señor. Es la verdad. No sé nada".

"Bien."

"¿Tienes algún caramelo?"

Se ríe. "No lo siento. Recién se me acabaron"

Frunce el ceño, agacha la cabeza.

"Tómatelo con calma, chica".

Horvath camina durante una o dos horas más, sin rumbo. No come ni bebe ni hace más preguntas. Su mente está apagada y apenas registra a las personas y los objetos que pasan. Es solo un idiota más con un traje gris.

De vuelta en el Ejecutivo, se sienta en el borde de la cama y se quita los zapatos. Las suelas se están desgastando, pero también su billetera.

Se quita el traje, se echa agua en la cara, bebe un poco de agua.

Se sube a la cama, se mete bajo las mantas.

Sus libros están apilados ordenadamente en la mesa auxiliar. Agarra el western y lo abre por el marcador de la página 38. El héroe viaja de Cheyenne a Sioux Falls. Son más de 500 millas con mucho terreno accidentado en el medio. Los indios hostiles también. Sólo tiene 10 días para hacerlo. Un par de soldados fronterizos también lo están buscando, pero esa es la menor de sus preocupaciones. Lo que necesita ahora es una cama suave y agradable y alguien que se la caliente.

Horvath se ajusta la almohada a la espalda y comienza a leer.

Es un buen libro, aunque puede ver exactamente hacia dónde va la historia.

Finalmente, se queda dormido con el libro sobre su pecho como un bebé dormido.

. . .

Por la mañana toma un cigarrillo, enciende y disfruta el primero mirando al techo. El libro se le cayó del pecho en algún momento de la noche y cayó junto a la silla. Sin embargo, el lomo no está roto. Lo toma como una buena señal.

Lee durante una buena hora. Los indios se acercan y también el ejército. No está seguro de si el héroe saldrá vivo, pero al mismo tiempo lo hace.

El ascensor no es más grande que un conducto de basura y huele igual de podrido. Sus pulmones se sentían más limpios arriba, fumando.

El recepcionista finge no verlo, pero se está esforzando demasiado. Mala actuación.

Nunca ha visto a una camarera en el Ejecutivo. Supongo que la limpieza no está en la parte superior de su lista.

Horvath camina unas cuadras hasta la cafetería donde conoció a Lana. Por el tocino espeso y el café fuerte, no los recuerdos. Al menos eso es lo que se dice a sí mismo.

Su cerebro se enciende en algún lugar durante esa primera taza.

¿Debería encontrar una chica dulce y agradable, asentarme? Conseguir algunos mocosos y una buena hipoteca. Cena a las 5:30 en punto. Carne, verduras y patata. Coche nuevo y una valla blanca.

La palabra valla le hace pensar en bienes robados. Lo que le recuerda quién es. No, una buena chica no está en las cartas de un chico como yo. Incluso si la encontraba, no me daría la hora del día. ¿Y por qué lo haría ella?

Huevos revueltos en una balsa de tostadas crujientes, flotando por un río de café negro. El cielo no podría ser mejor que esto. No es necesario ser teólogo para saber eso.

El infierno es cuando empiezas a pensar.

El caso no va a ninguna parte y está llegando bastante rápido.

Hasta ahora he encontrado un cadáver, pero no mucho más. 200 millas en un autobús y mis manos están vacías.

También está Lana. Pero no está seguro de si él la tiene o si ella lo tiene a él. Si la vida es un libro de contabilidad, no sabe en qué columna colocarla.

Pensar no es bueno. Como siempre dijo McGrath, la mejor manera de resolver un problema es no trabajar en él en absoluto. Bórralo de tu mente. Toma un buen bistec, lávalo con un par de tragos y cuando te despiertes al día siguiente, su respuesta estará allí, como una pila de toallas limpias de la criada.

El boxeo es la mejor manera de aclarar su mente, por lo que arroja su equipo en una bolsa de gimnasia y sale.

A 20 metros del edificio comienza a escucharlo. Juego de pies en el ring. La bolsa pesada. Gruñidos, gemidos, respiración agitada. Una enfardadora conectando. Balón medicinal golpeando el pecho de alguien. Chico en el suelo haciendo flexiones. Hombre grande saltando la cuerda. Entrenadores gritando. Un cuerpo cayendo, la cabeza rebotando en la colchoneta.

Al entrar, se cruza con un luchador mediocre con un chándal gris que se sale. La sangre salpicó todo su cuello y clavícula, goteando por un lado de su cara. Está cubierto de sudor y tiene los nudillos en carne viva. Hay más sangre rodeando su muñeca como un brazalete. Su nariz está muy descoyuntada, como algo pintado por uno de esos artistas modernos.

Horvath sonríe. Mi tipo de lugar.

Dos pesos medianos están en el ring, haciendo sparring. Uno es rápido de pies, ligero, con mucha energía. Lanza un gancho, hace algunas combinaciones, baila. El otro está cansado, aturdido, es lento en sus pies. El entrenador se para fuera de las cuerdas, gritando. El primer tipo sonríe, aterriza dos golpes rápidos en el estómago y luego intenta un golpe en la cara. Una falta cercana. Finge con la izquierda, la derecha, la izquierda de nuevo. Pausa. Cabezazo. Golpe en la cara. Su compañero está jugando al escondite, pero el golpe todavía hace un poco de daño. El tipo se tambalea, casi se tropieza con los pies. Está claro quién es el contendiente y quién es el oficial.

"Está bien, suficiente". El entrenador se sube al ring. "Golpea las bolsas, sal a correr, luego ven a buscarme después de que te bañes".

El boxeador asiente y se dirige hacia la bolsa de golpear.

Su compañero de entrenamiento apenas puede ver a través de toda la sangre. Hay un corte al lado de su ojo derecho, que está prácticamente cerrado por la hinchazón. Ha sido golpeado hasta convertirse en una pulpa sangrienta para ayudar en la carrera de otra persona, y no será la última vez. Su tarjeta sindical dice: saco de boxeo humano.

Horvath mira a su alrededor. Matones, tipos sabios, inútiles, mezquinos, algunos peleadores. Hombres a los que les gusta molerse a palos unos a otros. Un gimnasio típico.

En la parte de atrás, cerca del vestuario, hay una pequeña oficina con una gran ventana cuadrada. Luces encendidas. Hombre en una silla de escritorio, inclinado sobre unos papeles. Un hombre mayor está al otro lado del escritorio, hablando. Toalla enrollada envuelta alrededor de su cuello y metida dentro de su camisa. Lo agarra con ambas manos,

Él camina hacia la habitación.

La puerta está cerrada, pero no del todo. Puede oír voces, bajas y apagadas. Insistentemente.

Espera unos segundos antes de golpear.

Pausa.

"Adelante."

No es lo que describirías como una voz de bienvenida.

Se le ocurre, en el momento antes de hablar, que nadie más en el gimnasio lleva traje. Estúpido error. Nunca destaques; siempre mézclate.

"Siento molestarlos, muchachos, pero estoy de paso por la ciudad y quería entrenar. ¿Está bien si pago por el día y hago algunas rondas?"

El entrenador mira al jefe, quien mira hacia atrás. Sus ojos están en silencio, pero de alguna manera se transmite un mensaje de un lado a otro.

"Por supuesto." El gerente se estremece.

Hay una pequeña fila de casilleros detrás del jefe. Se inclina hacia atrás, masticando el extremo de un bolígrafo. El respaldo de su silla golpea los casilleros de metal.

"¿De donde eres?" pregunta el jefe.

"Por todas partes. Costa este, sobre todo ".

"Oh sí. Yo también. ¿Dónde exactamente?"

"Pittsburgh."

Es una respuesta tan buena como cualquier otra, y más o menos cierta.

El jefe asiente. Está tratando de evaluar al extraño.

Horvath se pregunta si es el propietario o sólo el gerente. De cualquier manera, realmente se irá a la ciudad en ese corral, como un león comiendo una gacela. Muy pronto se golpeará una vena y la sangre de tinta negra se esparcirá por toda la oficina.

"Puedes hacer todos los argumentos que quieras, pero no sé cómo entrar al ring. No estoy seguro de quién está disponible ".

Quizá Simpkins. El entrenador se mete una barra de chicle en la boca.

"Sí, tal vez él. ¿Tony? ¿Big Keith?

El entrenador mira a Horvath. "Es un poco pequeño para Keith".

"Sí, pero Keith es lento. ¿Tienes manos rápidas?

"Nadie ha dicho nunca que fueran lentos".

El jefe sonríe. "Me gusta tu estilo. Lo arreglaremos con un socio, si podemos. Tengo que esperar y ver ".

"Gracias. Sólo necesito hacer buen ejercicio. Ya sea que entre o no en el ring ".

"Sí, yo lo entiendo."

"¿Debo pagar ahora?" Alcanza su billetera.

"No, arregla más tarde".

Él asiente, les saluda con un dedo y sale de la habitación.

Los hombres lo ven irse y luego lo miran a través de la ventana mientras camina hacia el vestuario.

Él enciende la luz, coloca su bolso en el delgado banco de madera y comienza a cambiarse.

Es cálido, húmedo, mojado. Una bombilla de luz amarilla tenue cuelga del techo. El moho y los hongos se extienden por todos los rincones. El olor a suspensorio y calcetines sucios llena la habitación como un vagón de metro abarrotado en hora punta.

Se ata los zapatos y se dirige a la puerta.

De vuelta en el gimnasio, encuentra un rincón tranquilo. Tocar los dedos de los pies, saltar de tijera, correr en su lugar. No le gusta ser demasiado ágil. Los músculos deben estar un poco tensos. De lo contrario, no pueden entrar en acción cuando los necesite. Es como intentar apuñalar a alguien con un fideo mojado.

25 flexiones. 25 abdominales. 20 dominadas.

25 fondos en las barras paralelas. Boxeo de sombras.

Ya se está cansando.

Estoy fuera de forma, piensa, o tal vez solo estoy envejeciendo. Cada año se tarda un poco más en volver a estar en forma.

El lugar está casi vacío. El entrenador ahora está en el ring, sosteniendo las muñecas de un luchador. Mostrándole cómo golpear, empujando sus codos hacia abajo.

Horvath agarra un par de mancuernas. Siempre empieza por los hombros.

Cerca del final de su segundo set, un hombre se acerca. Shorts de boxeo, camiseta manchada. Cabello afeitado cerca del cuero cabelludo. Cabeza cuadrada como un bloque de hormigón. Brazos grandes, cuello grueso. Sin embargo, piernas delgadas. La mayoría de la gente lo confundiría con un tipo duro, pero no Horvath. Los ojos lo delatan. Incierto, siempre en movimiento. Asustado. Tiene los guantes y el atuendo, pero no es un boxeador. ¿Por qué me tendieron una trampa con este tipo? ¿Quieren que le dé un poco de sentido común? O tal vez me subestiman. Piensa en Lana.

"¿Eres el chico nuevo?"

"Si. Solo aquí por unos días ".

"Simpkins."

"Horvath."

"Haciendo ejercicio, ¿Eh?"

"Lo tienes."

Hace otra serie de prensas de hombros.

El hombre asiente, mira a Horvath, mira al suelo. "¿Entonces peleas?"

"Sí."

"¿Eres bueno?"

"Puedo sostenerme por mi cuenta".

"Yo jugué fútbol." El hombre cruza el brazo, hincha el pecho. "Cardenales de Chicago, corredor".Él asiente, aún respirando con dificultad.

"¿Qué hay de tí? ¿Has jugado alguna vez a la pelota?

"Rugby."

"Eso es una especie de deporte inglés, ¿verdad?"

Se estaba cansando de éste payaso. "El rugby es como el fútbol, pero para los hombres".

"Oye, amigo, cuidado"

Él ríe. "No te lo tomes como algo personal. Sólo te estoy tomando el pelo"

"No eres tan duro".

"¿Estás seguro?"

"Soy el doble de tu tamaño".

Él ríe. "No sabes mucho sobre ser un tipo duro, ¿Verdad?"

El hombre se encoge de hombros. "Sé lo suficiente."

"No tiene nada que ver con tu tamaño o cuánto peso puedes levantar".

"Entonces, ¿Qué tiene de bueno el rugby, eh?" Sus manos están en sus caderas y da un paso más hacia Horvath. "Nunca vi un juego. ¿Cómo es?"

Piensa en sus días en el campo de rugby. Parece otra vida, otro hombre. "Sin almohadillas, para empezar. Y sin casco ".

"Eso es una locura".

"El juego no se detiene cada dos segundos. Tú continúas, durante 90 minutos. Corre, pasa, taclea, levántate, sigue jugando ".

El hombre no tiene nada que decir al respecto.

"Y no existe la ofensiva y la defensa. Cada hombre juega cada minuto del juego. Así que no se parece en nada al fútbol. No puedes esconderte detrás de un casco y almohadillas, no tienes un pequeño descanso cada cinco segundos y no te quedas afuera la mitad del juego ".

"¿Me estás llamando cobarde?"

"No, sólo te digo cómo es".

El hombre da otro paso hacia Horvath, saca un poco más el pecho. "Porque si quieres un bocado de Chiclets sangrientos, puedo arreglar eso".

"Tranquilícense, muchachos". El entrenador se acerca. "Sálvalo para el ring, ¿De acuerdo?"

Horvath inicia una serie de 20 sentadillas.

"¿Ustedes dos quieren hacer algunas rondas?" El entrenador cruje sus nudillos.

"No, tengo mejores cosas que hacer". Simpkins agarra una cuerda para saltar de un gancho en la pared y camina hacia el otro lado del gimnasio.

El entrenador lo sigue con la mirada. "Lo asustaste".

Horvath se encoge de hombros. "No era para tanto".

"¿En verdad lo dices?"

"Tengo ojos, ¿No?"

El entrenador se ríe. "Eres un luchador, uno de verdad".

"Tengo algunos movimientos".

""Apuesto a que sí". Mira al extraño de arriba abajo, se mete otra barra de chicle en la boca. "Bueno, puede que sea tu única oportunidad de pelear hoy".

"Eso está bien. Sólo necesito que la sangre bombee ".

El entrenador asiente y regresa a la oficina.

Horvath se cae al suelo para hacer otra serie de flexiones. Después de eso, son flexiones de brazos y tal vez la bolsa pesada.

Se ducha, se seca, se sienta en el banco de madera. Codos sobre sus rodillas, cabeza agachada. Ha sido un tiempo. Aunque no subió al ring, se siente como si hubiera recibido una paliza.

No se mueve ni hace ningún sonido.

El sudor gotea de su cuerpo al suelo. Algunas toallas se encuentran debajo del banco, como drogadictos que se quedan dormidos.

Dos hombres susurran, en la primera fila de casilleros junto a las duchas.

¿Acaban de entrar? Se pregunta. ¿O han estado aquí todo el tiempo? En verdad, no entiendo nada.

Está sentado en un rincón oscuro, al fondo de la habitación. Un carrito de toallas está estacionado en el pasillo, bloqueando parcialmente su camino.

Ellos hablan de alguien llamado Gilroy que tiene algunas chicas en fila. Ellos ríen.

Gran noche de fiesta, piensa Horvath. Un par de tragos, un par de chicas. Presumir de romperle los dientes a un chico en el gimnasio. Suficiente para hacerlos sentir como verdaderos hombres. Suficiente para pasar la noche con un poco de sobra para el día siguiente.

Hebillas de cinturón, cremalleras, calcetines que se deslizan silenciosamente sobre los pies. Los imagina bostezando en camisetas.

Los sonidos están sofocados, las palabras confusas. Las puertas de los casilleros se cierran de golpe con los sustantivos y los verbos.

Esta noche. Jaworski. 9:15, 9:30.

Unos tragos, reúnase con--

Están susurrando. No puede oír nada.

La risa. Casillero abriéndose.

Montón de chicas nuevas. Más jovenes. 8, 9, 10 años.

Necesito que se muevan, rápido.

No puede oír todo, pero escucha más que suficiente.

Los chicos también. Jovenes. Lo que quieras.

Todo vale.

Sus voces resuenan en las baldosas y en los casilleros de metal metálico.

No pueden verme. No saben que estoy aquí. No hagas ningún sonido.

Horvath escucha algunos nombres y números. Precios, tal vez. Se queda quieto. Muy quieto.

Los hombres están callados. Zapatos puestos, bolsas empacadas. Se van.

Se desliza lentamente, entrecerra los ojos alrededor del borde de los casilleros.

Un hombre alto y delgado de hombros anchos, cuello largo y espalda encorvada. Pantalón azul, camisa de punto gris.

Su amigo es de estatura media, constitución media. Calvo como una bola blanca.

McGrath tenía razón. Una vez que dejas de buscar algo, lo encuentras.

Horvath se viste, agarra su bolso y sale por la puerta.

Hay un enfriador de agua a 10 metros de distancia, junto a un armario de suministros. Se toma un trago.

Los dos hombres del vestuario están parados frente a la oficina. El tipo alto está hablando, moviendo los brazos. Otro tipo se queda atrás, con los brazos cruzados, mirando al suelo. El entrenador se inclina en la puerta, escuchando. Él ríe. El tipo alto sonríe, se vuelve hacia su amigo, lo golpea con el hombro.

El entrenador dice algo. Los hombres asienten. Se dan la mano y los hombres se dan la vuelta para irse. El tipo alto lanza a Horvath una mirada al otro lado del ring.

Él camina hacia la oficina para acomodarse.

El entrenador está adentro ahora, pero el dueño se ha ido.

Él golpea a la puerta abierta. "¿Cuánto te debo?"

El entrenador le dice.

Busca su billetera, los ojos fijos en el entrenador. Él es mayor. 55, 60. Cara como un saco de patatas. Nariz astillada con líneas rojas, flechas apuntando hacia la barra más cercana. Pero sus ojos no se mueven y la boca nunca se ríe de algo que no te está diciendo. Un rostro en el que puedes confiar.

Deja algunos billetes sobre el escritorio. "¿Quiénes eran esos tipos con los que acababas de hablar?"

"Chicos locales". Hace una pausa, pone el chicle en su boca. La toalla metida en su camisa parece un collarín. "Han estado viniendo por aquí durante años".

"¿Boxeadores?"

"Realmente no."

"Ya veo. Entonces, ¿Qué sabes sobre estos tipos? "

El entrenador se encoge de hombros.

Deja algunos billetes más sobre el escritorio. "¿Sabes qué? Pagaré todo el año".

"¿Pensaste que estabas de paso?"

"Tal vez me quede por un tiempo".

El entrenador recoge el dinero y se lo mete en el bolsillo del pantalón.

"Yo escuché algo en el vestuario. Algo enfermo ".

El entrenador asiente, se sienta detrás del escritorio y mira a Horvath. "¿Qué estás haciendo aquí, de todos modos? ¿Quién te envió?"

"Ninguno. Solo soy un tipo que recopila información ". Enciende un cigarrillo, lanza humo hacia el techo.

"Mejor cuídate. Esas cosas te matarán ".

"No si algo más me atrapa primero". Hace una pausa. "¿Entonces, qué es lo que sabe?"

"No mucho."

"¿Conoces a Gilroy?"

El entrenador se ríe, pero el sonido es hueco. "Todo el mundo conoce a Gilroy. El nombre, de todos modos. Nunca conocí al hombre en persona ".

"¿Cómo puede un chico como yo ponerse en contacto con él?"

"No puede".

"Correcto." Horvath hace una pausa. "¿Es un gran hombre en el sindicato?"

"Él es el sindicato".

"¿Cuál es su juego?"

"Realmente no debería estar contando cuentos fuera de la escuela".

"Se queda entre nosotros. Vamos, suéltalo".

El entrenador golpea el suelo con el pie y mira por la ventana. "Cierra la puerta."

Él cierra la puerta en silencio, la bloquea.

El entrenador se reclina en su silla. Ahora parece más pequeño y mayor, piensa Horvath. Parece un buen hombre. No quiere engañar a sus amigos, pero tiene que hacerlo.

"Entonces, cuéntame sobre esta operación".

"Los jaleos habituales. Números, drogas, chicas, extorsión. Chantaje, protección. Productos falsificados, robo a mano armada ..."

"Correcto. Todo el paquete, más una pequeña evasión de impuestos para el querido tío Sam".

Trainer saca un puro del cajón del escritorio, lo huele y lo enciende.

"¿Supongo que Gilroy ha arreglado todos los partidos?"

El entrenador asiente. "La mayoría de ellos, de cualquier forma"

"Te dicen quién va a ganar, quién sufre una caída, cuántas rondas participarán".

"Exacto."

"Y aquí estaba esperando pasar el viernes por la noche y ver una pelea justa".

"Sigue soñando."

"Tus amigos de antes, ¿Cuál es su historia?"

"No son nada. Sólo envían mensajes. Intermediarios. Topos, en verdad".

"Pueden ser de poca monta, pero tienen bocas grandes".

El entrenador se rasca un lado de la cara, se cruza de brazos.

"Escuché otro nombre: Jaworski".

"Uno de los lugartenientes de Gilroy".

"¿Él es el que dirige el espectáculo? Con los niños, quiero decir".

"No sé si él está a cargo, pero es una parte importante".

"Ya veo."

Estas dos palabritas son casi siempre una mentira. Horvath no ve mucho, todavía no, pero se acercando.

"Y este personaje de Gilroy. ¿Tiene una fachada, construcción o algo así?"

"Camiones."

"Cifras."

También tiene un par de tintorerías. Ahí es donde empezó".

"¿Qué pasa con la policía?" Pregunta Horvath.

"¿Qué hay de ellos?"

"¿Están en el bolsillo de Gilroy?"

"Sí. No es que haga una diferencia. Incluso antes de que Gilroy llegara a la ciudad, la policía no estaba muy interesada en atrapar a los malos. Esos payasos no podían ser atrapados".

"¿Entonces Gilroy dirige toda la ciudad?"

"Bastante. Policía, alcalde, ayuntamiento. Demonios, probablemente tenga sus garras en la Liga de Mujeres Votantes".

Horvath hace una pausa, trata de asimilarlo todo. "Entonces, cuéntame más sobre las niñas prostitutas".

El entrenador levanta ambas manos, como si fuera un atraco. "No sé nada, lo juro".

"Te creo." Mira al entrenador. "¿Le dijiste a alguien más sobre esto?

"No."

"Entonces, ¿Por qué estás siendo tan útil de repente?"

"No lo sé. Porque eres el primero en preguntar, supongo. Mira, esto es algo horrible. No quiero ser parte de ello, pero ¿Qué puedo hacer? Una vez fui boxeador, hace mucho tiempo. Atrapado en el gimnasio después, para ayudar a los chicos más jóvenes. Es todo lo que sabía y me gustó el trabajo. Pero luego Gilroy se muda y sus hombres comienzan a apoyarse en nosotros. El viejo dueño es expulsado. Un chico nuevo aparece al día siguiente ".

"¿El tipo que estuvo aquí antes?"

"Exacto."

"¿Cuándo fue esto?"

"Cinco, seis años. Algo como eso. No era un pueblo malo en los viejos tiempos ".

"¿Tarta de manzana, bailes escolares, vallas blancas, todo eso?"

El entrenador se encoge de hombros. "No estás lejos. Gilroy arruinó este lugar ".

Te equivocas en eso, él piensa. Un hombre no puede hacer que una buena ciudad sea mala. La corrupción ya estaba aquí, esperando a que alguien se hiciera cargo de ella.

"De todos modos, empezó con el arreglo, pero muy pronto las cosas empeoraron, mucho peor. Empujando droga en el vestuario. En las peleas, las chicas caminaban haciendo citas. Usan la oficina para hacer tratos y almacenan algunas cosas en la parte de atrás ..."

"¿Como qué?"

Armas, artículos robados, lo que sea. Me dijeron dos cosas: mantén la boca cerrada y haz lo que te dicen. Si no."

"Eso son tres cosas".

"Nunca fui bueno en matemáticas".

Horvath sonríe.

"Luego escuché susurros sobre otras cosas, como niños, pero conocía la puntuación. Iban a hacer lo que quisieran. Pensé en ir a la policía, pero ...

"¿Estos niños están a la venta o simplemente se alquilan por horas?"

"Ni idea."

Él asiente. "¿Cuánto tiempo ha estado sucediendo?"

"Unos meses, tal vez un año".

"¿Algo más que puedas decirme?"

"Mira, no sé dónde sucede ni quién está involucrado, pero es una gran operación. Esa es mi opinión. Últimamente, han enviado a más chicos, chicos nuevos. Aquí, para hablar con el jefe ".

"¿Estás ahí para alguna de estas reuniones?"

"No, siempre me dicen que haga una caminata. Pero algo pasa. Los susurros se han convertido en gritos ".

Fuera de la ventana, un boxeador se dirige a la puerta. Guantes brillantes atados juntos y caídos sobre su hombro.

"¿Eso es todo?"

"Hay un almacén en el lado este. No sé qué pasa allí, pero vale la pena echarle un vistazo ". Escribe una dirección en un trozo de papel. "Aquí."

"Gracias."

Horvath abre la puerta y sale. El entrenador desenvuelve la toalla alrededor de su cuello y se seca el sudor de la frente.

EN UN LUGAR CALMADO

Se está muriendo de hambre, como siempre.

Horvath está de pie en la esquina a pocas cuadras del gimnasio, mirando a su alrededor. Toldo rojo al otro lado de la calle y al final de la cuadra. *Rossino's* está pintado de blanco en la ventana cuadrada. Un plato de espaguetis suena bien ahora mismo.

Cena temprana. Tiene dolor de cabeza, así que toma unas aspirinas. Llaménlo un aperitivo.

La entrada es estrecha, dos escalones más abajo de la calle.

Se dirige hacia el restaurante y mira a su alrededor. El lugar es oscuro con techos bajos. Los tubos de cobre se retuercen como serpientes en lo alto. Las paredes son de madera oscura, cubiertas de pinturas antiguas y fotografías familiares. La anciana come sola en la esquina. Copa de martini vacía. Lleva un gran sombrero blanco con una pluma aún más grande.

La entrada es estrecha, dos escalones más abajo de la calle.

Se sienta en una cabina de madera y espera.

El camarero entra por las puertas batientes de la cocina. Tiene ojos pequeños y un tajo torcido de boca. Probablemente estaba afuera, junto a los botes de basura, fumando. O tal vez fue otra cosa.

Horvath no puede evitar asumir que el tipo no estaba haciendo nada bueno. Si Gilroy tiene sus dedos en cada pastel, entonces tal vez incluso los camareros estén al tanto.

Mira a Horvath, pero camina hacia el otro lado para ver si la anciana quiere otra copa. Deja su plato vacío donde está.

El camarero se pasea— (esa es definitivamente la palabra correcta para eso)— hasta la barra y prepara otro martini. Camisa blanca, chaleco negro. Las copas de vino cuelgan como pensamientos inacabados sobre su cabeza. Él se toma su tiempo, le trae la bebida y luego bosteza hacia Horvath."¿Sí?" Actúa como si le estuviera haciendo un favor. Debe ser el sobrino del propietario o su hijo bueno para nada.

"Espaguetis."

"¿Quieres pan de ajo con eso?"

"Por supuesto."

"¿Algo más?"

"Whisky, puro".

"¿Doble?"

"No veo por qué no".

El camarero vuelve a la cocina.

Horvath mira a su alrededor. Los suelos de madera empiezan a astillarse. Daños por agua en la pared, cerca del techo. Cubo en la esquina, recogiendo las gotas. Rossino's es inquietantemente silencioso. Los cocineros ya no golpean cucharones ni gritan órdenes. El camarero sale para uno de sus pequeños descansos. Incluso las cucarachas y las ratas guardan silencio. Debe estar usando zapatillas.

Tengo un millón de pistas potenciales, pero todos se dirigen en direcciones diferentes. Lo que es lo mismo que no tener ninguna pista. Aquí no hay estructura, ni diseño ni lógica. Sólo caos y corrupción. Horvath fue a la universidad. Sabe lo importante que es encontrar un patrón, meterse en el lodo y el caos para encontrar un orden. O si no puedes encontrarlo, hazlo tú mismo.

McGrath también lo sabe, pero nunca fue a la universidad. No fue necesario.

Ahora puede escuchar a su mentor. Las palabras son tan nítidas y claras como si estuviera de pie frente a él. *Seguro, fui a la universidad. Escuela de Golpes de la Vida. Nuestros colores eran el negro y el azul.* Una vieja broma y una mala. Lo repite cada vez que puede, pero a Horvath no le importa.

El camarero le trae a la anciana una bebida nueva. Una aceituna verde flota en el fondo del vaso vacío como una aceituna tirada en el East River.

Se acerca a Horvath con el whisky y lo deja caer sobre la mesa.

"¿Tan rápido?" Finge mirar su reloj. "Solo han pasado 20 minutos. Seguro que trabajas rápido por aquí ".

El joven golpea a Horvath con las cejas flexionadas y la mandíbula apretada. Incluso sus oídos parecen enojados.

El camarero se aleja.

Horvath toma un sorbo. Una sonrisa se cuela y se extiende por su rostro. El whisky es mucho mejor de lo que pensaba. Esto es suficiente para convencerlo de que va a ser un buen día.

Entonces, ¿qué tengo hasta ahora? Ni rastro de mi hombre. Ninguna señal en absoluto. Un cuerpo muerto. Paradise City, una discoteca torcida. Dos matones musculosos que buscan reorganizar mi cara. La Taberna de Smith también parece bastante turbio.

Lana.

Su amiga desaparecida.

Un club de boxeo, tan chueco como todo lo demás por aquí. La policía y el alcalde están al tanto. Gilroy. Jaworski. El sindicato. Un par de tontos hablando sobre una red de prostitución infantil. Este es un pueblo enfermo.

Lo que obtuve son muchos números, pero ninguno cuadra. Se siente como una búsqueda inútil. ¿Cómo está todo conectado? ¿Dónde se esconde mi chico? ¿O está muerto? ¿Y qué hay del amigo desaparecido de Lana? ¿Algo de eso está conectado?

Toma otro sorbo y trata de averiguar a dónde ir desde aquí.

Pocos minutos después, un tipo de mediana edad con delantal blanco y antebrazos gruesos y peludos sale con un plato humeante de espaguetis. Morena, calva, dientes en mal estado. Su delantal está cubierto de suciedad y sus manos no se ven mucho mejor. Deja caer el plato frente a Horvath. Hay un pequeño trozo de tostada con mantequilla en el mismo borde de la salsa, como una señorita sentada al lado de una piscina buscando el valor de saltar.

Él mira hacia arriba. "Gracias."

El lavavajillas se gira y se marcha sin decir una palabra.

El camarero debe estar ocupado. Estar de pie con cara de malhumorado es un trabajo de tiempo completo. ¿Quién dice que el servicio no es lo que solía ser?

Él va al fondo.

El plato parece una fuente para servir y la albóndiga es lo suficientemente grande como para golpear con un bateador de Louisville. Aquí hay mucha comida, él piensa, y está buena. Sin embargo, ¡Por Dios! A estos italiano no les gusta la pimienta y el ajo.

El dolor de cabeza se ha ido. No está seguro de si es la aspirina, la bebida o si su estómago está lleno. O tal vez está sentado solo en un lugar fresco y oscuro.

Su bolsa de gimnasia está en la cabina junto a él, como si estuvieran cenando juntos.

Mira a la anciana. Tan silenciosa, tan quieta. En su mesa, copas de martini vacías se colocan en círculo, invitadas a una recepción fúnebre. Ella mira fijamente a la pared y, de vez en cuando, recuerda tomar un sorbo. Anciana fuerte. Seguro que puede manejar su licor, se lo dare ese mérito.

Horvath limpia hasta el último bocado. Club de plato limpio. Las palabras pasan por su cabeza como siempre lo hacen después de una comida. Piensa en su madre, que Dios guarde su alma. Algunas mujeres siempre eligen a los hombres equivocados.

El camarero se abalanza sobre ella y mira el vaso vacío. "¿Sacarle el aire a eso?"

"No, estoy bien. ¿Cuál podría ser el daño?"

Deja un billete en la mesa y luego se desliza por las puertas giratorias hacia la cocina.

Horvath saca su billetera, deja algunos billetes debajo del salero y luego agrega un poco más para pagar la escuela de encanto.

Toma el camino más largo a casa para aclarar su mente.

Está oscureciendo temprano. Las farolas se están despertando lentamente, como si estuvieran luchando contra una desagradable resaca.

Hay pocas cosas mejores que una agradable caminata. Ayuda a aclarar la mente, lo ayuda a relajarse. Pero al mismo tiempo, siempre mantiene los ojos abiertos y la mente alerta. Nunca se sabe lo que te espera a la vuelta de la esquina. La muerte podría salir de las sombras y luego tu número saldría en la lotería. Nunca se sabe.

Las calles son claras y tranquilas. Piensa en las copas de martini vacías en la mesa de la anciana. Su única compañía.

Un adolescente pasa en bicicleta, las tarjetas de béisbol tintinean en los radios.

Puede oler una panadería cercana.

Hay un puente en la distancia, que lleva a la gente al siguiente estado.

Recoge su tintorería y regresa al hotel. El western está sentado en la esquina de su cama, pidiendo ser leído.

Se desnuda, se lava, bebe agua del fregadero. Agarra el libro, se mete bajo las sábanas. Leerá un rato y luego se acostará temprano. Mañana es un día ajetreado.

LOS NIÑOS ESTÁN BIEN

Después del desayuno, Horvath lava su ropa de gimnasio en el frega-dero y la cuelga para que se seque. No quiere desperdiciar todo su dinero en la tintorería.

No es que le quede mucho, incluso con lo que le pagó Lana. Los gastos van sumando.

No puede mostrar su rostro por Paradise City, al menos no por un tiempo. Así que toma un taxi para que lo dejen a seis cuadras de distancia y fisgonea por el vecindario. Pregunta por ahí, pero nadie sabe nada sobre el nuevo propietario o el títere que actúa como si dirigiera el lugar. Nadie ha visto a los idiotas que lo persiguieron por toda la ciudad, y nadie sabe de ninguna organización criminal en la zona.

Nadie sabe nada, o tal vez simplemente no están dispuestos a hablar. Es malo para tu salud.Toma una copa en un bar local y deja caer algunas pistas. Implica que está buscando acción, que es un soldado confiable y experimentado, pero nadie cae.

Tienen esta ciudad bien sellada, piensa. Todo el mundo corre asustado. Nadie va a decir una palabra, especialmente por aquí, tan cerca de Paradise City. Debe ser territorio sindicado. Tal vez sean más conversadores al otro lado de la ciudad.

Vuelve a la Taberna de Smith.

Lugar peligroso. Puede que no esté relacionado con mi caso, pero definitivamente están preparando algo. Lo puedo sentir en mis huesos.

Pide un whisky y se sienta solo en la barra, encorvado sobre su bebida.

Cuando el camarero pasa arrastrando los pies para rematarlo, Horvath deja caer algunos nombres. Jaworski, Gilroy, el sindicato.

Nada.

Él pregunta por el tipo que lo trajo a esta triste ciudad, el tipo que está tratando de encontrar.

Nada.

El camarero sacude la cabeza y sigue sirviendo. Su brazo no tiembla. Ni siquiera parpadea.

Él pregunta por Rojak, Kovacs o Bill Worthington, quienquiera que sea. Amigo de Lana.

Nada.

Es como si estuviera hablando chino o algo así. Esto le hace pensar en Fang y el hormiguero que ella llama hogar. ¡Qué dama!

O no, es como si fueran fantasmas. Flotando por la ciudad sin dejar rastro. Nadie ha visto sus caras ni escuchado sus pasos. Nadie cree siquiera que existan.

Él considera mencionar a las niñas jovenes y los niños. Nada demasiado obvio. Sólo menciónalo de una manera vaga. Engrasar el asta de la bandera y vea quién lo saluda. Pero no, sólo pensar en eso lo enferma. A veces se pregunta si realmente está hecho para este negocio. No tiene corazón para eso, ni estómago. Y sus ojos tampoco están muy contentos con eso. Las cosas que ha visto.

Pero sus puños están bien con eso. Nunca lo decepcionaron.

Horvath bebe un sorbo de whisky y piensa en un joven que tenía todo preparado para él. Esposa, casa, coche, trabajo profesional. La vida era buena. Nada puede salir mal.

Excepto que lo hizo. Un par de decisiones equivocadas y aquí estaba, recopilando información para la empresa. En realidad, no es un mal tipo y lo que hace no está en contra de la ley. No exactamente. Al menos no la mayor parte del tiempo. No se suponía que su vida fuera así. No está preparado para las prostitutas infantiles o para tirar un cadáver a la basura.

Y no está preparado para una mujer como Lana.

Pero, de nuevo, ningún hombre lo es.

El camarero, a una docena de metros de distancia, se está alejando de él.

¿Me estaba mirando? ¿Me estás dando el globo ocular peludo? Quizás hice una pregunta de más. Ahora está junto al teléfono. Tal vez me vaya a dar un centavo.

Horvath devuelve el resto de su bebida y se va, antes de que pueda averiguarlo.

Afuera, el sol golpea como un martillo y él es el yunque.

Mucho día por delante y ya estoy cansado, él piensa. El alcohol corre por mis venas. Necesito café.

Él toma unas aspirinas y regresa a casa, si eso es lo que es el Ejecutivo. Encontrará un restaurante en algún lugar del camino y se sentará a tomar una taza.

Cuando oye sonar la campana, mira hacia una iglesia construida con piedra gris pesada. El sacerdote está afuera con túnicas doradas con costuras moradas. Estrechando manos, sonriendo. En el interior, sus hombres han recogido dinero en cestas de mimbre forradas en terciopelo rojo. Los católicos lo tienen todo resuelto. Están en el jaleo de la protección, para tu alma eterna.

Viejo par de zapatos, cordones atados y enrollados sobre el cable telefónico.

Un auto sufre una avería.

Agradable familia caminando a casa desde la iglesia. Enclaustrados con trajes oscuros y vestidos de color amarillo brillante. Corbatas, cintas, buenos zapatos. Cabello perfecto. Como algo sacado de una revista brillante. No puede imaginarse críar una familia en un pueblo como este.

Pero, de nuevo, todo va mal.

Después de unas pocas cuadras ve un deli italiano. En la acera, dos sillas de hierro colocan sus patas debajo de una mesa a juego. Un anciano con un delantal largo y blanco se encuentra fuera de la puerta principal, con las manos en las caderas. Broom se apoya contra el costado del edificio. Está sonriendo, protegiéndose los ojos del sol y mirando algo al otro lado de la calle.

Horvath recuerda un café italiano que tomó una vez, en Newark. Lo llamaron espresso. Muy pequeño y muy fuerte. Como si te abrieran el cráneo y te clavaran una picana en el cerebro. Amargo, pero hizo el trabajo.

Entra y pide un doble.

Él camina por la ciudad durante unas horas, pero no aprende nada nuevo.

El espresso está haciendo su trabajo. El primero estaba tan bueno que pidió otro y luego uno más. Ahora está bien despierto y su mente es aguda como la hoja de un cuchillo. Tiene un millón de ideas, pero todas están gritando al mismo tiempo.

Después de cenar, toma un autobús para cruzar la ciudad y se baja en el lado este, cerca del río. El plan es buscar un almacén, como dijo el entrenador. Con suerte, no sólo estaba contando historias.

Empieza a caminar hacia el norte.

Él empieza a caminar hacia el norte.

A su izquierda, una valla métalica lata rodea un taller de reparación de automóviles. Detrás de la puerta, un perro rechoncho sin pelo está atado a una estaca con una gruesa cadena de metal. Muestra los dientes y aúlla, la baba gotea de su barbilla. Horvath casi salta, pero se las arregla para calmarse. Un hombre con un mameluco grasiento sale de una pequeña cabaña y se ajusta la gorra, con los ojos fijados en el extraño. Se para junto al perro y ambos miran, como un matrimonio de ancianos. El hombre entrecierra los ojos, la boca colgando abierta. Le faltan algunos dientes y no es un entusiasta del baño. A él también le vendría bien una correa, piensa Horvath.

Las viviendas citadinas y los apartamentos desaparecen y los edificios se alejan de la carretera. A lo lejos, al borde de un bosque, una vieja camioneta Ford se oxida y se derrumba en la tierra.

Puede oler el río y ver árboles inclinados sobre el agua. Las aves marinas vuelan en círculos sobre sus cabezas antes de descender. El ruido de la ciudad se desvanece. Algunos niños juegan en un campo cubierto de maleza rodeado por una valla de madera a la que le faltan algunos listones. Piensa en los dientes del dueño del perro.

Termina el asfalto. Solo hay polvo y grava bajo sus pies.

No hay tantas tiendas por aquí, ni restaurantes ni bares. Lotes vacíos, hierba muerta, botellas rotas.

El final de un largo camino y el final de la ciudad.

Puede ver una fábrica más adelante, mirando hacia el río. Nubes de humo negro cuelgan sobre él y flotan sobre el agua.

El almacén se encuentra sobre un lecho de cemento a unos cientos de metros a la derecha, pasando un campo verde. Un gran bloque gris y feo, una bofetada en la cara a toda esta naturaleza.

Un pequeño edificio de tablillas blancas está a su izquierda. La última estructura antes de los caminos de grava da paso a la maleza, el suelo húmedo, las flores silvestres y el vacío. El almacén está a un cuarto de milla más adelante, quizás un poco más cerca.

Él camina hacia el edificio. Tabaquero

En el interior, un indio de madera hace guardia.

"¿Puedo ayudarte?"

Las luces son tenues y, por un segundo, piensa que es el indio el que habla, pero luego un hombre se levanta de donde estaba agachado frente a un estante bajo.

"Por supuesto. Necesito algunos paquetes de cigarrillos y un poco de líquido para encendedor ".

"Por aqui."

Horvath lo sigue por la tienda. Es alto, de rostro demacrado y pómulos afilados. No se ha afeitado en unos días, tal vez una semana.

"Aquí está nuestro butano". Coge una lata. "¿Esto está bien?"

"Sí, eso estará bien".

"Los cigarrillos están al frente. ¿Qué marca fumas?

"Lucky Strike."

El dueño de la tienda hace un gesto con la cabeza hacia la caja registradora. "¿Algo más?"

"No, eso debería ser suficiente".

El hombre lo llama y Horvath pone un billete de diez dólares en el mostrador.

"Aquí está su cambio, señor".

"Gracias. ¿Te importa si pongo gasolina?

"Sírvete." Agarra un embudo de un estante y lo empuja a través del mostrador.

"Gracias." Horvath saca su encendedor.

"Bonita joya que tienes ahí. Eso es bronce real, no uno de esos trabajos de acero".

Él asiente. "Un amigo me lo dio".

"Ese es un amigo".

Horvath está de acuerdo, pero no dice nada. Simplemente llena el encendedor.

Su nombre está grabado en la parte trasera. McGrath se lo dio cuando terminó el entrenamiento, una especie de regalo de graduación. Al día siguiente lo enviaron a los leones.

Me vendría bien su consejo ahora mismo. Quizás me ponga en contacto con él la semana que viene. Una vez que obtenga algunas respuestas sólidas. No es un protocolo, pero necesito su opinión sobre algunas cosas. Estoy perdido aquí.

Se mete la lata de butano en el bolsillo de la chaqueta y enciende su encendedor.

"Como nuevo", dice el comerciante.

"¿Está bien si tomo un cigarrillo rápido?"

"No hay ley en contra".

Horvath le ofrece un cigarrillo, pero el hombre lo rechaza.

Se enciende, se acerca a la puerta. "Dime, ¿qué es eso de allí?"

El hombre camina detrás de él. "Fábrica de botones".

Señala el almacén. "¿Qué hay de eso?"

Sin respuesta. Horvath se da la vuelta.

El hombre se encoge de hombros. "Sólo un almacén. No sé lo que consiguieron allí ".

"¿Pertenece a la fábrica?"

"Me atrapaste."

Él asiente, da una bocanada lenta. "¿Has visto a alguien allí?"

"No en realidad no. A veces se detiene un camión o una camioneta. Eso es todo."

"¿Qué pasa con la policía? ¿Alguna vez investigaron?

"Dime, ¿Qué pasa con todas las preguntas?" El hombre engancha los pulgares detrás de los tirantes, mira el traje gris y la camisa blanca planchada de su cliente. "¿Estás con el FBI o algo así?"

"No nada de eso." Fuerza una risa. "Sólo curiosidad, eso es todo".

"Bueno, sabes lo que le pasó al gato, ¿No?"

"No lo ascendieron en la oficina, ¿Verdad?"

"No señor. Está tomando una siesta ".

Horvath da un último soplo y busca un cenicero. El hombre le entrega una lata vacía de café Chase & Sanborn.

"Gracias." Apaga el cigarrillo y devuelve la lata al tendero. "¿Entonces no recomendarías hacer demasiadas preguntas sobre ese lugar?"

"No, yo no lo haría."

"Ya veo."

"Tengo un inventario que hacer". Se rasca detrás de la oreja, mira a la calle por una ventana lateral. "No puedo estar aquí perdiendo el tiempo todo el día".

Mira a su alrededor, pero apenas hay inventario que hacer. "Lo siento, solo una cosa más".

"Adelante."

"Soy nuevo por aquí, así que necesito aprender lo básico. No quiero parecer un pueblerino ".

El hombre asiente, se hurga los dientes con una cerilla.

"¿Cómo es la policía en esta ciudad? Escuché que no están muy interesados en atrapar a los ladrones ".

Una risa hueca. "No podían tomar un autobús, ¿Sabes a qué me refiero?"

"Lo entiendo."

"Prefieren caminar, de todos modos".

"Más lento de esa manera".

"Exactamente", dice el hombre. "No aparecen hasta que termina el tiroteo".

"Les ahorra mucho papeleo".

"¿Crees que esos chicos saben leer?"

"No apostaría por eso".

El hombre mira por la puerta principal para ver si hay escuchando. "Mira, no te metas con estos tipos. Pueden ser lentos y estúpidos, pero no tontos. Y juegan duro. Digamos que tienes un restaurante y no les pagas. Si tienes suerte, el departamento de salud lo cierra o tal vez tú distribuidor de cerveza de repente no pueda entregar la mercancía ".

"¿Y si no tienes tanta suerte?"

"La barra se convierte en humo, o te despiertas en el hospital con dos piernas rotas y la mandíbula fracturada".

"O nunca te despiertas en absoluto".

"No eres tan tonto como pareces, amigo".

Él sonríe. "Tengo algunas células cerebrales flotando por ahí en alguna parte".

"Bien, los necesitarás. Pero si sigues haciendo preguntas, terminarás en el río de allí. Comida de pato ".

"No creo que los patos coman carne humana".

El comerciante se da la vuelta y se dirige al almacén. "Depende de cómo se cocine".

Horvath está solo en la tienda. Afuera, el cielo ha pasado de gris a negro. Las calles están vacías y silenciosas, pero no pacíficas.

Consulta su reloj. 8:17. Los chicos del gimnasio dijeron que las cosas empezarían a funcionar a las 9:15, 9:30.

Una puerta de portico se cierra de golpe en la distancia.

Es hora de mirar alrededor.

Él camina hasta el final del camino de grava y cruza el campo. Algunas maleza es lo suficientemente alta como para hacerle cosquillas en la barbilla. Después de unos cientos de metros, el verde se convierte en tierra y luego en cemento gris. Sin autos, sin gente, sin sonidos. Las puertas del almacén están cerradas y bien cerradas.

Hay una fila de ventanas altas en el lado izquierdo del edificio. Camina a lo largo del perímetro, recoge una caja de madera que está en el suelo y la coloca en el suelo debajo de las ventanas. No lo suficientemente alto.

Camina hasta el final del almacén, mira a su alrededor en la hierba y la maleza hasta que encuentra otra caja. Lo agarra y se coloca encima del primero.

Mira a su alrededor, no viene nadie.

Con cuidado, se sube a las cajas y pone las manos sobre las tablas de madera del edificio.

De puntillas, mira por la ventana, pero está cubierta de años de polvo y mugre, más amarilla que transparente. Y está oscuro por dentro. No puede ver nada. Pega la oreja a la ventana, pero el lugar está silencioso como una cripta. Echa otra mirada, intenta concentrarse. Tarimas, estanterías, barriles tal vez. Cajas o cajones cuadrados grandes. Puede ver formas pero no colores ni detalles. Nada se mueve en la oscuridad.

"¿Qué está haciendo, señor?"

Horvath se da la vuelta y baja. Un niño pequeño está parado allí, con una pelota roja y amarilla a sus pies.

"Perdí a mi gato. Pensé que podría haber vagado por aquí. ¿Lo has visto?

"No, no he visto ningún gato. Pero un par de ardillas sí "

Salta de la caja y mira al chico durante unos segundos. "¿Dónde vives, chico?"

"Allá atrás". Señala hacia la carretera, el estanco, el límite de la ciudad.

"Tus padres saben que estás jugando aquí".

"Sí, no les importa".

"Se está haciendo de noche."

"Sí. Será mejor que vuelva a casa pronto ".

Se enciende, considera al chico.

"¿Has visto a alguien entrar en el almacén?"

"No, la gente no viene por aquí. Este lugar está embrujado.

"Correcto." Coge una de las cajas y la arroja a la maleza. "¿Alguna vez has visto a un grupo de niños aquí? ¿Entrar en el almacén?

"No, no hay otros niños que vivan en este vecindario. Es terrible."

Quiere reír, pero no puede.

"¿Quiere jugar a la pelota conmigo, señor?"

"Tal vez en otro momento."

La sonrisa ansiosa del niño se hunde.

"Lo siento niño, pero yo también necesito llegar a casa. Aquí hay dos cosas ". Le entrega una veinticinco centavos. Cómprate un helado y un cómic.

"Vaya, gracias, señor."

"No lo menciones".

El niño toma su pelota y sale corriendo. Horvath se queda solo al anochecer, con un montón de preguntas sin respuesta.

Él camina por el otro lado del edificio, pero no hay nada que ver.

Considera romper una ventana y entrar a hurtadillas, pero el lugar parece bastante normal y está muy lejos de la ventana. De todos modos, sabrían que era él. Demasiada gente ha visto su rostro husmeando.

Estarán aquí pronto, piensa. Si tengo el lugar correcto. Necesito esconderme en alguna parte.

Camina hacia la maleza, se agacha y espera.

A las 9:15, sus rodillas están gritando. Se sienta en la tierra húmeda y se pone de rodillas.

Sigue esperando.

9:42. No van a venir. Se pone de pie, se limpia los pantalones y comienza a caminar.

En su camino de regreso a la ciudad, intenta unir las piezas. Tal vez sea solo un almacén. No tiene nada de turbio. El entrenador podría haber estado mintiendo o mal informado. Quizás ya no lo usen, o tal vez simplemente no lo usen esta noche.

El comerciante se puso muy hablador de repente. ¿Cuál es su historia? ¿Es solo un tipo normal o es más que eso? Podría ser un vigía para Jaworski.

Horvath todavía puede recordar una época, años atrás, en la que no sospechaba de todos los que conocía. Echa un buen vistazo al hombre que solía ser. Qué tonto.

Sigue caminando.

El niño camina hacia el río. Cuando se acerca, patea la pelota contra los juncos y saca un paquete de cigarrillos de los bolsillos del overol. Enciende un cigarrillo, da un soplo y se remanga la sudadera. Las marcas de quemaduras cubren sus brazos como pecas.

Sigue caminando.

Una rana toro croa, los grillos parlotean.

Algo se mueve en el agua.

Ve al Sr. Jaworski apoyado contra un árbol y el brillo anaranjado de su cigarrillo. Cuando se acerca, puede ver el bulto en su chaqueta y la gruesa cicatriz púrpura como un gusano que se desliza por un lado de su cara. El bote de remos ha sido detenido en la orilla fangosa del río..

"¿Cómo van las cosas?"

"Todo está bien, Sr. Jaworski".

"¿Estás listo?"

"Listo como nunca lo estaré".

"Buen chico."

Primero sube al bote y el Sr. Jaworski lo sigue. Reman silenciosamente a través de la oscuridad.

Pronto, le contará al Sr. Jaworski sobre el hombre que estaba mirando por las ventanas. Es malo, muy malo, pero no hay nada que pueda hacer al respecto.

14

ESPERANDO AL HOMBRE

Horvath no duerme mucho esa noche y por la mañana se siente como si no hubiera dormido en absoluto.

Se levanta, se lava las manos y la cara, se las seca con una toalla raída con una E dorada en relieve.

Se viste y baja las escaleras.

El Sr. Prissy está a cargo de la recepción, como de costumbre. Su piel, labios y uñas lucen más brillantes hoy, al igual que el nuevo traje real azul. También hay un litro extra de aceite en su cabello. Debe ser un día especial.

Horvath se acerca al escritorio

"Buenos días señor." El sarcasmo y el desdén se han secado.

"Mañana." Hace una pausa. "Estoy en desventaja aquí porque sabes mi nombre, pero yo no conozco el tuyo".

"Gilbert". Lo dice como un francés, *Gil-bej*.

Entonces, Gilbert. ¿Alguien pregunta por mí?

"No."

"Bueno. ¿Alguien que esté merodeando por el vestíbulo y parezca sospechoso?

"No."

Hay algo en su *no* que suena mucho a sí. Si no lo supiese, pensaría que alguien apuntaba con un arma a la cabeza del tipo.

"Está bien, gracias."

Atraviesa la puerta giratoria y la luz del sol lo apuñala en el ojo. Pero no es tan malo como ayer o anteayer. Lo peor ya pasó. El verano se está muriendo.

Es hora de hablar con Lana en casa de Frank, piensa. O en Fran_. Necesita registrarse, planificar el próximo movimiento. Me detendré a tomar un café y una dona en el camino. Tal vez tome un espresso, una palabra que probablemente sea italiana para una *patada rápida en la cabeza.*

Cuando entra, la ve de inmediato, sentada en la barra con las piernas cruzadas y la falda abrochada hasta el lado norte. Piernas largas y robustas vertidas en ajustadas medias negras, lo que le hace querer olvidarse de su trabajo, de Jaworski y de todo lo demás.

Ella mira hacia arriba, sonríe torcidamente y sopla un anillo de humo que cuelga sobre su cabeza como un halo. Ni en sueños. Lana tiene muchas buenas cualidades, pero no es una santa. Horvath lo supo la primera vez que la vio.

Se sienta a su lado en la barra.

El papel está frente a ella, doblado en cuartos, con el bolígrafo a un lado.

Recuerda a la joven camarera despistada de la cafetería de la farmacia. "¿Qué pasa con las mujeres y los crucigramas en esta ciudad?"

"Sabemos muchas palabras y no tenemos miedo de usarlas".

"Oh, sí, ¿Cómo qué?"

"Como un *amigo perdido*, un *detective decepcionante* y *no llegar a ninguna parte*".

"Esas son frases, no palabras".

"¿Qué crees que es una frase? Un par de palabras encadenadas".

Levanta las manos. "Bien bien. Sé paciente conmigo. Todavía no he desayunado ".

Puedo ofrecerte algo. Tenemos una cocina en la parte de atrás ".

"¿Huevos revueltos y tocino, con tostadas crujientes?"

"Por supuesto."

"¿Será algo bueno?"

"Probablemente no."

"Suena perfecto."

Lana gira la cabeza y grita. "Hola, Nick. Necesitamos dos huevos, rómpelos, tocino y una tostada crujiente ".

"A la orden."

"Y una taza de café negro, extra amargo".

"Lo haré".

Horvath enciende su cigarrillo.

Ella apaga su cigarrillo y le acerca el cenicero.

Mira a su alrededor. Frank's está vacío, pero aún es temprano. Incluso los bebedores serios necesitan dormir hasta tarde. "Entonces, ¿Cómo está la oficina?"

"Lo mismo de siempre. Horas largas, sin atmósfera, el jefe es un idiota ".

"Tengo una pregunta para ti."

"Dime."

"Hace unos minutos, dijiste que no estaba llegando a ninguna parte".

"Te estás equivocando". Ella se inclina y le frota el antebrazo.

"Pero estás en lo correcto. No sé que hacer. ¿Cómo lo supiste?"

Ella mira hacia otro lado rápidamente, se encoge de hombros, alcanza una caja de cigarrillos plateada. "Está escrito por toda tu cara."

Nick llega con el desayuno antes de que pueda hacer más preguntas.

Profundiza mientras Lana sirve dos tazas humeantes.

"Gracias."

"No lo menciones".

Ella lo ve devorar la comida. "No pierdas el tiempo, ¿Verdad? Es como si no hubieras comido en semanas".

"Necesito aumentar de volumen. Se acercan las pruebas para el Equipo Universitario de Fútbol americano".

"¿No eres un poco mayor para eso?"

"Sí, pero soy inmaduro para mi edad".

Limpia lo que queda con el último bocado de tostada, lo enjuaga con café, se limpia la boca con una servilleta.

"¿Listo para hablar?" Ella pregunta.

"Lo puedes apostar".

Él la pone al día, lo que no tarda mucho: no hay señales de Kovacs y nadie habla.

"Así que realmente no estás llegando a ninguna parte rápidamente", dice.

"Se siente como si estuviera dando vueltas".

"Llegarás ahi. Sé paciente."

"¿Tienes una foto de Kovacs?"

"No lo siento."

"Estaría mucho mejor si lo hicieras".

Sus cejas se mueven como terriers saltando sobre una valla corta.

Intenta averiguar lo que está pensando, pero se queda sin qué decir. Un sorbo de café no ayuda. Mira las botellas que están hombro con hombro detrás de la barra como ladrones en una fila de policías. "Es hora de ser sincero conmigo. ¿Qué hizo tu amigo?"

"Él-"

"—Y no me vuelvas a dar esa rutina de boy scout. Debe haber estado metido en algo".

Lana mira a Horvath, aparta la mirada. Ella alcanza detrás de la barra, saca una botella de bourbon.

"Un poco temprano, ¿No?"

Ella mira su reloj. "Sí, bueno, es un poco temprano para un interrogatorio".

Él asiente, termina el café. Sirve whisky en sus tazas vacías.

Toma un buen trago largo.

"Kovacs es de Denver, originalmente. Vino a la ciudad hace unos años. Gastó mucho dinero, mostró su rostro por toda la ciudad. Chico llamativo, siempre buscando pasar un buen rato. La sonrisa nunca abandonó su rostro ".

"¿Y entonces?"

"Luego se quedó sin dinero y los buenos tiempos ya no eran tan buenos. Empecé a preguntar por un trabajo. Pero no hubieron ofertas. Nadie podía responder por él. Después de unas semanas, las cosas se pusieron desesperadas ".

"¿Estaba contigo en este momento?"

Ella asiente. "Y estaba dispuesto a hacer cualquier cosa".

"Déjame adivinar, fue entonces cuando un puesto estuvo disponible en el sindicato".

"Lo tienes. Necesitaban un cobrador. Cosas de poca monta. No hay much dinero, pero lo estábamos haciendo bien ".

"Hasta que una de las bolsas volvió un poco ligera".

"Sí, eso es más o menos del tamaño".

"Alguien se volvió inteligente y lo agarraron".

Lana termina su bebida. "Eso es todo lo que tengo".

"¿Sabías que estaba echando un vistazo?"

"No."

Toma un largo sorbo. El whisky atraviesa las rosquillas, el espresso, el desayuno, el café y los cigarrillos como una espada samurái. Entonces, piensa. Ella finalmente dijo la verdad. Pero eso no significa que esté siendo sincera conmigo. Incluso si su labio temblaba y sus ojos seguían la rutina del Pobre Huérfano Hambriento. Puede que esta no sea la verdad, pero nos estamos acercando.

"¿Qué hay de tí?" ella pregunta. "¿Encontrar al chico que estás buscando?"

"Ni siquiera cerca. No puedo encontrar ni rastro de él en ninguna parte ".

"Somos sólo un par de idiotas".

"Amén."

Ella levanta su whisky y tintinean tazas de porcelana falsas.

ANDREW MADIGAN

"He estado investigando otra cosa", dice. "No estoy seguro de cómo se relaciona, pero ..."

"¿Qué es?"

Él le habla del gimnasio, los niños, el almacén.

Hace una mueca de disgusto, como si el whisky fuera vinagre.

"Mis pensamientos exactamente", él dice. "¿Así que este Jaworski es un gran hombre en el sindicato?"

"Sí." Descruza las piernas y se inclina más hacia Horvath. Su falda lápiz es más como un talón. "No quieres meterte con él".

"Entendido."

"¿Pero lo vas a hacer de todos modos?"

"Voy a donde me llevan las pistas".

"Es tu funeral".

"Quiero ser incinerado".

"Estoy seguro de que se puede arreglar".

"¿Conoces a este Jaworski?" él pregunta.

"Por reputación".

"¿Quién es qué?"

"Implacable. Enfermo. Loco. Le gusta jugar con sus víctimas antes de matarlas. Más divertido de esa manera ".

"Seguro."

"Él reporta directamente a Gilroy". Lana mete la mano en su bolso, saca un lápiz labial y comienza a pintar. "¿Sabes mucho sobre su operación antes de llegar a la ciudad?"

"Nunca he oído hablar del tipo ni de su atuendo".

Pero sabía que existía. Cada pueblo tiene un sindicato. Todo el mundo está sucio. Incluso los hombres en la cima, los pilares de la sociedad con dientes blancos y brillantes, trajes caros y cabello perfecto, los que siempre están hablando de limpiar la ciudad y deshacerse de todos los malos. Especialmente ellos.

"¿Y ahora qué?" ella pregunta.

"Buena pregunta."

"Las personas para las que trabaja, ¿Tienen ideas?"

"Sí, pero ninguno de ellos es bueno. He estado siguiendo a este tipo durante semanas, en seis estados, pero es un fantasma ".

"¿Qué tipo de pistas te dan?"

"Un nombre, una dirección, una matrícula, sitio donde dormir, un asociado, otra matrícula, un bar ..."

"Parece que el tipo es inteligente. Cambia coches, escondites, pueblos. Él sabe que estás sobre él ".

"Tal vez."

"Encontrarás a tu hombre. No te preocupes ".

Lo sé. "Me gustaría echar otro vistazo a Paradise City, pero es demasiado pronto. Conocen mi cara y probablemente me estén buscando ".

"Parece que necesitas ayuda".

"¿Eso es una oferta?"

Cuando se da la vuelta para mirar a Horvath, él la está mirando. "Ni una oportunidad, astuto. Demasiada gente me conoce en esta ciudad ".

"Muy bien, ¿Tienes alguna idea brillante?"

Ella se encoge de hombros.

No hablan durante 20 o 30 segundos, lo que parece durar una hora.

Lana se mueve en su asiento, casi imperceptiblemente. "Conozco a alguien."

"¿Quién?"

"Un chico."

"¿Es confiable?"

Otro encogimiento de hombros. Los usa como hombreras. "Puedes confiar en él "

"Lo dudo."

"¿Por qué dices eso?"

"Él es humano, ¿no?"

"Sí."

"No puedes confiar en personas así".

Su sonrisa se convierte lentamente en una risa suave. "Eres un tipo divertido, ¿Lo sabías?"

"Eso me dicen".

"Necesito hacer una llamada". Ella se desliza del taburete. "Póngase en contacto con mi asociado poco confiable ".

"¿Necesitas un centavo?"

"Tengo un teléfono en la oficina administrativa, no se necesitan monedas".

"¿Una oficina con teléfono privado? Eres un capitán habitual de la industria. ¿También tienes una secretaria?

"Quisiera." Ella se da vuelta y comienza a alejarse. "No te diviertas demasiado mientras no estoy".

Demasiado tarde, piensa, mirando la falda lápiz gris luchar con sus curvas.

Horvath enciende un cigarrillo y se pregunta si está cometiendo un error. Siempre ha trabajado solo, pero ahora Lana está aquí. De algun modo.

Ella tiene algún tipo de control sobre mí. No puedo pensar con claridad cuando ella está cerca. ¿Debería confiar en ella? ¿Ella sabe lo que está haciendo?

Quizás no tengo elección.

Lana sale de las sombras del pasillo trasero y cruza la habitación. No se pierde un paso. La forma en que se mueve es mejor que Ginger Rogers, mejor que un boxeador bailando en el ring. Ella lo mira fijamente, con el rumor de una sonrisa en su pequeña boca, y camina casi como si nadie la estuviera mirando.

Ella se sienta. "Él está adentro."

"Bueno."

"Estará aquí en un par de horas".

"Debería salir de aquí."

"Sí, yo también."

Ella coge la botella y siguen bebiendo.

. . .

Aparece a primera hora de la tarde. Lana y Horvath no lo notan al principio. Se están poniendo un poco tensos, riendo demasiado fuerte por una broma estúpida. Sus taburetes están tan juntos que prácticamente se tocan.

"Hola estoy aqui."

Se dan la vuelta.

Horvath lo fija en 1.60 cm, 120 libras empapado. No supera los 17. Corbata morada brillante. Ahogándose en un traje de raya diplomática que es tres tallas más grande, como si fuera un día de aficionados en el circo de los Ringling Brothers. Un fedora, inclinado desenfadado sobre los ojos. Masticando un palillo. Es lo mismo en todas partes. Todo joven punk piensa que es Al Capone, pero la mayoría de las veces son simplemente mocosos, suaves y sin espinas como una medusa. A veces él también se siente así.

"¿Cuantos años tienes?" Pregunta Horvath.

"Lo suficientemente mayor", escupe el niño.

"¿Lo suficientemente mayor para qué? ¿El carrusel?"

"Oye, déjalo". Agarra el palillo de la boca y señala con él, un movimiento sacado directamente del manual de tipo duro.

"¿Has estado practicando eso frente al espejo del baño, chico?"

Mira a Lana. "Oye, ¿Qué pasa?"

"No te lo tomes como algo personal. Sólo está viendo de qué estás hecho".

"Bueno, no necesito ningún labio de esta taza. ¿Entendido?" El niño da medio paso hacia adelante.

"No lo presionaría", dice.

El niño respira con dificultad, los brazos tensos, las manos apretadas en pequeños puños.

"Escucharía a la dama si fuera tú".

"Tú no eres yo".

"Bueno. Eres un verdadero matón. Lo entiendo." Horvath mira a Lana y sonríe. "¿Cuál es tu nombre, chico?"

"No soy un niño".

"Lo que digas, pero ¿Qué es?"

"Jimmy."

"¿Tu otro nombre?"

"Milner."

"Entonces... Jimmy Milner. ¿Lana te dio toda la información?

Si. Necesitas que vaya a un club nocturno, investigar, informar ".

"Bingo. ¿Piensas poder con ello?"

"Por supuesto."

"Bueno. Aquí hay algo para motivarte ". Le mete un billete de cinco cinco en el bolsillo del pecho. "Obtendrás la otra mitad cuando haya terminado".

"Nos vemos aquí a las 9:00", dice Lana. "Y no llegues tarde".

Horvath llega temprano a Frank's y se sienta en la barra. El lugar está casi vacío. Se pregunta cómo se mantienen en el negocio.

Lana no está por ningún lado y el camarero ha estado puliendo el mismo vaso durante cinco minutos seguidos. Los ceniceros están llenos de colillas y las botellas de cerveza vacías se alinean a lo largo de la barra como soldados en un desfile. Frank's es un tugurio, pero ese cristal basculante está limpio.

Sale de su oficina unos minutos más tarde. La falda lápiz, las medias y los tacones de aguja se han ido. Lleva un traje pantalón verde, una blusa beige sedosa y zapatos cómodos.

Ella alcanza el bourbon. "¿Quieres una bebida?"

"No, pero tomaré café si lo tienes".

"Por supuesto." Lana deja la botella y camina hacia la cocina.

Horvath bosteza. Demasiadas bebidas esta mañana y poca comida. Trató de dormir en el hotel, pero luchó con las sábanas durante una hora. Más tarde, se sentó en la cama y encendió la luz. Leyó el western hasta que llegó el momento de ducharse y afeitarse.

Vuelve con dos tazas, llevándolas como una profesional. Intenta imaginársela como una camarera en algún antro, tomando pedidos y lanzando comida, pero la imagen no se sostiene.

"Gracias."

"Cualquier cosa por ti." Ella toca la parte baja de su espalda, sólo por un momento.

Pero ese momento es más que suficiente. La electricidad sube por su columna y baja por sus brazos.

"¿Entonces crees que tu chico está preparado para el trabajo

"¿Seguro, ¿Por qué no? Es bastante simple ".

Siempre parece así, piensa. Hasta que algo salga mal.

Agarra un azucarero, echa algunos terrones en su café y lo revuelve.

"¿Pensaste que lo tomaste negro, sin azúcar?"

"Necesito un estímulo. No estoy acostumbrado a beber tanto, tan temprano ".

Tiene sus dudas.

La cuchara suena cuando la pone sobre el platillo blanco.

El chico aparece cuando están a la mitad del café. Ha cambiado la corbata morada por un número rojo brillante con un alfiler de oro.

Horvath consulta su reloj. 9:06. El chico llega tarde. Sus dudas se multiplican.

Afuera, toman un taxi y se dirigen a Paradise City. Jimmy inclina la cabeza hacia un lado y abre las piernas, como un matón ordinario. Lana está callada y quieta, difícil de leer.

Mira por la ventana a la ciudad ajetreada. Hombres y mujeres vestidos elegantemente. Edificios altos y pequeñas tiendas. Letreros de neón, cables telefónicos. Hormigón y alquitrán. Faros, neumáticos chirriando, bocinazos. Borrachos saliendo a trompicones de los bares. Gritos y risas. Trabajadora apoyada en la ventana de un coche. Edificios de oficinas revestidos de vidrio y acero. Perros callejeros merodeando por los callejones, olfateando basura podrida. Protegidos en la oscuridad, no se pueden ver las botellas de cerveza rotas o los pájaros muertos, los autos oxidados y los baches, los vagabundos con pantalones manchados con periódicos metidos dentro de sus zapatos. Por la noche, la ciudad se ve casi hermosa.

A él le gusta ir más a pie. Tienes tiempo para asimilarlo todo, para ver cada escaparate con claridad, cada hombre abotonándose el abrigo y saliendo a la acera, cada mujer mirando por encima del hombro con una sonrisa irónica. Caminando, te derrites en la calle y te conviertes en parte de ella. No hay espacio entre ti y el lugar en el que se encuentra. Pero es diferente en un automóvil. Estás apartado, un extraño, mirándolo todo desde fuera. Extrañas cosas de esa manera.

"Esto es bueno." Lana le da un golpecito al conductor en el hombro y le entrega algo de dinero. "Quédese con el cambio."

"Gracias dama."

Salen y caminan hacia el norte. La discoteca está a seis cuadras.

Paradise City de Ron Johnson. Cuando el letrero brillante está lo suficientemente cerca para leerlo, Lana señala con la cabeza hacia la izquierda y entran a un callejón.

Los edificios de ladrillo rojo se levantan a ambos lados. Aquí no hay luces, no hay puertas que den al callejón. Este lado de la calle no tiene tiendas ni bares, por lo que no hay mucho tráfico peatonal. El albergue de la izquierda fue clausurado hace tres meses, por lo que está vacío excepto tal vez por un par de vagabundos durmiendo en el sótano.

Lana hizo su tarea. Este es el lugar perfecto.

Jimmy comienza a iluminarse, pero Horvath le lanza una mirada. El brillo anaranjado los delatará.

"¿Estás seguro de que puedes manejar esto, chico?"

"Muy fácil." Hace crujir los nudillos y se mete las manos en los bolsillos.

"Tómatelo bien, ¿De acuerdo? Tómate una copa, acomódate, no hables con nadie. Deja que otra persona dé el primer paso. Y cuando lo hagan, no hables demasiado. Introduce una pregunta o dos, como si realmente no te importaran las respuestas. ¿Entendido?"

"Sí, fácil".

"Sobre todo, mantén los ojos y los oídos abiertos".

"Roger."

Jimmy estira los brazos como si estuviera a punto de levantar una barra y su codo golpea el metal frío. Una escalera de incendios cae de golpe y él salta, con un chillido estridente.

"No tengas miedo, chico. La escalera no ha matado a nadie en todo el año".

"No tengo miedo. Sólo me sobresalté".

"Oh, ¿Es eso?"

"Está bien, es hora de entrar". Lana le aplana las solapas.

"Nos vemos en las tiras cómicas". Jimmy se aleja, alzando los hombros para que todos puedan ver lo hombre que es.

"Tienes a tu mejor chico en el trabajo, ¿Verdad?"

"Le irá bien", dice ella.

"Bueno, ¿Cuál es nuestro plan de respaldo, en caso de que las cosas vayan mal?"

"¿Tienes algo?"

"No."

"Sería mucho mejor si lo hicieras". Lana abre la cremallera de su bolso y saca una pequeña pistola.

"¿Qué tienes ahí?

"Especial del sábado por la noche".

"Se parece más al miércoles por la tarde".

"Hará el trabajo".

"Lo miraría más de cerca", dice, "Pero olvidé mi microscopio".

"Gran comediante, ¿No es así? Pero si se reduce a eso, se alegrará de que lo tenga".

Una mujer que puede manejarse sola. No del tipo que le llevas a casa con mamá, pero aún así, es su tipo de dama. "¿Crees que encontrará algo útil?"

"No lo sé. Tal vez. Pero no está de más intentarlo".

"Por supuesto que puede. Tendrá suerte si uno de esos matones no le retuerce el cuello, o algo peor".

"Ya es demasiado tarde para hacer algo al respecto".

Se alejan de la calle y esperan en silencio en el extremo oscuro del callejón.

Aquí, pueden fumar y pensar en cosas.

Un gato gris pasa sigilosamente, con los ojos puestos en Horvath. La música se desliza como un ladrón por una ventana abierta. Dos hombres se gritan el uno al otro, a varias cuadras de distancia. Los coches suben y bajan por el bulevar. Una señora pasa con dos bolsas de comestibles, el bolso en el hueco del brazo.

Jimmy pasa por el callejón 90 minutos después.

Lana y Horvath están ahora más cerca de la calle, mirando.

Pasa un minuto. Dos minutos. No pasa nadie, a ambos lados de la calle. Eso significa que nadie está siguiendo al chico.

Podrían haber esperado en el bar, con una bebida y un lugar para sentarse, pero entonces no sabrían si alguien estaba siguiendo a Jimmy. Es mejor ir a lo seguro.

Lana camina hasta el borde del callejón, lanza una mirada furtiva a ambos lados y se aleja hacia la derecha.

Un minuto después, Horvath la sigue a Carriage House, una taberna que existe desde la década de 1890.

El lugar es ruidoso, lleno de hombres. Ancianos, de mediana edad, algunos chicos más jóvenes. Plomeros, constructores, taxistas y electricistas, en su mayoría. Un par de bomberos y policías retirados.

Él pide un whisky, toma un sorbo, pregunta dónde está el baño.

En el camino, pasa por dos pesadas puertas de madera con paneles de vidrio ahumado. Un cuarto familiar. Aquí no se permiten mujeres y niños en el bar, incluso hoy en día, cuando la gente empieza a gritar por la igualdad de derechos.

Lana y Jimmy se sientan en una mesa larga, solos. A menos que cuentes el polvo. Parece que nadie ha usado la habitación desde que Garfield era presidente.

Él se sienta y la mira. "Buena idea. Nadie nos molestará aquí".

"Las mujeres nunca entran en este lugar, porque sabemos más".

"Eres una mujer inteligente". El niño agita el ala de su sombrero para que se le salga de los ojos.

"¿Chandler o Spillane?" Le pregunta Horvath.

"¿Eh?"

"¿De dónde sacaste tu acto?"

"No te sigo".

"No importa."

Lana sonríe hacia su bebida. Jimmy parece confundido, como si alguien le hubiera dicho que el mundo no era plano.

Horvath levanta su bebida y la devuelve. "Entonces, ¿Qué tienes?"

Jimmy se afloja la corbata, juega con el rubí falso de su anillo meñique. "No mucho."

"No mucho, ¿eh?"

"No. El lugar estaba casi vacío. Me senté en una de los barras, pero nadie se acercó a mí. Incluso el camarero se mostró distante. Así que fui a una de las otras barras y me paré cerca de un par de tipos que hablaban en voz alta y se cargaban. Ya sabes, tipos de hombres de negocios".

"¿Qué obtuviste de ellos?"

"Nada. Ellos eran de fuera de la ciudad".

"¿Qué más?"

"Nada. Mira, lo siento, pero—"

Horvath se inclina hacia adelante rápidamente, lo que hace que el chico retroceda. Casi se cae de la silla. "¿Por qué estás tan nervioso?

"No, lo juro. No obtuve nada porque no había nada que obtener".

"Suenas como un filósofo, chico. Deberías tener eso cosido en una funda de almohada o algo así".

"Mira, no es mi culpa. Así es a veces. No se puede sacar sangre de una piedra".

Eso no es lo que diría McGrath. Solo hay dos cosas en este mundo, rendirse o seguir con el trabajo. Si quieres sacar sangre de una piedra, entonces le das una paliza hasta que la sustancia roja comienza a gotear.

Mira a Jimmy, preguntándose si el chico aguantará.

Jimmy le devuelve la mirada durante un par de segundos, pero luego aparta la mirada. "Mira, hice mi trabajo. No necesito aguantar esto ". Se pone de pie.

Horvath también se pone de pie. Jimmy está mirando su barbilla. Tiene que echarse hacia atrás para mirarlo a los ojos.

"¿Estás seguro de que no escuchaste nada?"

"Promesa."

"¿Y nadie te obligó?"

"De ninguna manera."

Horvath se mete la mano en el bolsillo, saca algunos billetes y los guarda en el bolsillo del pecho de Jimmy. "Pongo un poco más allí".

"¿Para qué?"

"Para que te revisen los ojos. Quizás la próxima vez veas algo ".

Jimmy está a punto de hablar, pero Lana lo interrumpe. "Lárgate, chico."

Se miran y terminan sus bebidas. No hay mucho que decir.

Ella se va primero y él la sigue, un minuto después.

Un taxi estará esperando al final de la cuadra. Ella abrirá la puerta y él entrará. Lana lo tiene planeado hasta el último paso.

Enciende la luz, sale de la sala familiar, entra por la puerta principal del bar y gira a la izquierda. El taxi está esperando en la intersección. Mira por encima del hombro al reflejo de un escaparate. No hay nadie siguiéndolo.

Es tarde, tranquilo. La gente está en casa en la cama o acomodándose en el bar.

Lanzando su ceniza sobre la acera, no ve la sombra en una puerta que pasa.

Pero sí siente que la tubería de plomo lo golpea en la parte posterior de la cabeza. Por unos segundos, de todos modos, hasta que todo se ponga negro.

15

LA HABITACIÓN CERRADA

Su mente y su cuerpo están en diferentes ciudades, o al menos se siente así. La habitación está turbia, cambiante, borrosa. Sus ojos son olominas nadando en una pecera.

Boca seca, dolor de cabeza, bulto en la cabeza. Sentado en una silla.

¿Dónde estoy?

Manos atadas a la espalda. Piernas atadas a la silla.

Están volviendo a él. Lana, Jimmy, Paradise City. Una tubería de plomo.

Lo arruinamos. Alguien avistó al niño y lo siguió hasta el bar. Me estaban esperando afuera. Nunca lo vi venir. Deben ser verdaderos profesionales.

Voces confusas. Formas borrosas en el lado más alejado de la habitación. Tres hombres. Todo parece lejano.

Está empezando a recuperarse.

Una habitación cuadrada. Bien iluminada y ordenada, fresca y húmeda. Un sótano. Los pensamientos se mueven más lentamente de lo normal, como un atasco en su cabeza. También se siente así.

Mesa a un lado y una pequeña lámpara de porcelana. Bolsa negra al lado.

Los hombres miran en su dirección, riendo.

Intenta hablar, pero las palabras quedan atrapadas en su lengua.

El hombre se acerca con un vaso grande de agua y se lo acerca a la boca de Horvath. "Toma, bebe esto".

Lo intenta, pero la mayor parte del agua se derrama por su camisa.

"Intentémoslo de nuevo".

El hombre levanta el vaso, esta vez más lentamente. Horvath bebe, con cuidado al principio y luego se lo traga.

"Sediento, ¿Eh?"

"Sí."

"Me imagino."

El hombre se da vuelta, vaso vacío en la mano. Los otros dos están a tres metros de distancia. Uno de ellos se acerca y toma el vaso.

Mira al tipo que está parado frente a él. Mayor, tal vez alrededor de 55. Cabello castaño espeso, peinado hacia atrás y salpicado de gris. Altura media, complexión media. Cicatriz gruesa en su mejilla. Bonito traje, camisa blanca, corbata de buen gusto. Zapatos caros, abrigo largo de pelo de camello. ¿Me quedé dormido todo el invierno?

"¿Listo para hablar? ¿Estás despierto ahora?

"No exactamente. Tal vez si me dieras una buena bofetada en la cara ".

El hombre se ríe, levemente. "Sí, podríamos hacer eso".

Los otros chicos se ríen como si fuera la primera broma que escuchan, pero el hombre se da vuelta rápidamente y se callan aún más rápido.

Horvath está alerta ahora. Estaba viendo el doble hace unos minutos, pero lo ha reducido a aproximadamente uno y medio. Los dos chicos son grandes y no parecen estar en el Club del Libro del Mes. Reconoce uno de los cuellos gruesos. Es Tonto # 2, quien lo siguió desde Paradise City. El otro tipo es el doble de su tamaño y cuatro veces el neandertal. Es casi perfectamente cuadrado, como un trozo de granito fresco pero con algunos pequeños rasgos tallados. El escultor debió aburrirse a la mitad y se detuvo, por lo que no parece muy realista. Cabeza cuadrada, mandíbula cuadrada, pecho cuadrado. Pequeñas manos cuadradas. Probablemente sin pulgares. No es tan evolucionado. Su cabello negro es tan corto que parece pintado. Pequeña boca torcida y ojos que combinan. Nariz ancha y plana como un accesorio de aspiradora. Los dientes son pequeños y afilados.

El hombre mayor lo está mirando.

"¿Tienes alguna aspirina?"

"Lo siento, chico. Quizas mas tarde."

¿Así que ahora soy el niño? No es mi día de suerte.

"Es hora de hablar, princesa". El hombre chasquea los dedos y uno de los pesados trae una silla. Se sienta frente a Horvath. "¿Escuché que me has estado buscando?"

"Tal vez."

"Tal vez haga que mis muchachos trabajen contigo".

Mira el músculo. Será mejor que consiga algunos lacayos nuevos. Estos tipos son un poco suaves".

"Buena, chico. Me gusta tu estilo. ¿Marco?"

Considera decir *Polo*, pero su boca está demasiado seca para palabras adicionales.

El tipo más grande se acerca y, a medio paso, golpea a Horvath en el costado de la cara. Luego se da la vuelta y se para al lado del otro tipo. Sin pausa, sin palabras, sin extras. Ha sido bien entrenado.

"De nuevo."

Marco retrocede y aterriza un puñetazo en el riñón, luego una izquierda al besador.

Le toma unos segundos darse cuenta de que lo noquearon. El hombre todavía está sentado allí, con las piernas cruzadas, quitando pelusas de su abrigo. El matón más pequeño se ríe en el fondo. Marco está perfectamente quieto y sin vida, una nueva exhibición en el museo de ciencias.

¿Cuánto tiempo estuve fuera? Solo unos minutos, supone.

Saborea la sangre y mira su camisa blanca, pintada de rojo en acción. Lavar una hora no solucionará esto, piensa. Mira fijamente un pequeño objeto blanco en el suelo, junto a su pie izquierdo. Un diente.

El hombre sigue su línea de visión. "¿Quieres que lo recoja y te lo guarde?"

Horvath mira hacia arriba. "No, tengo más de dónde vino eso".

"Nosotros también, amigo. Nosotros también."

Marco sonríe muy lentamente, como si el mecanismo necesitara aceite.

"¿Estás listo para hablar ahora?"

Sonríe a través de la sangre. "Como dije, este tipo es un mariquita. Necesita quitarse la falda y mostrarme algo de músculo ".

"Un tipo realmente duro, ¿No?"

"Tal vez."

"No cuando haya terminado contigo. Estarás cantando como un pájaro ".

"¿Que tipo? ¿Estamos hablando de una paloma o algún tipo de canario manglar...? "

"Así que vamos a bailar, ¿Eh?"

"Sí, baile lento. Agradable y cercano ".

El hombre bosteza. "Mira, apenas te puedo entender con esa boca llena de sangre y dientes rotos. Y creo que tu lengua debe estar hinchada o algo así ".

Marco hace crujir los nudillos.

El matón más pequeño camina hacia la mesa, abre la bolsa negra y empieza a sacar una serie de objetos. Destornillador. Punzón. Llave inglesa. Cortador de cajas. Taladro eléctrico. Mira a Horvath y sonríe como un perro rabioso.

"Está babeando", dice Horvath. "Que alguien le dé un babero a este punk".

"Deberías ir a Las Vegas", dice el hombre. "Haz tu rutina en el Tropicana".

"Quizás lo haga."

Claro, si todavía estás respirando cuando hayamos terminado aquí".

"¿Qué, me vas a punzar hasta la muerte?"

"Buena, chico, pero no quieres bromear sobre la bolsa de trucos de Nicky. Créeme." Hace una pausa, descruza las piernas y se inclina hacia adelante. "Entonces, me estabas buscando. ¿Qué tal?"

"¿Eres Jaworski?"

"Eso es correcto, Einstein. Has estado preguntando por mí por toda la ciudad"

"¿Entonces sabes sobre eso?"

Los matones se ríen.

"¿Eres un idiota o qué?"

"Algunas personas creen que sí".

Mira, amigo. Sé todo lo que pasa en este pueblo. Si cagas en el lado norte, lo huelo en la parte baja de la ciudad".

"Debería buscar un ventilador de ventana, una vela perfumada, algo".

"¡Suficiente!" Jaworski señala a Horvath con el dedo. Su rostro está rojo, la frente arrugada por la ira.

"He sido paciente contigo, pero estoy harto de la comedia".

No tiene la fuerza para una replica ingeniosa y no puede permitirse perder más dientes.

"Está bien, sí. He estado husmeando, haciendo un par de preguntas".

"¿Por qué?"

Le cuenta a Jaworski sobre el hombre al que siguió hasta la ciudad y el tipo que Lana le pidió que encontrara.

"Nunca he oído hablar de ellos. ¿Qué tienen que ver conmigo?"

"No lo sé. Escuché tu nombre en alguna parte y pensé que tal vez estabas involucrado".

"Bueno, no lo estoy. ¿Dónde escuchaste esto?"

"Me olvidé."

"Nicky, pliers."

El matón selecciona uno de los dos pares que están sobre la mesa.

Camina detrás de Horvath, agarra su mano izquierda, aprieta la uña de su dedo índice con las mordazas de los alicates.

Horvath ha estado en esta posición antes, pero todavía tiene todas las uñas. Gira la cabeza hacia la derecha y ve una mesa rectangular baja con un cuenco de fruta encima y flores en un jarrón verde pálido. Aquí parece fuera de lugar, como dirigir un burdel en un convento.

"Estás hasta el cuello, chico. Dime dónde escuchaste mi nombre, o perderás una uña. Después de eso, comienza la verdadera diversión. Créame, se complicará ".

"Bien,bien."

"Supuse que debe haber un cerebro en alguna parte". Jaworski mira a Nicky, quien retrocede."Escuché a algunos tipos hablando en un bar".

"¿Qué bar?"

"No sé el nombre. Entré por la calle ".

"¿Quiénes eran?"

"Ni idea. Nunca había estado allí antes, y no los conozco de Adam ".

No quiere delatar a los dos muchachos del gimnasio. Si lo hizo, podría llevarlo de regreso al entrenador, que parece un tipo decente.

"Entonces, ¿Dónde estaba este bar?"

"El centro de la ciudad." Él nombra las calles transversales, a pocas cuadras de la Taberna de Smith. El lugar está sucio y él lo sabe. No es una gran pérdida si a algunos de los muchachos de allí les terminan dando una paliza.

"Describe el lugar."

"Un antro real. Oscuro, sucio. Barra larga en el medio, madera agrietada y descolorida. Mesas tambaleantes. El baño era un pozo negro. El ventilador de techo estaba roto, por lo que hacía calor y humedad. El camarero no hizo mucho. He visto a personas en coma moverse más rápido. El lugar tampoco olía muy bien. Como cerveza rancia y sueños rotos ".

"Eres un poeta habitual. Y veo que tu memoria ha mejorado ".

Jaworski le da un pañuelo. "Límpiate, ¿Quieres? Ya no puedo soportar mirar esa cara ensangrentada ".

Coge el pañuelo y limpia todo lo que puede.

"Eso es mejor. Ahora sigue hablando ".

"Entonces ... estaba caminando hacia el baño cuando escuché a dos tipos junto al teléfono público".

"Describelos."

"Me daban la espalda, así que no vi sus caras, pero uno era alto y delgado y el otro chico ... de estatura media, un poco fornido, creo, cabello oscuro ... eso es todo lo que recuerdo".

Parece una descripción razonable. Ni demasiado específico, ni demasiado vago. Podría ser cualquiera o nadie.

Jaworski lo mira fijamente y asiente. No está seguro de si le cree. Suena a la Taberna de Smith. ¿Eso te suena?

"No lo siento. Como dije, estaba en el vecindario y simplemente entré ".

"Simplemente estaba paseando, ¿eh? ¿Eso te suena plausible, Marco?

El matón se encoge de hombros.

"Sí, yo tampoco lo sé". Jaworski acerca su silla unos centímetros más. "¿Qué hacías en el barrio?"

"Tenía algo de tiempo que matar, así que estaba pasando por una tienda de discos".

"Pasando, ¿Eh?"

"Así es."

"¿Compras cualquier cosa?"

"Un poco de *Lester Young. Reír para no llorar* ".

Cuando mientas, manténlo lo más cerca posible de la verdad. Otro movimiento del libro de jugadas de McGrath.

Jaworski se inclina más cerca y mira fijamente. "¿Así que te gusta el jazz?"

"¿Si, y que hay de tí?"

"Cantantes melódicos".

"¿Como quién?"

"Russ Columbo, Rudy Vallée, Val Anthony ..."

"¿Vic Damone?"

"Él está bien".

"¿Sinatra?"

"Sobrevalorado".

Horvath asiente. "Tienes razón sobre eso."

Jaworski está sonriendo ahora.

Ese era el plan de Horvath: tomar el control de la conversación y empezar a hacerle preguntas. Aligerar el estado de ánimo.

"Conozco la tienda de discos de la que estás hablando. El tipo que dirige el lugar es un verdadero encanto. Sarcástico, extravagante, cree que es el jeque de Arabia o algo así. Smith's está justo al final de la calle".

Se echa hacia atrás, gira la cabeza, susurra algo.

Nicky comienza a hacer las maletas.

Marco no mueve ni un centímetro.

"Aquí está el trato. No pareces un mal tipo, has sido sincero conmigo más o menos y yo estoy de buen humor".

"¿Por qué, tu esposa está fuera de la ciudad?"

"No lo presiones, Horvath".

"¿Sabes mi nombre?"

Jaworski frunce el ceño. "Por supuesto que lo hacemos. No seas un tonto".

Los cuellos gruesos miran fijamente a Horvath. Nicky tiene una gran sonrisa tonta en su rostro, pero la mirada inexpresiva de Marco hace que la Mona Lisa parezca sobreexcitada.

"Me siento generoso", dice Jaworski. "Deja de husmear y vete de la ciudad mañana por la mañana, temprano".

"¿Qué gano yo?"

"Mis chicos no te romperán las piernas".

Es un trato justo, pero al principio no dice nada. Quiere que su rendición parezca real.

"¿Qué dices?"

Mira desafiante a Jaworski, luego baja los ojos. "Está bien, tú ganas".

"Buen chico."

"Tengo una pregunta, Sr. Jaworski".

"Sí, ¿Qué es?"

"¿Cómo lo supiste?"

"¿Tu pequeño amigo? Destacó como un bastardo en una reunión familiar. Demasiado hábil, demasiado ruidoso, demasiado obvio. El niño no tiene idea de cómo operar. Lo identificamos desde el momento en que entró ".

"¿Así que mantuviste tus ojos en él?"

"¿Qué más podriamos hacer? Dos de mis muchachos lo siguieron a la reunión, esperaron afuera y luego se presentaron cortésmente cuando salieron caminando más tarde ".

"No vi a nadie, y estaba buscando con atención".

"Son profesionales, Horvath".

"¿Estos chicos?" Señaló a Frick y Frack.

"¿Ellos? No, no son sutiles. Tengo otros chicos para eso ".

"Bueno, seguro que saben lo que están haciendo. Dales mis saludos."

"Lo haré".

"Una pregunta más."

"Claro, pero hazlo rápido. Tengo lugares a donde ir, gente a la que amenazar ". Él sonríe ante su propia broma.

"¿Por qué viniste por mí y no por el niño?"

Jaworski mira el cuenco de frutas. "Apenas valió la pena. De todos modos, probablemente tenía que estar en casa a la hora de dormir. Y no íbamos a maltratar a una chica ".

"No supongo que no."

"Así que eso te dejó". El se encoge de hombros. "Muy bien chicos, amordazadlo".

Marco toma un calcetín viejo que huele como si hubiera estado rondando por el gimnasio durante algunas semanas y se lo mete en la boca. Mordaza es la palabra correcta. Nicky envuelve cinta aislante alrededor de su boca. Marco le desata los brazos y lo levanta.

Nicky se acerca a la mesa y agarra su bolso.

Marco suelta a Horvath por un segundo, se marea y comienza a volcarse. Sonriendo, el matón lo agarra por la parte de atrás de su chaqueta y lo sostiene como un títere.

"Estarás bien después de dormir y comer algo". Jaworski se acerca a la puerta, la abre y sale al callejón.

Marco vuelve a atarle los brazos y lo arrastra hacia afuera como si nada. Nicky lo sigue. Apaga la luz, cierra la puerta y la bloquea.

Horvath está completamente despierto ahora y está tratando de recordar todo para más tarde.

Es de noche, aunque pensó que aún sería de día. Se pregunta si le pusieron algo.

Jaworski se mete en el asiento trasero de un Lincoln largo y negro. Nicky se sienta a su lado y cierra la puerta.

No hay nadie alrededor. Esta calmado. Los edificios a ambos lados del callejón no tienen ventanas.

El maletero está abierto. Marco lo lanza adentro como si fuera el día inaugural en el Yankee Stadium. No hay llave de ruedas, se da cuenta, no hay gato. Sin palanca ni bate de béisbol. Nada con lo que pueda sorprenderlos cuando lo dejen salir. Chicos inteligentes.

Marco cierra de golpe el maletero y se sienta en el asiento del conductor.

Es un viaje largo y lleno de baches. Conducen en círculos, por lo que no sabrá adónde va ni dónde ha estado, y funciona. Horvath no tiene sentido de la orientación. Su estómago se revuelve y quiere vomitar. No es como en las películas. El buen chico, si eso es lo que es, necesita más que agallas e instinto, y sus corazonadas no siempre son correctas.

Bonito contenedor espacioso, piensa. Eso es clase. Apuesto a que es un Continental.

Pero, ¿Qué sé yo de los coches? Ni siquiera tengo uno.

Se desliza hacia la parte trasera del maletero y apoya la oreja contra el separador, pero no puede oír nada. El maletero es una trampa de acero grueso y el coche hace demasiado ruido.

Espera. Música. La voz de un hombre.

La música se hace más fuerte.

Es Frank Sinatra. Está cantando "Lo mejor está por venir".

De alguna manera, lo duda.

Debe haberse quedado dormido un rato porque lo siguiente que sabe es que el coche está aparcado y el maletero abierto. Puede ver un cuarto de luna y una larga línea de árboles. Los tres hombres están afuera en medio de una nube de humo de cigarrillo.

Marco le susurra algo a Jaworski, quien se da la vuelta.

"Es hora de levantarse, chico. El autobús escolar llegará en cualquier momento".

Nicky se ríe y Marco hace su mejor impresión de un mimo congelado.

"Atrápenlo."

Marco agarra su torso y Nicky sostiene los pies. Lo recogen y comienzan a alejarse del auto.

Jaworski arroja una colilla al suelo y vuelve al coche.

Está tranquilo, se da cuenta. Muy silencioso. El cielo es tan negro como la Biblia de un predicador. No hay farolas ni letreros de neón, solo estrellas.

Un lobo aúlla, o tal vez un zorro. Es un chico de ciudad y no sabe la diferencia.

Una gaviota se ve negra contra el resplandor de la luna.

Ahora están atravesando un pantano. Puede oír el crujir de sus zapatos en el suelo húmedo. Totoras, juncos y hierbas altas se elevan a ambos lados, en lugar de hormigón, acero y ladrillo.

Comienza a preocuparse cuando escucha los zapatos de Marco chapotear en el agua. Quizás me van a matar. Pensé que Jaworski estaba siendo sincero conmigo, pero supongo que si puede vender niños en el comercio sexual, puede decir algunas mentiras.

"¿Listo?" Pregunta Nicky.

"Uno, dos—"

No escucha nada más. El tiempo se ralentiza y se detiene, pero también avanza más rápido de lo que él puede procesar. Está luchando por respirar. Entrando en pánico, tragando agua. Sabía que el final llegaría algún día, pero no creía que fuera así.

Tiene la boca llena de barro, agua salobre y algo parecido a algas. Dicen que es pacífico, que se ahoga hasta morir, pero no se siente así. Está boca abajo, hundiéndose, preguntándose qué tan profunda es el agua y qué se siente al morir.

Pero no se mueve. Él ya está en el fondo.

No es fácil, pero se las arregla para darse la vuelta. Su rostro está cubierto de agua, pero si arquea la espalda puede respirar por la boca, alrededor de la mordaza.

No me arrojaron a un lago para que me ahogara. Me arrojaron a un pantano poco profundo para asustarme, humillarme y tal vez para reírme. Jaworski es un tipo divertido.

Horvath se pone de rodillas y se pone de pie. Se da la vuelta.

Está completamente solo. Incluso los pájaros ya lo consideran noche.

Hay una sombra en la distancia. Un gran bloque gris. Es la fábrica y ese es el almacén de al lado. Mira hacia el agua. Estoy al borde del río. La tabaquería debería estar ahí. Es un largo camino de regreso a la ciudad, pero al menos sé a dónde voy.

Y todavía no estoy muerto.

Empieza a caminar.

Para cuando regresa a los límites de la ciudad, ha desatado la cuerda. Marco no apretó mucho los nudos. Se quita la cinta y se atraganta. El aire denso y contaminado de la ciudad nunca supo tan bien. Respira hondo el escape del coche y los vapores amargos de la cervecería.

Se siente como si estuviera corriendo en círculos, piensa. Usando mucha energía pero sin llegar a ninguna parte.

Revisa sus bolsillos, pero la aspirina se ha ido. Si pasa por una farmacia, comprará más.

16

SANGRE, PUS Y DESAYUNO

Quizás el dolor de cabeza lo despierte. O los cortes y magulladuras. Hambre, sed. Difícil de decir. La habitación del hotel está llena de personajes ruidosos y enojados. Podría cualquiera de ellos.

Lo primero que tiene que hacer es quitarse la funda de la cara. Está pegado a la sangre, que bien podría ser el pegamento de Elmer. Cuenta hasta tres y lo arranca de una vez. Duele como el infierno, pero ahora se acabó. Cuando mira la funda de la almohada, hay una gran mancha de pus y piel ensangrentada. También está en las sábanas.

Me van a cobrar por esto.

Sufre mucho dolor pero se ha sentido peor, muchas veces.

Horvath se levanta, bebe del fregadero y enciende un cigarrillo.

Ya se siente mejor.

La vida no es tan mala después de dormir y fumar. Pueden resolver todos tus problemas, o al menos hacer que te olvides de ellos por un tiempo.

Se sienta en el borde de la cama y se mira los pies. Las suelas están rojos y doloridos. Hay una ampolla en la planta de su pie derecho. Es tan grande y rosado, parece que alguien se metió cinco barras de chicle en la boca y sopló una burbuja. Necesita un vendaje y una aspirina.

Pero la verdadera emergencia es la comida.

Se lava la cara en el fregadero con cuidado para no abrir las heridas. Después, se seca con una toalla y se viste.

Está solo en el estrecho ascensor, pero se siente como si hubiera una docena de personas apiñadas dentro, todos fumando al menos cuatro cigarrillos. Recuerda haber sido metido en el maletero del coche, amordazado con un calcetín viejo, arrojado al pantano. Tal vez debería retirarme, irme al campo, dejar de fumar.

Se ríe cuando se abren las puertas. El aire fresco me mataría.

Al pasar frente a la recepción, Gilbert levanta la vista de su libro de contabilidad y alza una ceja.

"Tú no te ves tan bien, amigo".

"Por supuesto que sí."

Él ríe.

"Tenga un buen día, señor."

"Parece poco probable".

Cuando se vuelve hacia la puerta principal, ve a Lana sentada junto a una ventana en el vestíbulo. Su cabello suelto, acariciando su largo cuello pálido. El sombrero y el lápiz labial son del mismo tono de rojo que su vestido ceñido.

Deja de caminar para poder verla así, en un marco de luz solar. Horvath no sabe nada sobre moda, pero sí sabe una cosa. Quienquiera que hiciera ese vestido realmente sabía lo que estaba haciendo.

"Te estuve buscando." Lana se pone de pie sobre sus zancos de quince centímetros. "¿Donde has estado?"

"Relajándome en un balneario".

"¿Eso? La próxima vez, diles que se lo tomen con calma con el masaje facial. Parece que fueron un poco ... extenuantes ".

"Eso es parte del programa. Hace que la sangre se mueva. Se supone que es bueno para ti ".

Abre su bolso, saca un par de anteojos oscuros. "¿A donde te diriges?"

"Desayuno. ¿Quieres unirte a mí?"

"Claro, pero es la hora del almuerzo".

"Aún mejor. Vámonos."

Él extiende su brazo y ella lo toma. Caminan hacia la luz del sol.

Nadie habla durante unas pocas cuadras. Camina despacio, para tener más tiempo con ella.

"¿A dónde me llevas?"

"Necesito algunas cosas en la farmacia. Tienen un almuerzo en la parte de atrás. ¿Esta bien?"

"Claro, pero no lo hagamos un hábito. Me consentirás ".

Él sostiene la puerta para ella. "Eso sería imposible".

"Buena respuesta."

Lana sigue a Horvath por la tienda. Agarra un cortaúñas, una botella grande de aspirina, cigarrillos y un paquete de curitas.

"¿Tienes un rasponcito?"

"Algo como eso."

"¿Necesitas que mamá lo bese y lo mejore?"

Se ríe, deseando que no fuera una broma.

Ella mira su reloj. Se detiene junto al estante de las novelas.

"¿Qué estás buscando?" ella pregunta.

"Misterio, historia de detectives, algo así".

""Policías y ladrones, ¿eh?" Coge un libro de bolsillo barato y lee el título. "*Martillo de la justicia.* ¿Este es tu tipo de cosas?

"No está mal."

Ella mira la portada. Un hombre en un callejón oscuro, proyectando una larga sombra por la farola, sostiene un martillo sobre su cabeza. Otro hombre se encoge de miedo a sus pies. Hay imágenes más pequeñas, al lado. Rubia tetona en un pajar. Pistola humeante. La balanza de la justicia.

"No parece muy realista", dice Lana.

"No lo es. Ninguno de ellos lo es ".

"Entonces, ¿Por qué lo lees?"

"Porque no es muy realista".

Ella niega con la cabeza. "Elige uno ya".

Cita con la muerte. El ataúd perdido. Destiny lleva un revólver. La Dama del 2-C.

Sin pensarlo, agarra el último y se dirige a la caja registradora.

Él paga y regresan al mostrador de almuerzo.

Lana limpia el taburete de vinilo rojo antes de sentarse. Horvath no lo hace.

La joven camarera tonta de la última vez lo mira y se acerca. "Oye, ¿No te he visto en alguna parte antes?"

"No lo creo." No está de humor para recordar.

"¿Estás en la televisión?"

"Sí, soy la Secretaria de Estado. Quizás me viste en las noticias ".

"No, eso es aburrido. Me gusta Jack Benny "

"Todos necesitamos una risa a veces".

"Cuéntame sobre eso." Se acerca, se inclina y apoya la barbilla en las manos. Luego lo mira como si quisiera una consulta psicológica.

"Oye, tengo una idea", dice.

La camarera reacciona. "¿Qué?"

"¿Qué tal si tomas mi pedido?"

Ella frunce el ceño. "Ah, vale. ¿Qué será?

"Huevos revueltos, tocino, salchichas, papas fritas caseras, dos órdenes de tostadas crujientes y café negro fuerte".

"¿Eso es todo para ti?"

"Sí."

"Debe tener hambre".

"Te das cuenta rápido".

Ella mira a Lana. "¿Cualquier cosa por ti?"

"Café."

La mesera vuelve a la cocina para hacer el pedido incorrecto.

Ella reacciona. "Le rompiste el corazón".

"Fue así cuando la encontré".

Toma un puñado de aspirinas y se las traga secas.

Lana lo mira con ojos pequeños y duros, como si él fuera un libro de texto de química avanzada y ella estuviera en el aula equivocada.

"¿Seguro que estás bien? Tu cara no se ve tan bien ".

"Nunca lo hizo".

"Disparates. Tienes una cara preciosa ".

Él levanta una ceja.

"Parece que te falta un diente".

"Tengo otros".

La camarera viene con dos cafés. Hay más en el platillo que en la taza.

"Trae la tetera, ¿Quieres?" él pide.

"Por supuesto."

"Entonces", pregunta Lana, "¿Me vas a hacer preguntar o qué?"

Horvath le cuenta sobre la pijamada con Jaworski y sus lacayos.

"Pobre chico."

"Viviré."

Ella aparta la mirada. "Estoy seguro de que lo haras."

Nadie habla por un minuto.

"Siento haberte metido en este lío", dice.

"No tiene nada que ver contigo".

"¿Necesitas más dinero? Estoy ruborizado ".

"No, estoy bien."

"Avísame cuando vence mi factura".

"Por supuesto." Hace una pausa. "Jaworski me dijo que me fuera de la ciudad o si no".

"¿O si no qué?"

"De lo contrario, me romperán las piernas y no volveré a bailar".

"¿Bailas mucho ahora?"

"Realmente no."

"Entonces no es una gran pérdida".

Él sonríe, toma un sorbo de café. "Te ves tan fresca y hermosa como siempre".

"Me estás malcriando".

"¿Entonces los chicos de Jaworski no vinieron a charlar?"

"Nop."

"¿No maltrataron al niño, lo amenazaron …?"

"No por lo que me dijo. ¿Quieres que lo llame y pregunte?

125

"No. Si se metieron con el chico, habrías notado las piernas temblorosas y las manchas de orina en la alfombra ". Él sirve café del platillo en su taza. "Así que me agarraron y los dejaron a los dos solos".

"Difícilmente van a abofetear a una mujer", dijo. "O algún niño tonto".

"Sí, eso es lo que dijeron".

Lana apaga su cigarrillo y enciende uno nuevo.

"Me alegro de que no te hayan tocado".

Él no dice nada más, pero ella puede escucharlo todo en su voz y en los ojos que miran hacia el mostrador. "Eres dulce."

La camarera trae su desayuno, almuerzo, almuerzos. Sea lo que sea esto.

Él ataca la comida.

Lana observa, impresionada y un poco repugnada. ¿Es hombre o aspiradora?

"Recibiste una paliza por mí". Ella le acaricia el brazo. "Lo resistí como un hombre".

"Sí, no me rompí. Solo rogué un poco y lloré quizás tres o cuatro veces. Apenas me chupé el pulgar ".

"Mi dulce chico duro."

"Solía boxear, ¿Sabes?"

"¿Sí?"

¿Por qué dije eso? Sueno como un idiota. "No es la gran cosa. Solo unas pocas peleas de aficionados ".

Ella toma su mano derecha, la mira, le da la vuelta. "Manos pequeñas."

"Lo sé." Hace un puño, lo relaja. "Pero puedo moverme en el ring. Buenas piernas ".

"Me imagino." Ella se inclina y lo besa en la boca, suave pero apasionado. "Me alegro de que no arruinaran tu cara demasiado".

"¿Demasiado?"

"Bueno, te ves un poco rudo, pero me gusta. Te da carácter ".

"Mi cara ya tiene carácter más que suficiente".

Ella lo besa de nuevo, esta vez más y más lento.

Cuando ella se echa hacia atrás, él mira sus ojos verde pálido. El anillo gris alrededor del exterior es desconcertante, como un extraño que te mira desde el borde de una foto familiar. Hay algo acechando allí que él no puede ver, detrás de sus ojos y palabras. No sabe qué es y no quiere saberlo.

UNA NOCHE SOLITARIA

Dejan la cafetería y se paran en la acera, sin mucho que decir.

"Frank's no se manejará solo", dice Lana.

Él asiente.

Ella le aprieta la mano y se va sin decir una palabra más.

¿No se ejecutará solo? Horvath no está tan seguro de eso. Esos viejos borrachos seguirán llegando, pase lo que pase, el camarero seguirá sirviendo y el cocinero seguirá revolviendo la basura. Una vez que pulsas el interruptor, todo sigue funcionando sin importar qué. Brazos y piernas moviéndose sin pensarlo. La conversación nunca cambia. Las personas son androides que no necesitan ojos, cerebro, corazones o sentimientos humanos pasados de moda. Como una historia de ciencia ficción.

Él la ve marchar por la avenida, con la esperanza de que se dé la vuelta y sonríe, pero sabe que no lo hará. Las tiendas se vuelven y miran fijamente mientras pasa. Las farolas silban y el asfalto produce un ambiente descolorido.

Regresa al hotel para pensar.

La ciudad es pesada y amenazante. Acelera el paso y agacha la cabeza para evitar el peligro. Los edificios están agachados, extendiéndose con brazos de acero y manos de hormigón, listos para saltar.

Es un chico de ciudad. Los suburbios y el campo siempre me han parecido irreales y vagamente tontos. Pero a veces es demasiado. Las calles furiosas, las tiendas abarrotadas, los bares ruidosos. La mugre y la suciedad y la suciedad. El crimen, la corrupción y la violencia. No puedes confiar en nadie aquí, y menos en ti mismo.

Horvath necesita entrar y cubrirse la cabeza con las mantas, escapar por un rato.

Librería al otro lado de la calle. Ladrillo rojo, toldo verde, grandes ventanas brillantes. En el interior, los libros están alineados en filas ordenadas y uniformes. Orden alfabético por materias. Todo es nuevo, ordenado, prístino. Nada es tan fresco y limpio como esas páginas en blanco puro que nadie ha manchado nunca con dedos grasientos. Ni un arroyo de montaña fresco ni el alma de una joven.

El escaparate es sencillo, claro y atractivo. El último thriller de Suzanne de la Franchette. Las escritoras son muy populares esta temporada.

El hotel todavía está a unas manzanas de distancia y él necesita salir de las calles fétidas.

Compraré un libro, piensa. Aunque acabo de recibir uno hace una hora. Probablemente lo termine por la mañana. Debería conseguir una tarjeta de la biblioteca. Gastar demasiado en libros. Me pregunto si este basurero tiene una biblioteca.

Se agacha adentro.

Es tranquilo y pacífico aquí. Como una iglesia, pero sin los ancianos con túnicas doradas que te digan qué hacer y por qué te vas al infierno. Si pudieran ver lo que yo he visto, sabrían que el infierno no fue tan malo.

"¿Puedo ayudarle señor?"

Horvath mira a un joven ratonil que se esconde detrás de unas gafas gruesas y un suéter tipo cárdigan hecho jirones.

"Por supuesto. ¿Tienes algo de Richard Yates?

Es rápido, casi imperceptible, pero el empleado lo mira por segunda vez.

"Sí, el libro es para mí".

"Oh no, señor. Yo no—"

"—Está bien. Sé que no parezco un gran lector, pero aprecio una buena historia. Fui a la universidad y todo".

"Lo siento señor. Puede que haya habido un error—"

"—No te preocupes, chico."

"Está bien."

El empleado se preocupa por las uñas.

El tipo vive con su madre, piensa Horvath, y le teme a su propia sombra. Pero probablemente duerme como un bebé. "Entonces, ¿Sobre el libro?"

"Está bien. Yates. Veamos ... Sé que tenemos su nueva colección de historias. *Once tipos de soledad*".

"Suena como una carcajada".

"No lo es".

"Lo sé, chico. Estaba siendo sarcástico."

"Oh. Correcto. Lo siento."

¿Tienes su novela? Escuché que era buena ".

"No estoy ... no estoy seguro".

El pobre chico está enfermo. Horvath casi se siente mal por él.

"Déjame consultar con el dueño. Sólo un minuto por favor."

"Toma tú tiempo."

El empleado se marcha al fondo mientras Horvath lo observa todo. Iluminación tenue, estanterías de madera oscura, miles de libros, algunas sillas escondidas en rincones suaves. Un hombre podría perderse aquí y no salir nunca. No puede dejar de sonreír.

Un minuto después, el empleado regresa con el dueño. Es una operación de un solo hombre y ese hombre es una mujer. Alta y delgada, todos los codos afilados y rasgos puntiagudos. Tiene ojos marrones oscuros y una pequeña boca irónica. Pantalones y blusa blanca, el pelo recogido como si fuera francesa. No es su tipo de mujer, pero se ve bien a su manera.

"¿Estabas buscando a Richard Yates?"

"Sí, ¿Lo tienes atado atrás?"

Ella se ríe y le lanza la misma mirada que el dependiente. Deben estar relacionados. No creía que fuera tan fácil de leer. El tipo de hombre en el que se ha convertido debe estar escrito en toda su cara, como la propaganda de una novela barata de una tienda de centavos.

"Esta es su única novela, *Camino Revolucionario*". Ella se lo da. "Lo disfrutarás".

"Estoy seguro de que lo haré."

"Él te llamará".

"Gracias."

Ella sonríe tímidamente, se da vuelta y regresa a su oficina. Se mueve lentamente, como si supiera que él la está mirando. Incluso las dueñas de librerías saben cómo lidiar con él.

Duerme dos horas, se levanta y abre el libro nuevo. Revolutionary Road es lento, sombrío y deprimente, pero también hermoso y, a veces, incluso divertido. Los policías y los vaqueros están bien, pero a veces necesita un poco de la vida real. Los seis pistoleros no siempre tienen 40 balas.

Cuando comienza a cansarse, busca su marcador, el letrero de No molestar. El personal del Ejecutivo sabe que no debe llamar a su puerta sin una buena razón.

Él recuerda las últimas tres o cuatro semanas. Todos los pueblos y ciudades, los coches y hoteles, autobuses y trenes, bares de buceo y hoteles sórdidos. Gary, Indiana. Peoria, Illinois. Joliet, Chicago, Milwaukee. Ha terminado, pero ¿vale la pena? ¿Está llegando a alguna parte? ¿El tipo realmente importa tanto?

Su nombre es Van Dyke y cada vez que Horvath llega a la ciudad, simplemente lo extraña. El fracaso es como un reloj.

Deja el libro, se recuesta y mira al techo. Ha examinado los detalles 100 veces antes, pero tal vez 101 sea el encanto.

Van Dyke era contador de de la empresa. Todavía húmedo detrás de las orejas. No podría tener más de 23, 24. Recién salido de la universidad. Se unió al equipo, mantuvo la cabeza agachada e hizo un buen trabajo. O eso le dijeron a Horvath. Nunca conoció al chico. Van Dyke trabajaba en la oficina de Detroit.

Estaba bien arreglado, bien vestido, confiable, siempre sonriente y atento. Un verdadero emprendedor.

Llegaba a trabajar temprano y me quedé hasta tarde. Su trabajo fue inmaculado. Respetado por sus colegas y razonablemente querido. Inteligente como un látigo. De hecho, pensó que era el tipo más inteligente de la sala. Molestó a algunas personas de la manera incorrecta por eso, aunque nadie hizo un problema por ello.

Demasiado inteligente para su propio bien, aparentemente. Empezó a desfalcar de la empresa. Un poco al principio, y luego se volvió más imprudente. 65 grandes en total. Pensé que un grupo de delincuentes sería demasiado estúpido para darse cuenta. Pero Wilson, su jefe, sabe todo lo que sucede y cuenta cada centavo. Además, hay todo un equipo de contadores porque a veces se necesita un contador para evitar que los otros contadores roben.

Wilson se dio cuenta de la estafa. En lugar de liquidar el balance de Van Dyke en ese mismo momento, lo hizo con calma. Algunos hombres de confianza mantuvieron los ojos y los oídos abiertos. McGrath fue uno de ellos. Estuvo pendiente del joven durante dos semanas. Lo siguió por las aceras de la ciudad. Lo miraban a través de barras oscuras y humeantes. Se sentó fuera de su apartamento a altas horas de la noche, esperando.

Pero luego, una noche, nunca regresó.

Wilson estaba furioso y los altos mandos le respiraban por el cuello. No era mucho dinero, no según los estándares de la empresa, pero tenían una reputación que proteger. No podían dejar que nadie les robara y se saliera con la suya. ¿Y cómo se las arregló para escaparse de la ciudad, con tantos ojos puestos en él? Eso era casi imposible.

¿Y de dónde sacó las agallas para robarle a la empresa? Horvath era un boxeador sólido y todavía tiene manos bastante rápidas. Pero es solo un coleccionista. Información, personas, ideas. Lo que necesitan, sale, lo encuentra y lo trae de vuelta. Pero él no es el verdadero músculo. Esos tipos son los verdaderos musculosos. Disfrutan del trabajo y lo hacen bien. Algunos de ellos te romperán los huesos por la mitad solo para escuchar el sonido.

Van Dyke. Un joven tan tranquilo y modesto. Tan limpio y ordinario. Hay más en la historia. Tiene que ser. Pero no tiene idea de qué es, ni siquiera después de seguirlo por todo el país. McGrath transmite toda la información que tiene, pero no es mucha.

Horvath no tiene ni idea de dónde está.

El tipo es un fantasma. Nadie ha visto su rostro ni escuchado sus pasos.

DINERO

Se está quedando sin efectivo.

Unos dólares en la billetera, un poco más en su zapato, 20 debajo de una tabla del piso en el armario. Estará completamente arruinado al final de la semana.

Después del desayuno, camina seis cuadras hacia la ciudad hasta que encuentra una cabina telefónica. Está en la esquina, junto al quiosco. La agenda ha sido arrancada, pero hay tono de marcado.

Marca el número.

"¿Sí?" No es una voz cálida ni familiar.

"Horvath. Estoy buscando a Ungerleider ".

Silencio.

Golpea el auricular para asegurarse de que sigue funcionando.

"Ungerleider no está aquí".

"¿Quién es éste?"

"Lourette."

El nombre no le suena.

"¿Ya has encontrado a nuestro chico?" pregunta el hombre.

"No."

"Entonces, ¿Por qué llamas?"

"Me quedo sin dinero."

Lourette no dice nada, pero la forma en que lo dice está llena de decepción y frustración. A Horvath no le gusta que un tipo del que nunca ha oído hablar le dé una sacudida.

"Enviaré a alguien. Dos días."

"Bueno."

Lourette nombra un momento y un lugar.

Horvath está impaciente por colgar el teléfono.

Lourette hace una pausa. El teléfono está lejos de su oído.

Puede escuchar algo de fondo. Estática, o tal vez una radio en la habitación de al lado.

"Espera, alguien quiere hablar contigo".

Uh-oh, piensa. Espero que no sea Kvasnika, ese idiota desaliñado. O Wilson. No estoy de humor para que me arrastren por la alfombra. No es mi culpa que no pueda encontrar a este tipo. Es resbaladizo como una anguila. Y mejor que no sea Atwood. Una vez que el grandullón quiere hablar contigo, ya estás muerto, incluso si ya lo sabes.

"¿Cómo te va, amigo?"

"Oh. Hola."

Es McGrath. No podría haber pedido nada mejor. Aunque es sorprendente. McGrath está envejeciendo. En estos días, no pasa mucho tiempo en la oficina.

"¿Sigues detrás de él?"

"Si y no. Busco por todas partes, pero no encuentro mucho ".

"Vas a. Sigue husmeando ".

"Bien."

"Vamos hombre. Anímate. Suenas horrible ".

"Lo siento."

"¿Estás bien?" Pregunta McGrath.

"Sí, sí. No, soy bueno. Simplemente frustrado. El sendero se ha enfriado ".

"Cuando eso suceda, olvídate de todo lo que sabes, o creas que sabes, aclara tu mente y comienza de nuevo. Desde el principio."

"Recuerdo. Esa es la regla N°36, ¿Verdad?

McGrath se ríe. "Algo así."

Horvath mira sus zapatos, sintiéndose castigado. McGrath es su persona favorita en el mundo, pero algo en el tipo lo hace sentir como un niño en la oficina del director.

"No lo pienses demasiado", dice McGrath. Y no busques pistas. Deja que te encuentren ".

Se siente más ligero ahora, caminando de regreso al Ejecutivo. Más fuerte y más alerta. Van Dyke todavía está presente, pero al menos están enviando más efectivo. Y la empresa no está enojada. Si así fuera, Wilson lo habría llamado a casa o habría enviado a un par de chicos para que lo sentaran para una larga charla.

Y llegó a escuchar la voz de McGrath. Siempre tan tranquilo y reconfortante, como el padre que deseaba tener.

Piensa en su viejo padres. Ese saco de aire en un traje de franela gris. Un ajustador de seguros. Whisky para sangre y un balance donde debería estar un corazón. Regresaba a casa del trabajo. Se cambiaba de traje por otro traje. Leía el periódico, se iba a la cama. Nunca violó la ley, pero tampoco tuvo tiempo para mí. Un verdadero príncipe.

Por supuesto, McGrath tiene razón. Estoy cansado, agotado. Perdiendo mi enfoque. Veo todo más claramente cuando no me esfuerzo tanto. Necesito parar. Una gran cena de bistec, un par de whiskies, algunos más después de eso. Dormir hasta tarde. Caminar por la ciudad, luego caminar un poco más, ningún lugar en particular adonde ir. No buscar nada en absoluto. Llegaré allí. Llegaré allí.

Horvath apenas se da cuenta de que está atravesando la puerta principal del hotel. No ve a la gente en el vestíbulo, al recepcionista detrás de la recepción ni a los botones cansados que intentan parecer ocupados.

En su habitación, se quita los zapatos, arroja la chaqueta sobre el respaldo de una silla y se sienta en la cama.

Coge el libro de Yates y empieza a leer.

Deja caer el libro 30 minutos más tarde y muy pronto se duerme profundamente. Soñando con ascensores sin paredes, ríos de sangre, monstruos con dos cabezas, hombres grandes y aterradores que lo persiguen a través de bosques oscuros, tejados altos y pasillos sinuosos que nunca terminan.

Dos días después se dirige a la esquina de la 11 y Pine. Hay una iglesia anglicana en una esquina y una ferretería en la otra.

Enciende un cigarrillo, se para junto a la farola y espera.

Una zona tranquila de la ciudad.

Un buzón y el coche aparcado al final de la manzana.

Una adolescente camina por la calle con su madre, ambas pretendiendo ser remilgadas y correctas.

Eso es todo. Horvath espera ver una planta rodadora en cualquier segundo.

Un chrysler último modelo conduce lentamente por la calle, se detiene en la acera y estaciona.El hombre baja la ventana y cuelga su brazo hacia afuera. Hay un anillo en su dedo con una piedra roja brillante.

Horvath deja caer su cigarrillo, lo apaga y se acerca al coche.

El hombre saca el otro brazo por la ventana y le entrega un sobre.

Lo desliza en uno de los bolsillos interiores de su abrigo.

El hombre se marcha sin decir una palabra. Sin contacto visual. Sin sonrisa. Ni siquiera un guiño. Un verdadero profesional.

Uno de los hombres de McGrath, supongo.

Ahora está semi-retirado. Qué lástima. La firma no será la misma sin él. Pero está envejeciendo. ¿Saldrá del juego para siempre? Horvath se pregunta cómo funciona y si alguna vez te dejaron ir. Probablemente no. La firma es de por vida. Una vez que te atrapan, no te sueltan.

HORIZONTE IRREGULAR DE LAS LLAVES DEL COCHE

Horvath está forrado. Ahora tiene dinero, pero aún no tiene pistas.

Ha estado oculto, sin hacer preguntas, sin meterse en problemas.

Los cortes están casi curados y los hematomas se están desvaneciendo de un color púrpura oscuro a un amarillo verdoso apagado.

Comiendo, durmiendo, caminando, leyendo.

Bebiendo, mirando, tomando aspirinas, cambiandose las vendas.

Es una vida sencilla. Solitario, crudo y simple. Monástico, pero le gusta. Sin complicaciones.

Luego piensa en Lana. Esas piernas, ese cuello, el beso.

Ella es una complicación con la que puede vivir. Cuando piensa en ella, comienza a levantarse y alejarse flotando del suelo bajo sus pies. Ya no tiene tamaño ni forma. Sin peso del que hablar. Es una hoja frágil que sopla dondequiera que lo lleve el viento.

Sacude la cabeza casi violentamente para matar los pensamientos. Tiene trabajo que hacer aquí en la tierra.

No la ha visto en unos días. La última vez que pasó por Frank's, ella estaba fuera y el camarero no pudo decirle cuándo volvería.

Esta mañana llegó una carta. Alguien lo deslizó por debajo de su puerta. Gilbert, probablemente. El elegante joven de la recepción. No es un mal tipo, en realidad. Horvath se está acercando a él.

Su primer pensamiento fue Jaworski. Un certificado de defunción con su nombre. Algo ingenioso como eso.

Pero era solo una dirección

436 Cantrell.

Está en el lado norte. Hasta la parte alta de la ciudad estaba prácticamente en el lado sur de la siguiente ciudad. No conoce la calle, pero es un mal barrio. Incluso para una ciudad como esta.

La carta era de Wilson, o posiblemente de McGrath. Cuando no sabe adónde va, con quién hablar o qué hacer, así es como responden. Una matrícula, un bar, una dirección. Eso es. El resto depende de usted.

Él espera la puesta del sol y luego camina hacia el metro.

Las calles están vacías, demasiado vacías para un viernes por la noche. Las aceras están despejadas, la mayoría de las tiendas están cerradas y los restaurantes solo tienen unos pocos clientes cada uno. Mira por la ventana de un restaurante especializado en carnes y ve a un camarero apoyado en la barra, con los brazos cruzados y un trapo blanco sucio sobre el hombro. Un coche pasa y dos personas susurran en la esquina de la calle, pero aparte de eso, las calles están muertas.

¿A dónde se fueron todos? Actúan como ratas cuando se acerca una tormenta.

Mira por encima del hombro, pero no hay nadie.

Gira a la derecha, cruza la calle, se detiene y mira el escaparate de una tienda. No hay nadie detrás de él. Nadie sospechoso rondando.

Ha sido así durante días. Siente que alguien lo observa, oye pasos en la acera, siente un par de ojos rastreando su movimiento. Pero cuando se da la vuelta, no hay nadie. Ni un sonido. Ni un respiro. Ni siquiera una sombra saliendo de una puerta.

Tal vez solo estoy siendo paranoico.

Pero no, alguien me ha estado mirando. Lo sé. Uno de los

hombres de Jaworski. O tal vez la firma me está vigilando. Les gusta hacer eso. Mantenernos alerta.

Respira hondo y sigue caminando.

Los edificios de oficinas se elevan en la distancia. Viviendas, torres de agua, torres de alta tensión como esqueletos de acero. Por la noche, todo tiene el mismo color gris oscuro, pero en diferentes tamaños y formas. La ciudad parece un horizonte irregular de llaves de coche.

Piensa en el día que conoció a McGrath. A media tarde en Eddie's, una sala de billar en Newark. Su esposa se había ido, su trabajo y su casa. Todo lo que pensó que quería. Lo único que le quedaba era un par de guantes de boxeo viejos, un par de trajes y un mal sabor de boca. McGrath le compró una cerveza, le dijo cosas que no quería escuchar y lo convirtió en un hombre nuevo. Lo levantó y lo ayudó a ponerse de pie. Le dio un nuevo trabajo y una nueva forma de ver el mundo.

Le debo todo. Hizo de mí un hombre, me hizo mejor de lo que jamás pensé que podría ser.

La plataforma elevada del metro está un poco más adelante, mirando hacia la calle. Abajo, hay una bodega, servicio de autos, cafetería, comida china para llevar donde puedes jugar lotería. Un periódico arrugado cruza la calle y se pega a una cerca de alambre. Un pequeño garaje está encajado entre una barbería y una panadería rusa, con una pila de neumáticos viejos afuera. Una mujer tetona con demasiado maquillaje está parada en la esquina, buscando una cita.

Horvath sube la escalera de metal, deja caer una ficha en el torniquete y espera el tren.

Unos minutos después entra en la estación con un estremecimiento, reduce la velocidad y se detiene.

Se sube y toma asiento.

El tren se pone en marcha.

Otros tres pasajeros en el auto. Se sientan allí como cadáveres, pálidos y enfermizos bajo la luz amarilla. Rostros sombríos, ojos bajos. Nadie habla, nadie se mueve. La gente es sacudida de un lado a otro como muñecos de trapo por el movimiento del tren, pero no se molestan en agarrarse.

Mira por la ventana, pero es difícil ver algo a través de un velo de moscas muertas y savia dorada, suciedad y cenizas, rastros de sangre tal vez, mugre no identificable en la que preferiría no pensar. La ciudad duerme bajo un manto de oscuridad como un niño corpulento con luces nocturnas de neón en su dormitorio, vigilando. Parece casi pacífico desde aquí.

El tren cobra velocidad, se sumerge en el túnel, corre por debajo de la ciudad y, en un abrir y cerrar de ojos, todo se oscurece.

20

FINAL OSCURO DE LA CALLE

Él se baja del tren.

La plataforma está vacía y completamente a oscuras. Hay dos farolas, pero las bombillas están rotas.

Sube las escaleras de dos en dos.

En la calle, un vagabundo ofrece una taza de hojalata para limosna. Horvath le da tres monedas de veinticinco centavos.

Un par de jóvenes enchapuchados están parados en la esquina, luciendo rudos. Cuello subido, overoles, botas de moto. Navajas automáticas y nudillos de bronce en exhibición. El líder se vuelve hacia Horvath, pero rápidamente mira hacia otro lado. No hay tiempo para idiots. Y de todos modos, el tipo tiene el pelo grasiento que peinar.

Agacha la cabeza y camina hacia el norte, luego vira a la izquierda.

Un mal barrio en una mala ciudad. Las calles están sucias, la basura se amontona en la acera. Un carrito de la compra oxidado de lado, como un borracho desmayado. Hombres bebiendo con sus mangas fuera de una tienda de comestibles. Botellas rotas y latas aplastadas. Ventanas tapiadas, casas incendiadas, rejas de hierro y alambre de púas. Niños pequeños sin padres alrededor. Coches a los que les faltan tapacubos y neumáticos cortados.

Una anciana en bata grita desde una ventana abierta.

Los niños lanzan una bola contra una pared de ladrillos. Probablemente jugando wall-ball. O tal vez slapball.

Un Cadillac abollado se arrastra por la calle. El tipo en el asiento del pasajero lo mira mal.

Este no es un lugar para caminar solo. No sin un arma. Se mueve más rápido y se mantiene alerta. Incluso los tipos duros se asustan, no importa lo que te digan.

436 Cantrell.

Quizás tenga suerte. Van Dyke está sentado en el sofá, mirando televisión. Sin zapatos, sin arma al costado. Tal vez.

302. Un bloque más.

Es un edificio de apartamentos de ladrillo rojo. Todas las luces están apagadas. Cubos de basura desbordados alineados en el frente, como gorilas de clubes nocturnos. Un tipo está fumando en el porche. Le vendría bien un corte de pelo. Una chica sale por la puerta principal y se sienta a su lado. Quema un cigarrillo. Lleva pantalones viejos y una sudadera de hombre. ¿Artista? Él se pregunta. O tal vez una drogadicta. Es difícil notar la diferencia.

Mira el edificio. Algunos de los ladrillos se están desmoronando como el queso feta y otros se han caído, un anciano al que le faltan dientes. Algunas ventanas han sido destrozadas, fijadas con cartón y cinta aislante.

Debe ser el 436, pero los números han sido robados. Horvath sólo espera que haya algo dentro para él. La firma se ha vuelto descuidada con sus clientes potenciales, desde que McGrath comenzó a tomarse un descanso. Manejaban un barco estrecho, pero ahora es un bote de remos que gotea.

Sube las escaleras de cemento, pero los fumadores no parecen darse cuenta de que está allí. Demonios, ni se dan cuenta de sí mismos. Piel gris pálida, ojos muertos. Drogadictos.

No hay perilla de la puerta, así que mete los dedos en el orificio redondo donde debería estar el pomo y abre la puerta.

Hace calor, hay humedad. Sin ventilación. El lugar se siente como una morgue.

Caminata de cinco pisos.

Primero irá a la cima y luego revisará cada piso uno a la vez.

La escalera es estrecha, oscura y sin aire. Piensa en el ascensor del Ejecutivo, en el maletero del coche en el que dio un paseo. Es una subida empinada, pero sus piernas son fuertes y le gusta. Caminar es bueno para tu carácter.

Horvath permanece pegado a la pared, en caso de que encuentre a alguien que baja. No puede ver más de unos centímetros frente a su cara.

Se detiene para tomar aire en el descansillo del quinto piso. Abre una puerta y camina por el pasillo. No puedo oír nada. La mayoría de las puertas están cerradas y no hay nada que ver. Se detiene y escucha. Nada.

Al final del pasillo, se da la vuelta. Mira a través de una puerta abierta, pero no hay nadie dentro. Un poco de basura. Algo en la esquina. Tal vez ropa de cama y un pequeño grupo de objetos. Está demasiado oscuro para saberlo. Quizás alguien esté durmiendo aquí.

Echa un vistazo dentro de algunos apartamentos más, pero todos están vacíos.

Antes de bajar, prueba una de las puertas cerradas. Bloqueada.

Prueba con otra.

Las bisagras crujen, por lo que la abre lo más lentamente posible. Entra luz por la ventana. Luz blanca parpadeante y mucho rojo. Debe haber un club de striptease al lado.

Un ruido tan débil que casi no lo oye.

Gira a la derecha, detrás de la puerta y todo el camino contra la pared.

Horvath prende su encendedor. Un hombre pequeño y abultado con un abrigo de lana está muy quieto, sosteniendo una vara de madera. Gafas, barba, pantalones holgados. Un tipo de profesor.

Suave por todas partes. Los recuerda de la universidad. Han leído un millón de libros y saben todo lo que hay que saber, excepto cómo vivir.

Pero este tipo no ha visto el interior de un aula en algunos años, si es que alguna vez lo ha hecho. Pantalones rotos, sin zapatos. Camisa abotonada hasta arriba, pero sin corbata. Sus ojos son planos y apagados, pero parecen brillar en la oscuridad.

Detrás de él, una niña pequeña se sienta en un taburete alto. Lleva un sombrero puntiagudo.

Mira del profesor a la niña, tratando de resolverlo.

No, no es un sombrero. Es su cabeza. Largo, cónico, deforme. Cabeza Trepanada, lo llaman. Y ella no es una chica. 30, 35 al menos. Llevaba un vestido blanco inmaculado y botas negras andrajosas.

Da un paso más cerca. Hay una cuerda atada al tobillo de la mujer. No, una correa. Se desliza por el suelo y el otro extremo está atado a un radiador.

"¿Está bien, señora?"

Ella no dice nada, ni siquiera lo mira.

"¿Estás bien ahí?"

Ahora se vuelve y empieza a gruñir.

"La estás molestando", dice el hombre.

Él extiende su vara de medir y toca su brazo, cerca del hombro. La acaricia tres veces y ella se calma. "Ella no puede hablar".

Horvath mira su tobillo.

"Por su propio bien. Ella se escapa, corre salvaje por las calles".

"Por supuesto..."

"No es seguro ahí fuera"

Tiene razón en eso.

"Ella es una looner", dice el hombre.

¿Looner? ¿Que es eso?"

"Significa que ella no está del todo allí. Más animal que mujer".

"¿Eres su padre?"

"Tío. Mi hermana y su esposo se escaparon y la dejaron".

"Pésimos padres."

El hombre se encoge de hombros. "Fue demasiado para ellos".

"Pero tú no, ¿Eh?"

"Hago lo que puedo."

La niña da saltos en su asiento, ladrando.

Ha visto mucho en su tiempo, pero no esto. "¿Entonces que estás haciendo aquí?"

El hombre miraba distraídamente al suelo, pero levanta la cabeza y mira fijamente a Horvath. "¿Qué quieres decir? Vivimos aquí."

El hombre parece insultado y ya parece tan suave.

Horvath mira a su alrededor, pero no ve mucho en cuanto a muebles, posesiones o vida. Quiere hacer preguntas, pero no encuentra las palabras adecuadas. "Te dejo a ti entonces."

Debería estar en un manicomio, piensa. Pero quizás eso no sería mejor que esto.

Unos segundos más tarde, sale.

El cuarto piso es un cementerio. Nada que ver, nada que escuchar.

Él baja las escaleras.

El tercer piso está vivo. Puede oír a las ratas arrastrándose dentro de las paredes, corriendo por las cenefas. Las cucarachas golpeando el suelo de baldosas. El lugar huele mal, incluso desde el pasillo. Comida vieja, sudor, cerveza rancia, ropa sucia, rincones oscuros utilizados como retretes. Quizás uno o dos animales muertos. Un albergue para vagabundos, drogadictos, delincuentes y fugitivos.

Asoma la cabeza en algunas habitaciones, pero no hay mucho que ver, excepto basura.

Al final del pasillo, casi pisa algo. El cadáver de un pez grande. Debe tener dos pies de largo y ocho pulgadas de ancho. La carne ha sido comida o se ha podrido, pero los huesos aún están intactos. La caja toráxica es redonda y llena. Parece uno de esos pequeños barcos de madera que la gente hace y luego mete dentro de una botella.

Las habitaciones están todas vacías, excepto por un hombre que duerme en un rincón bajo una pila de periódicos y sábanas hechas jirones. Horvath lo deja solo, sale de puntillas por la puerta.

Segunda planta.

Voces.

Avanza cautelosamente por el pasillo, deteniéndose fuera de la habitación de donde proviene el ruido. Las voces son ahora más fuertes y más urgentes. Mira hacia adentro. Un hombre de mediana edad con una camiseta sin mangas le grita a una mujer con una falda corta, una blusa arrugada y tacones colgando de su mano derecha. Su cabello es un tornado y está llorando, rímel corriendo por su rostro. Es joven, tal vez 20 o 21 años. Pero ha vivido mucho en esos años. ¿Su esposa? ¿Novia? ¿Hija? Quizás un socio comercial.

Él sigue adelante.

Al final del pasillo, una puerta está abierta unos centímetros. Empuja hacia adentro.

Sus ojos se han adaptado a la oscuridad. Junto a la ventana, dos hombres se sientan en el suelo, apoyados contra la pared. No hablan ni se mueven. Uno tiene una sonrisa en su rostro y mira a la nada. Los demás están dormidos o cabeceando.

Carcajadas.

Se da la vuelta. Dos niños, un niño y una niña, corren por el pasillo. No mayor de nueve. Miran dentro del apartamento y se ríen. ¿De los drogadictos? ¿De Horvath? Siguen corriendo, se lanzan hacia la escalera. Escucha sus pies golpear los pasos duros. Nadie es inocente.

Horvath sigue a los niños.

El piso principal tiene un apartamento, la oficina del gerente, un armario de suministros y la habitación del superintendente. Todo cerrado.

¿Qué se suponía que iba a encontrar aquí? ¿O quién? ¿Qué relación tiene con Van Dyke?

Debajo de las escaleras hay otra puerta que conduce al sótano.

Él baja.

No hay barandilla, no hay luz.

Horvath huele humo y ceniza, pero no hay fuego ni luz. Se detiene y escucha. Nada.

El sigue adelante. Conteniendo la respiración, tratando de no hacer ningún sonido.

Cuando su pie llega al suelo, escucha un leve chapoteo de agua. Hace aún más calor y humedad aquí abajo. Las paredes están sudando y gotea del techo.

Una habitación grande con techo bajo. Del tamaño de una cancha de baloncesto, quizás más grande.

Suelo de piedra, paredes de ladrillo. Una docena de cajas contra la pared, telarañas y una silla rota, pero eso es todo. Un espacio vacio. Tuberías expuestas atraviesan el techo, como vasos sanguíneos.

Hay una puerta arqueada en el otro extremo de la habitación.

Él se acerca.

El agua del suelo se vuelve más profunda.

Algo se mueve. Quizás una rata.

Más cerca. Más cerca.

Es poco más fresco aquí. La sensación del aire fresco.

De vuelta a la pared, se para cerca de la puerta, algunos centímetros hacia adelante. Mira a la vuelta de la esquina.

Él entrecierra los ojos. Puntos de luz atravesaban la oscuridad.

Es un pasillo largo y estrecho, sólo lo suficientemente ancho para una persona. La puerta trasera está al final y una puerta de hierro. La puerta debe estar abierta, dejando pasar la luz del sol.

Lo siente antes de escuchar nada.

Uno o dos segundos más tarde, el zumbido en sus oídos es una vorágine.

Y luego se siente suave y cálido por todas partes, como si alguien lo envolviera en una manta gruesa. Tiene líquido en el brazo, por el hombro, como si nadara en una piscina climatizada. Pero no está nadando. Le han disparado con una .45 a quemarropa.

Al principio no hay dolor. Pero luego lo agarra por el cuello y no lo suelta.

Otro disparo, rebotando en las paredes de ladrillo.

No puede ver nada excepto una sombra, corriendo hacia él.

Este no sería un mal momento para empacar un arma, piensa.

Pero McGrath no quiso ni oír hablar de eso. No somos animales, decía. No somos unos matones sucios.

Ahora puede ver la cara del hombre. Mandíbula apretada, dientes al descubierto. Vuelve a levantar la pistola.

Horvath lo golpea con un gancho en la nariz, pero el tipo se balancea hacia la izquierda y el puñetazo se le escapa por un lado de la cara. Es un hombre grande, pero lento. Balancea y falla. Se balancea de nuevo, pero Horvath se agacha. El tipo da un paso adelante y Horvath corre hacia él, golpea su cabeza contra los ladrillos. Deja caer su arma al suelo y se tambalea hacia atrás. Horvath aterriza dos golpes rápidos en el estómago y se dobla, gimiendo. Horvath pone todo en otro puñetazo, pero no tiene energía. El tipo apenas se estremece cuando el puño se conecta con su mandíbula.

Ambos hombres se miran el uno al otro. Horvath ha perdido mucha sangre y el grandulón no es un luchador. Corre hacia Horvath, lo derriba y sigue adelante.

Horvath se apoya contra la pared, respirando con dificultad. Ahora se siente aún más caliente y muy cansado.

Tal vez me siente, piensa. Sólo por un segundo.

21

TODO DEMASIADO HUMANO

Cuando se despierta, no tiene idea de dónde está.

Se sienta, se apoya contra la pared, saca un cigarrillo del bolsillo y lo enciende.

Todo vuelve a él, y eso se duplica por el dolor.

Él mira su brazo. Vivirá, pero el traje está en soporte vital. Rasgado, empapado, cubierto de sangre.

Demasiado débil para moverse, se termina el cigarrillo primero.

Tan pronto como se pone de pie, se siente mareado y comienza a tambalearse. Se apoya contra la pared de ladrillos durante un par de segundos.

Prende el encendedor y mira a su alrededor. El arma sigue en el suelo, medio sumergida en el agua sucia. Lo recoge, saca las balas.

La puerta trasera está abierta. Camina hacia la luz del sol, que es una daga en su cráneo.

El callejón es sólo ladrillos rojos irregulares, como el sótano donde acaba de pasar la noche. Se mete la mano en el bolsillo y saca el frasquito. Toma una aspirina, luego una más y luego otra.

Camina por el callejón, gira a la derecha y está de vuelta en Cantrell.

Las calles están vacías. Regresa al metro.

En la siguiente cuadra hay un bote de basura en la esquina, frente a una bodega puertorriqueña. Deja caer las balas dentro y se detiene a fumar.

Está cansado, muerto de cansancio después de una corta caminata. Pero se siente lo suficientemente fuerte como para regresar al hotel.

Los matones de la calle siguen ahí, de pie sin hacer nada. Uno de ellos mira y se ríe, sin alegría.

Mira su ropa sucia. Deben pensar que soy un vagabundo o un drogadicto.

Una anciana pasa al otro lado de la calle, cargando un saco de 40 libras. No puede medir más de un metro sesenta, 90 libras. Lo sostiene con una mano sobre su hombro. La bolsa de la compra en el otro brazo, cigarrillo colgando de su boca. Anciana fuerte.

Él empieza a cruzar la calle. "¿Necesita ayuda con eso?"

Ella niega con la cabeza. "Estoy bien."

Ahora está en la acera, a unos metros de ella. "¿Fang?"

Se detiene y se vuelve, ve quién es. "Te ves como una mierda".

Él ríe. "Sí, tienes razón".

Fang baja la bolsa.

"¿Qué tienes ahí, arroz?"

"Papas. Sabes, no solo comemos arroz todo el tiempo. Nos gustan los fideos, el camote, todo tipo de comida ".

"Mi error. ¿Qué haces por aquí?

"Comprando patatas, estúpido, ¿qué te parece?" Ella muestra esa sonrisa de 100 vatios. "Voy a volver al barrio chino ahora".

"¿Barrio Chino? No sabía que tenían uno en este vertedero ".

"Bueno, no es tan grande. Más como el bloque de China ". Ella mira su brazo. "¿Estás bien?"

"Sí, estoy bien. Solo una pequeña herida de bala ".

Ella asiente. "Lo imaginé. La sangre fue mi primera pista ".

Horvath huele una risa. "Oye, tengo una pregunta. ¿Ves ese edificio de allí?

Él señala, ella mira.

"¿Sabes algo al respecto?"

"Sí."

"¿Qué?"

"Deberías quedarte fuera de allí".

Arroja cenizas en la acera. "Probablemente tengas razón."

Vamos, conozco a alguien. Él te cuidará muy bien. Barato también ".

"¿Es él un doctor?"

Ella se encoge de hombros. "Suficientemente cerca. Pero no es como si tuvieras elección. Un médico de verdad haría preguntas ".

Ella coge el saco, se lo echa al hombro y empieza a caminar hacia la ciudad.

Horvath camina y la sigue.

Es difícil seguir a Fang, a pesar de que es una anciana pequeña que carga la mitad de su peso en papas. Después de unas pocas cuadras, se da la vuelta y ve que él está rezagado 9 metros por detrás.

Vamos, lento. No tengo todo el día ". Ella lo mira, pero reduce la velocidad.

"¿Cuánto más lejos?"

"Cerca, cerca."

Siguen caminando. No está cerca.

Las calles se estrechan y se congestionan. Aquí hay vida y el lugar está limpio.

Todos se están moviendo. Nadie está parado en la esquina tratando de mirar fijamente, mirando al vacío o bebiendo de una bolsa de papel marrón. No, están demasiado ocupados para eso. Buena gente trabajadora con familias numerosas y apartamentos pequeños. Chinos, polacos, armenios, rusos, judíos. Algunos noruegos de hombros cuadrados y expresiones solemnes. Las tiendas son pequeñas y estrechas, pero están ordenadas. Joyero, carnicero, panadero, zapatero, sombrerero, fontanero, electricista, casa de empeño, sastrería. Una ciudad dentro de la ciudad.

No sabe dónde está ni adónde va, pero ya se siente un poco mejor.

Una mujer de mediana edad con delantal saluda a Fang, quien le grita algo en un idioma que Horvath no lo reconoce. Ella coge unos vasos sucios de una mesa en la acera y los trae de vuelta a su caféteria

Fang se detiene frente a algunos niños en la siguiente cuadra. Deja los sacos, mete la mano en su bolsa de la compra y saca unos dulces. Los niños toman cada uno un trozo y salen corriendo.

Él la alcanza. "Cerca, ¿Eh?"

"Casi ahí. Promesa."

Ella cruza la calle, camina media cuadra y se detiene frente a un restaurante chino.

"Espera aquí."

Fang entra y sale un par de minutos después.

Siguen caminando.

Después de tres cuadras más, Fang se detiene junto a una puerta de metal en el costado de un edificio de piedra gris que ocupa la mitad de la cuadra. No hay señales ni indicaciones de lo que hay dentro. Ella abre la puerta y entra. Él la sigue.

Toman una escalera de metal hasta el séptimo piso. Fang no respira con dificultad ni se ralentiza. Sus músculos no se tensan bajo la carga. La escalera está bien y sus pasos resuenan en el metal.

"Aquí." Se detiene en el descansillo, abre una puerta pesada y entra.

Una delgada curva de alfombra azul en el pasillo, luces fluores-centes en el techo. Paredes blancas y puertas de madera. El espacio está pulcro, ordenado, sobrio.

"¿Dónde estamos?"

"Oficina del doctor."

Gira a la derecha, camina por el pasillo, se detiene frente a lo que parece un armario de escobas. No hay letreros en la puerta, ni número ni placa de identificación. Horvath se pregunta qué tipo de curandero está a punto de ver. Espera que no sea uno de esos charlatanes que te clavan agujas en la piel y te hacen beber sopa de aleta de tiburón.

Fang llama una vez, espera un segundo, abre la puerta.

Un hombre chino fornido con grandes lentes negros y una bata blanca de laboratorio está sentado en un taburete de madera bajito. Mira a Fang y luego al brazo ensangrentado de Horvath, pero el tipo no se inmuta. Lo ha visto todo, dos veces.

Ella le ladra en chino. Él ladra de vuelta. Horvath se pregunta por qué otros idiomas siempre suenan como un argumento. ¿Realmente están gritando, o son solo mis estúpidos oídos extranjeros?

"Hola, Doc."

"Él no habla inglés".

El médico mira a Horvath y asiente levemente. Su rostro tiene su expresión favorita, que no es expresión alguna.

Ella habla con el médico en ráfagas rápidas y fervientes mientras Horvath escanea la habitación. Es un armario de escobas. O fue uno. Ahora es el consultorio de un médico. Las paredes están en blanco. Sin escritorio, sin mesa de operaciones, sin fregadero, sin equipo elegante. No hay nevera para almacenar medicamentos. Solo una encimera, gabinetes, un estante, algunos suministros. Una lámpara, dos taburetes. Operación simple.

"Él te curará", dice Fang. "Quítate la camisa."

Se quita la chaqueta, la camisa y la camiseta. El doctor sonríe y le dice algo a Fang. Ambos se ríen.

"Dice que eres un chico grande y fuerte".

"Bueno, al menos ustedes dos lo están pasando bien. No te preocupes por mí".

El médico agita las manos con impaciencia, luego agarra a Horvath por la muñeca y lo empuja hacia el otro taburete. Habla más tranquilamente ahora, los ojos fijos en el brazo ensangrentado. Fang abre un cajón, saca una botella de alcohol y un poco de gasa y se las entrega al médico. Vierte alcohol en el vendaje y agarra a Horvath por encima del codo con la mano izquierda. Su agarre es fuerte, pero sus manos son pequeñas y arrugadas. Se seca la herida de bala, suavemente al principio.

El médico espera a ver cómo reacciona su paciente, pero el hombre blanco no parpadea ni se mueve. Satisfecho, limpia la herida con mayor rapidez y fuerza.

H Horvath no grita ni aparta el brazo.

El médico mira a Fang y dice algo.

Ella asiente. "Dice que eres un buen paciente. Te quedas muy quieto y callado. Como hombre chino".

"¿Como un hombre chino, eh? Asumo que es un cumplido".

La herida vuelve a sangrar, por lo que el médico la seca con una gasa. Le dice algo a Fang, que se mueve detrás de Horvath.

El médico mete la mano en un armario, saca una botella de whisky y la sostiene con un aire dubitativo.

Horvath asiente. El médico vierte algunos dedos en un vaso graduado.

Él se lo bebe.

Fang lo agarra por los hombros. El médico toma unas pinzas, vierte alcohol sobre ellas y se inclina hacia Horvath. Agarra su bíceps y lo mantiene en su lugar. Horvath recuerda el tornillo de banco en el taller de su anciano cuando era niño.

El médico entrecierra los ojos, se inclina hacia adelante, inserta las pinzas en el enorme agujero de la parte superior del brazo. Tiene un toque ligero, pero el dolor es agudo y severo. Horvath cierra los ojos, respira hondo y se desvanece. Se entrenó a sí mismo para superar el dolor y caminar hacia la habitación contigua.

El médico hace una pausa, descansa la mano que trabaja durante un segundo y luego vuelve a entrar. Busca por unos momentos, sujeta la bala y la extrae lentamente. Se lo muestra a Horvath y sonríe, como si acabara de sacar una ciruela de un pastel.

"Buen trabajo, Doc."

El médico deja caer la bala en un pequeño basurero que se sienta a sus pies como el gato de la familia. Murmura algo a Fang, quien vuelve a limpiar la herida, la envuelve en una gasa y asegura el vendaje con una cinta blanca gruesa.

"Todo mejor ahora". El médico muestra una de sus seis frases en inglés. Tres son maldiciones.

Fang le da una palmada en el hombro y él la mira. Cuando se vuelve hacia el médico, el hombre sostiene una aguja larga.

"¿Qué es eso?"

Medicina, estúpido. ¿Qué piensas?"

"Tus modales junto a la cama podrían necesitar algo de trabajo, Fang."

"No me culpes. Tú eres el que se hizo disparar".

Ella tiene un punto.

El médico lo golpea. Horvath se pregunta por qué el disparo no llegó antes de la operación, pero no se queja.

"Gracias de nuevo, Doc. Sabes, manejas un lugar bastante estrecho aquí. Te mereces tu propia clínica. O al menos un armario de escobas más grande".

Fang traduce esto.

El médico echa la cabeza hacia atrás y se ríe, alto y largo, golpeando la encimera y pisoteando el suelo. Luego le da varias palmaditas a Horvath en el brazo. "Buen hombre. Buen hombre."

Se viste mientras Fang y el médico limpian.

Cuando terminan, el médico se pone de pie y se vuelve hacia Horvath.

Saca unos cuantos dólares de su billetera y se los da al hombre. "¿Eso lo cubrirá, Doc?"

El hombre asiente, hace una reverencia.

Fang recoge su saco de patatas.

Se dan la vuelta y salen de la oficina, o del armario de las escobas, y el médico vuelve a sentarse en su taburete.

. . .

Afuera, las aceras están ocupadas y el sol trabaja horas extras. Horvath se protege los ojos con una carnosa mano derecha, pero las luces brillantes no parecen molestar a Fang.

"¿Te sientes bien ahora?"

"Mejor, sí, pero estoy un poco cansado".

"Sólo duérmete."

Él asiente. "¿Qué había en esa medicina, de todos modos?"

"Es solo medicina. No hagas tantas preguntas ".

Quiere preguntarle sobre el edificio de apartamentos en Cantrell. Cuando lo mencionó antes, ella parecía saber algo.

Como si leyera su mente, o tal vez las líneas de preocupación en su rostro, ella misma aborda el tema. "¿Has oído hablar de DiLorenzo?"

"No."

Ella deja caer las patatas, busca un cigarrillo en el bolsillo de la camisa y lo enciende. "Fiorello DiLorenzo. Posee una gran parte del lado norte. Apartamentos, en su mayoría. Barrios marginales. Mal hombre. También tiene edificios de oficinas. Lavanderías, empresa de construcción, taxis, tintorerías, bares caros, salones de masajes ".

"Suena como un tipo con clase".

"Pilar de la sociedad. Almuerza con el alcalde dos veces por semana ".

"¿De verdad?"

"No lo sé. Tal vez sea tres veces ".

"Suena bien."

"Uno de los hombres más ricos de la ciudad. La policía está en su bolsillo trasero. Ayuntamiento, Cámara de Comercio, todos ".

"Déjame adivinar, ¿DiLorenzo obtiene todos los contratos de la ciudad?"

"La mayoría de ellos." Fang bosteza y extiende los brazos. "Él también es dueño del hipódromo. De ahí es de donde proviene la mayor parte de su dinero en estos días ".

"¿Dónde está eso?"

"Fuera de la ciudad. 15-20 millas. La mayoría de los días es allí donde pasa el rato ".

"¿Está con el sindicato?"

"No exactamente. Tiene su propia operación, pero ellos tienen un entendimiento. ¿Sabes quién es Jaworski?

"El nombre me suena".

"Gilroy dirige el sindicato y Jaworski es su mano derecha".

"¿Tienen negocios legítimos?"

"Pocos bares y discotecas, pero sobre todo son chicas, droga, soborno, extorsión, asesinato, robo a mano armada, juegos de azar ..."

"Las siete virtudes cardinales".

Fang tira su ceniza, mira a su alrededor.

"Entonces, ¿Qué tiene que ver todo esto con ese nido de ratas vacío en Cantrell?"

"DiLorenzo intentó incendiarlo el año pasado, por el dinero del seguro, pero alguien lo detuvo".

"¿Cómo?"

"Envió a un par de tipos con latas de gasolina y una caja de fósforos, pero cuando llegaron, algunas personas los estaban esperando".

"¿Los hombres de Gilroy?" él pregunta.

"Probablemente. Nadie sabe con seguridad."

"¿Entonces qué pasó?"

"Comenzaron un incendio en el almacén. Pintura, trementina, trapos viejos. Para que parezca un accidente ".

"Por supuesto."

"Y el fuego comenzó bien, pero luego estos otros tipos salieron del sótano y los mataron a tiros".

"¿Alguien vio quién era?"

"Era tarde, pero había gente alrededor. Vagabundos, drogadictos, prostitutas. No es la Quinta Avenida, ¿Sabes? La gente se queda despierta hasta tarde por allí ".

"Pero nadie los delató, ¿verdad? ¿Nadie estaba dispuesto a nombrar nombres? "

"No. Podrían haber sido amenazados o pagados, o tal vez nadie les vio la cara. Pero la gente escuchó disparos, vio a algunos hombres salir corriendo y subirse a un automóvil ".

"¿Es asi?"

"El departamento de bomberos apagó el fuego. La compañía de seguros no pagaría. Pocas semanas después, dos de los hombres de Jaworski fueron asesinados ".

"Eso es algo de comprensión que tuvieron".

"Cuéntame sobre eso."

"¿Cómo murieron?"

"Estrangulado, luego arrojado al río". Fang hace una pausa. "Pero no escuchaste nada de esto de mí".

"Por supuesto que no."

"¿Alguna pregunta más?"

"Sí, ¿Dónde está el metro?"

Ella recoge el saco de patatas. "Sígueme. Está muy cerca ".

22

SANGRE Y SÉMOLA

Horvath duerme durante 12 horas.

Se despierta con un terrible dolor de cabeza, como si alguien le estuviera perforando el cráneo desde adentro, y su brazo le dolía muchísimo. Pero al menos no está pegado a las sábanas. Fang lo envolvió bien.

Se acerca a la mesita de noche y toma un cigarrillo del paquete. Se enciende, rueda sobre su espalda y fuma, mirando al techo.

Tiene un millón de preguntas, pero no muchas más.

Desde que llegó a la ciudad, se ha encontrado con los malos, el crimen, la violencia y la muerte, pero sin respuestas. Nada de eso cuadra.

¿Quién era el tipo de la pistola? ¿Cómo supo que venía? ¿Qué se suponía que debía encontrar en Cantrell? Si fue Van Dyke, ¿Dónde está? El tipo que me disparó, tal vez fue Van Dyke. Sabe que la firma lo está buscando, quieren traerlo de regreso a casa. O enterrarlo en una tumba poco profunda. Sabían que venía. Me esperaron y dieron su mejor tiro.

Pero no, ese tipo era demasiado grande. Muy fuerte. Van Dyke es un pusilánime, por lo que escuché. Chico flaco con gafas. No quiere ensuciarse las manos. Es el tipo de persona que pagaría a otra persona para que le hiciera el trabajo sucio.

Hay mucha gente así.

Aspirina. Agua. Ducha.

Horvath se viste, baja en ascensor y sale por la puerta trasera.

Camina hacia el este hasta que encuentra un nuevo lugar para comer. Esquina Griega, un restaurante del tamaño de un peaje. Tiene un sándwich club, papas fritas y café.

Llama a Lana en el bar. Planea reunirse temprano al día siguiente.

Se detiene en una farmacia por vendajes y esparadrapo.

Vuelve al Ejecutivo, lee un rato y se queda dormido.

Por la mañana, se siente bastante bien. Lo que sea que el médico le clavó en el brazo, funcionó.

Se viste, se mira en el espejo.

Ayer, su rostro estaba terso y limpio. Hoy es un desastre. Las cicatrices y las arrugas recorren su piel como carreteras interestatales en un mapa de carreteras. Contusiones, cortes, raspaduras. La preocupación grabada profundamente en la carne.

Me estoy volviendo demasiado mayor para esto.

Horvath se está quedando sin ropa limpia. Coge un traje y dos camisas para la tintorería. El traje que usó ayer está cubierto de sangre. Yace en el suelo en un lío arrugado, como un cadáver. Tendrá que tirarlo a la basura.

Abajo, mira a Gilbert, quien asiente débilmente.

Entra por la puerta principal y se dirige a la tintorería

El sol lo está asaltando, una y otra vez.

Se quita la ropa.

Después, se detiene y encuentra cinco y diez centavos. Cigarrillos, barra de chocolate, lentes oscuros. Libro de bolsillo, lo suficientemente pequeño como para dormir en el bolsillo de su abrigo. Otro frasco de aspirina, por si acaso.

De regreso con los griegos para desayunar.

Tiene ganas de probar algo nuevo. Jugo de uva. Panqueques. Tocino. Tostada crujiente. Y una guarnición de sémola. No sabe qué son, pero siempre ha querido probarlos.

El café está fuerte y caliente. Agrega eso a la nicotina, y es un golpe fuerte al plexo solar. Ni siquiera el médico de Fang tiene una medicina tan buena.

Ahora puedo enfrentarme al mundo, piensa. Todo por mi cuenta. Encontraré a Van Dyke, tal vez incluso al personaje de Kovacs. Adelante, dispárame todo lo que quieras. Da tu mejor tiro.

The waitress brings his meal. He digs in.

The food is good and he feels happy. Happy to be alive, happy to have a full stomach and, though he doesn't completely understand it, almost trembling with excitement. He hasn't seen Lana in a few days.

La sémola está bien. Grasiento, rico, graso. No está mal en una cama de tostadas crujientes. Probablemente no los volverá a pedir, pero no está mal. El resto es perfecto. Esos griegos realmente saben cómo hacer comida estadounidense.

El hombre entra por la puerta. Ojos nerviosos y demasiado rápidos. Evita mirar a Horvath.

Quedan algunos bocados y media taza de café. Apaga el cigarrillo en el barato cenicero de metal.

El hombre camina hacia el mostrador y se detiene cuando se acerca a Horvath. Sus cejas se contraen cuando mete la mano dentro de su abrigo.

Horvath está agarrado a la mesa, listo para agacharse o pararse.

Un clavel rojo florece en el pecho del hombre. Debe ser un mago porque Horvath no vio la flor en el ojal cuando entró.

Pero no es una flor, por supuesto. Es un agujero de bala. Afuera, un motor acelera y los neumáticos giran en el asfalto.

El hombre colapsa sobre la mesa de Horvath. El vaso de jugo y un pequeño plato blanco se estrellan contra el suelo.

El lugar está en silencio, por un momento o dos, antes de que una camarera grite y un hombre acompañe a su esposa por la puerta principal.

El cocinero mira, espátula en mano. Se rasca, da una calada al cigarrillo que le cuelga de la comisura de la boca y echa las cenizas a un plato de pan.

Horvath abre la chaqueta del hombre para ver qué hay dentro. Sin arma, sin cuchillo. ¿Estaba buscando su billetera? ¿Paquete de cigarrillos? ¿Mentas para el aliento? Antes de que pueda registrar sus bolsillos, el cuerpo rueda por el suelo.

Él mira hacia abajo. Sangre y sémola en los azulejos a cuadros.

La cocinera toma un teléfono.

Él mira al otro lado de la habitación a un pequeño agujero en la ventana y vidrios rotos esparcidos por la mesa.

La camarera que grita se derrumba en el suelo. ¿Por qué me mudé a este lugar tan horrible? se pregunta ella misma.

Una camarera mayor se acerca y vuelve a llenar su café. Ella es griega, probablemente casada con el cocinero. "¿Quieres que limpie este desastre?"

"Probablemente deberías dejarlo para la policía".

"Me refiero a los platos, listillo".

Él sonríe. "Oh, por supuesto. Terminé."

Hay unas gotas de sangre en el mostrador. Horvath los limpia con una servilleta. Bebe el café, deja unos dólares debajo del vaso de jugo, pasa con cuidado sobre el cuerpo y se va.

Afuera, Horvath mira su traje. Sin manchas de sangre.

Él sonríe. Es su día de suerte.

De camino a Frank's, intenta juntar las piezas.

Primero, ¿Quién es el muerto? En segundo lugar, ¿por qué lo mataron?

En tercer lugar, ¿La bala estaba destinada a mí? Quizás fue solo mala suerte. Pobre tonto se paró frente a una bala que tenía mi nombre escrito.

¿Y quién le disparó? ¿Fue el mismo chico que me disparó la otra noche, o fue alguien nuevo? ¿Qué tiene todo esto que ver con Van Dyke? ¿Y Kovacs? ¿O es sólo uno de los hombres de Jaworski recordándome que salga de la ciudad?

Quizás no tenga nada que ver conmigo. Quizás sea solo una coincidencia.

Gran posibilidad.

Horvath ve el rostro del muerto. El agujero en su pecho. La sangre se escurre como una lombriz de tierra. El charco inmóvil de sus ojos. El cuerpo cayendo al suelo como un saco de patatas. Cuanto más ve, menos sabe. Los hombres muertos no cuentan cuentos, es cierto. De hecho, no dicen nada en absoluto.

Cuando entra por la puerta del bar, ella está sentada en su lugar habitual. Una taza de café a su lado. Piernas cruzadas, vestido verde subiendo por su pierna. Hoy tiene el pelo suelto. Ella ha hecho algo diferente con él, pero él no está seguro de qué.

Su corazón late rápido y no puede evitar que la sonrisa se extienda por su rostro como la sangre se acumula debajo de un cadáver. ¿Qué diablos me pasa? Es como si volviera a tener 16 años. Contrólate, hombre.

Ella está mirando un libro de contabilidad con pequeños lentes colocadas en la punta de su nariz. Cuando ve a Horvath, se los quita rápidamente y los mete en su bolso. Esto sólo hace que le guste aún más.

"Finge que no me ves así, ¿De acuerdo?"

"*¿Los chicos no coquetean con las chicas que usan anteojos?*"

"Algo como eso."

"Pero te ves aún más hermosa con ellos".

"Me imagino." Toma un sorbo de café. "¿Entonces, qué es lo que se sabe?"

"No mucho." Se sienta a su lado. "Pero he tenido una mañana muy ocupada".

El camarero trae una taza, un platillo y una tetera nueva.

Él masajea su cuello.

"¿Estás bien?" Cuando Lana le toca el codo, la electricidad sube y baja por su brazo. Si ella lo besaba, probablemente se desmayaría.

"Sí, está bien. Sólo un poco dolorido".

Horvath le cuenta sobre el desayuno, el edificio de Cantrell, DiLorenzo, el hipódromo, Fang y el médico.

Lana no dice mucho al principio. De hecho, actúa como si apenas escuchara. Termina su café, mira a Horvath y le hace una señal al camarero, quien toma su libro de contabilidad y lo esconde debajo del mostrador. "Fang, ¿Eh? Suena como una verdadera devoradora de hombres".

Él ríe. "Ella es una tipa dura".

"¿Debería estar preocupada?"

Lo piensa durante unos segundos. "Bueno, tiene unos 80 años, tal vez más. Así que no, no tienes nada de qué preocuparte".

"Sí, bueno, tal vez ese sea tu tipo. ¿Que sé yo?"

"Buen punto."

Ella se inclina y lo besa en la boca.

"¿Quieres dar un paseo en coche al campo?" él pregunta. "¿Jugar con los ponis?"

"Por supuesto."

"¿Tienes coche?"

"Thunderbird del 58. ¿Eres lo bastante hombre para dejar que una mujer conduzca?

"Siempre que ella tenga una licencia".

"Lo hago, y mi foto no es tan mala. ¿Encontraste algo nuevo en Kovacs?

"No, lo siento."

"Esta bien. Aunque te debo una. Tres días más gastos". Saca un rollo de dinero de su bolso.

Levanta las manos y se inclina hacia atrás. "No puedo aceptar tu dinero".

"¿Por qué no?"

Porque se siente mal. Porque McGrath no lo aprobaría. Porque estamos juntos o lo estamos logrando. "Porque no he llegado a ningún lado y ni siquiera tengo una pista. De todos modos, he estado trabajando en mi propio caso la mayor parte del tiempo. No he tenido tiempo para el tuyo. Y últimamente no he estado trabajando mucho. Me han golpeado y dormido ".

Ella asiente, guarda el dinero. "Bueno, ¿y si quiero invitarte una cerveza y un par de hot dogs en la pista?"

"Podría vivir con eso".

Ella lo besa de nuevo. Esta vez, él la acerca y le da un buen entrenamiento de labios.

Después de unos minutos, sale a tomar aire. "Más lento, tigre. Lastimarás un músculo ".

"Solo quería que supieras que estuve aquí". Toca su brazo, suavemente.

"Eres dulce, ¿Lo sabías?"

"Tengo mis momentos."

Saca un pequeño espejo, revisa su lápiz labial, se ajusta el cabello. "¿Así que, cuál es el plan? En la pista, quiero decir. ¿Qué estamos buscando?"

"No lo sé."

"Pero lo sabremos cuando lo veamos, ¿Eh?"

"Tal vez no."

"Parece que lo tienes todo resuelto".

"Sí, todos los detalles". Da un sorbo al café. "Mantendremos un perfil bajo. No sirve de nada hacer preguntas. Nadie habla en esta ciudad. Sólo mantén los ojos y los oídos abiertos, mira qué pasa ". Abre la tapa de la aspirina y se mete algunas en la boca.

"Ten cuidado con esas cosas, chico. No quieres engancharte ".

"Muy tarde para eso."

"Bueno, tal vez el aire del campo te ayude".

"Tal vez."

"Dame unos minutos", dice. "Entonces podemos irnos".

"Claro, tómate tu tiempo."

Lana se levanta y camina hacia atrás. Horvath no puede apartar los ojos de ella. Incluso en una vigilancia no es tan vigilante. Todo lo que hace es tan sereno, elegante y encantador. Incluso la forma en que se vuelve hacia un lado cuando alguien pasa por un espacio estrecho. Él la ve rodear la barra y por el pasillo hacia su oficina.

Él termina el café, se limpia la boca con una servilleta y se dirige al baño de hombres.

Cuando pasa por su oficina, reduce la velocidad y, sólo por un momento, pone su oído en la puerta. Ni un sonido. No hay nada de malo en el amor, si eso es lo que es, pero aún así debes tener cuidado.

Se ata el pelo con un pañuelo, baja la capota, enciende el coche y se arrastra por la ciudad. No es fácil caminar por toda la ciudad con moretones arriba y abajo de su cuerpo y un agujero del tamaño de un dedo en su brazo. Por una vez, está contento de estar conduciendo.

Una vez que pasan por el puente y salen a la carretera, ella trabaja en los engranajes y hace que el Thunderbird mantenga el ritmo. Mira a Lana. Un poco rápido, pero sabe lo que está haciendo. El motor gruñe y los neumáticos besan el pavimento negro.

Hay fábricas y almacenes en las afueras de la ciudad, pero desaparecen rápidamente. Las casas y las tiendas se extienden, se dan espacio para respirar. No más viviendas, bares, restaurantes ni salas de billar.

El campo aparece rápido.

Árboles, vallas de madera, tierras de cultivo, campos de hierba, heno enrollado en gruesos fardos.

Torre de agua, silo, colinas, un arroyo que serpentea por el valle.

Bonita casa grande sentada sola en la cima de una colina. Tiene un porche blanco, una mecedora y todo.

Vacas, una mujer a caballo en paralelo a la carretera.

Nubes, prados, pájaros negros y flores silvestres.

Él mira hacia el cielo. Aquí, lejos del smog y la suciedad, lejos de las sombras de las enormes fábricas, el cielo es azul y las nubes blancas. A veces se olvida de eso.

Ellos no hablan.

El viaje es más largo de lo que dijo Fang. Horvath se pregunta si alguna vez estuvo fuera de los límites de la ciudad.

Las vallas publicitarias les hacen saber que el viaje del domingo casi ha terminado.

Gas, comida, hospedaje.

La pista de carreras está a dos millas a la izquierda.

Lana reduce la velocidad, toma la salida y se incorpora a las carreteras más pequeñas.

Conducen a través de un pueblo de pandilleros hacia las carreras. Horvath siempre se sorprende de lo diferentes que son las cosas una vez que se alejan unos kilómetros de la ciudad. La forma en que la gente habla, camina y se viste. Los niños se portan bien y la gente se detiene para charlar con extraños. Nadie cierra sus puertas. Todos tienen una gran sonrisa. Las calles están limpias y ordenadas, y la gente parece tan tranquila y feliz. Algo en eso lo pone nervioso.

Se detiene en el estacionamiento y encuentra un lugar.

"¿Listo?" ella pregunta.

"Más o menos."

"¿Alguna señal de Jaworski en los últimos días?"

"No, a menos que cuentes los tiroteos".

"¿Crees que él sabe que todavía estás en la ciudad?"

"No lo creo. No he visto a ninguno de sus hombres siguiéndome ".

"Bueno, tal vez simplemente son buenos para no ser vistos. Ese es el objetivo de seguir a alguien, ¿No?

Tiene razón, pero Horvath está demasiado ocupado pensando para expresar sus pensamientos con palabras.

23

TIRO LARGO

Atraviesan las puertas de entrada, suben una rampa y entran en el vestíbulo. Es temprano, por lo que el lugar es relativamente tranquilo y pacífico, como una iglesia donde adoran el dinero.

Como una iglesia regular, en otras palabras.

Horvath le compra una forma de carreras a un niño que está detrás de un mostrador de madera improvisado. Le da una propina.

"Gracias Señor."

"De nada."

"¿Donde te quiere sentar?" ella pregunta. "¿Tribuna?"

"Demasiado problema. El camino hasta el bar, el baño y la ventana de apuestas está demasiado lejos ".

"Todas las B importantes, ¿Eh?"

"Te das cuenta rápido. Me gusta estar afuera, junto a la barandilla ".

"Mejor verlo de esa manera".

"La vista desde aquí también es bastante buena". Toca la parte baja de su espalda y la guía a través de las puertas de cristal.

Afuera, un borracho viejo con un traje manchado y un sombrero arrugado se tambalea, o tal vez está bailando con un compañero invisible.

"Un poco temprano, ¿No?" Pregunta Lana.

"No para él, aparentemente." Señala un banco vacío, a unos metros de la barandilla. "Pensé que te encontrabas con muchos borrachos matutinos en tu línea de trabajo".

"No en Frank's. Dirijo un antro respetable ".

"Oh, ¿Lo haces ahora? Oye, quería preguntar, ¿Quién es Frank? "

"Ninguno. Es solo un nombre ".

Toma asiento en el banco. Lo limpia con un pañuelo antes de sentarse.

El suelo está cubierto de periódicos viejos, billetes perdidos, dolor de corazón y sueños rotos.Él estudia la forma.

"¿Eres un experto?" ella pregunta.

"Sé una cosa o dos".

"Oh, sí, ¿Cómo qué?"

"No apuestes más de lo que estás dispuesto a perder. Y no hay verdaderos ganadores aquí, excepto la casa. ¿Sabes qué es vig?

"¿No, qué?"

"Es el jugo, el dinero que sacan de la tapa. Viene de tus ganancias ".

"Entonces, ¿Incluso si ganas, pierdes?"

"Exactamente. Los corredores de apuestas toman parte, los usureros, la pista, todos ellos. Incluso los bancos, pero lo llaman interés. No se puede hacer nada en la vida sin que alguien participe en la acción ".

"Parece que conoces bien una pista".

"Lo suficiente para no perder mi dinero".

"¿Cuál es tu sistema?"

"Sólo hago apuestas directas. Un caballo para ganar, nada especial. No cubrir mis apuestas. Y no apuesto por el favorito. Eso es para tontos ".

"¿Cómo es que?"

"Supongamos que le pone $5 a los seis caballos, un gran favorito con 1/9. Su pago solo será de aproximadamente $ 5.50. Cambio insignificante ".

"Así que deberías hacer una apuesta arriesgada, ¿Verdad?"

"Bueno, se les llama improbables por una razón. Rara vez ganan ".

"¿Entonces, qué haces?"

"Miro a los caballos con las mejores probabilidades del segundo al quinto. Vea lo que dice sobre ellos en el formulario. La duración de la carrera, las condiciones de la pista, quiénes son los jinetes. Un par de otros factores. Luego espero hasta unos minutos antes de la hora de publicación. Miro el tablero y vea si las probabilidades están cambiando ".

"¿Por qué haces eso?"

"Los verdaderos apostadores, los profesionales, no apuestan a menos que tengan un buen consejo. Tal vez la carrera está arreglada y ellos lo saben, o tienen algún tipo de información privilegiada. Esperan hasta el último segundo para hacer sus apuestas, después de que todos los tontos se hayan ido. Si veo una gran cantidad de dinero en un caballo justo antes de la publicación, apuesto a eso ".

"Suena como un buen sistema. ¿Funciona?"

"Casi nunca."

Ella se ríe, con la cabeza hacia atrás y la boca bien abierta. Horvath quiere abrazarla y nunca soltarla.

"A veces apuesto a una posibilidad remota. Un par de dólares en un 60/1, 70/1 … Si el caballo entra con esas probabilidades, sales de aquí con mucho dinero en efectivo ".

"Quizás hoy sea tu día de suerte".

"Sí, quizás." Consulta su reloj. "La primera carrera se acerca pronto. Será mejor que empiece a leer el formulario ".

"Adelante, profesor. Estaré en el baño de mujeres ".."

"¿No quieres echar un vistazo?"

"Tengo mi propio sistema".

Él la ve alejarse, lo que es incluso mejor que la forma de carrera.

La pista de carreras se está llenando de gente y es ruidosa. Horvath puede sentir la vida, la energía, la emoción. Mira a su alrededor. Sus ojos están llenos de esperanza, expectativa, alegría. Sombreros en ángulos desenfadados. Darse la mano, dar palmadas en la espalda, reír. La boca prácticamente se hace agua. En unas horas estarán medio borrachos, arruinados, enojados y amargados. Él lo sabe.

El altavoz crepita. Cinco minutos para publicar.

Estudia el tablero. Los tres caballos se ven bien. Ha pasado del 4/1 al 2/9.

Horvath va a la ventana, hace su apuesta, vuelve a salir.

Su banco está ocupado. Una anciana con una bolsa llena de hilo y tejido en su regazo. Algo para uno de sus gatos, supone.

Lana está de pie junto a la barandilla, mirando a los ponis alinearse.

Él se para a su lado. "¿Haces tu apuesta?"

"Por supuesto. ¿Qué crees que estoy haciendo aquí? "

"¿Cuál es tu sistema?"

"Elijo al jinete con las sedas más bonitas".

"Es un sistema tan bueno como cualquier otro".

Se han ido. Un centenar de voces gritan, un centenar de cuerpos se inclinan hacia delante y se presionan contra la barandilla.

Dos minutos después se acabó.

Las entradas alfombran el suelo. Todos se alejan, con la cabeza gacha, en silencio. La gente parece más pequeña ahora y vacía, como globos con una fuga lenta. Algunas personas vitorean y abrazan, pero los perdedores evitan mirarlos. Los grandes ganadores no dicen una palabra. Esperan hasta más tarde para cobrar y no llaman la atención sobre sí mismos. No querrás que alguien te siga hasta el coche con un cuchillo largo y los bolsillos vacíos.

Saca el formulario del bolsillo de su abrigo. "Segundo round."

Lana está sonriendo.

"¿Por qué estás tan feliz?" él pregunta.

"Mi caballo ganó".

"Debe ser tu sistema, o combinación de colores, como sea que lo llames. ¿Cuánto apostaste?

"Solo unos pocos dólares, pero fue 5/1".

"No está mal."

"Los hot dogs los pago yo".

"Echa un par de cervezas y obtendrás un trato".

"¿Pensaste que era demasiado pronto para ti?"

"Una cerveza o dos no vendrán mal, pero es un poco pronto para hacer foxtrot con una mujer imaginaria".

"Por suerte para ti, no soy imaginario".

La forma en que le sonríe es incluso mejor que su apariencia, mejor que sus manos en su brazo, sus labios en los de él. ¿A dónde va esto? se pregunta a sí mismo. Se siente bien, seguro, pero ten cuidado. No necesitas complicaciones.

Piden dos cervezas y dos hot dogs en el snack bar, los acompañan a una de las altas mesas redondas esparcidas por todo el vestíbulo.

"¿No hay asientos?" ella pregunta.

"Este no es el Ritz, cariño".

"Supongo que no".

Comen y beben de pie. De postre, ambos encienden un cigarrillo y fuman.

"¿Es hora de echar un vistazo?" ella pregunta.

"Casi olvido que se trataba de un viaje de negocios".

"¿Cómo se llama el tipo, DiLorenzo?"

"Si. Esta es su casa club, por lo que me dice Fang".

"Fang de nuevo. La otra mujer..."..."

"Eres la única mujer en mi vida".

Será mejor que lo sea. ¿Así que, cuál es el plan?"

"Hacer nuestras apuestas, ver otro par de carreras y luego ver qué sucede. Tal vez eche un vistazo en la tribuna o en los establos. Ya veremos que pasa".

Ella asiente, tira su ceniza.

Horvath mira al otro lado de la habitación hacia el bar. Un hombre gordo que mastica un gran puro se ríe demasiado. Un par de chicas trabajadoras lo están evaluando. Uno ya tiene sus manos en su rodilla, los ojos en su billetera. Su proxeneta está a unos metros de distancia, tratando de pasar desapercibido. Alguien va a rodar esta noche.

Lana sigue su horizonte. "¿Pensé que la gente era diferente aquí en el campo? Buenos cristianos que siguieron la regla de oro, los 10 mandamientos y todo eso? "

"Sí, yo también lo pensé. Pero supongo que la gente es igual en todas partes. Por aquí, simplemente hablan más despacio y saben cómo despellejar un ciervo ".

Una hora después, está harto de perder y harto de leer el formulario.

"Vamos." Toma a Lana del brazo y la conduce alrededor de todos los palurdos que están frente a las ventanillas de apuestas. "Tiempo de trabajar."

Salen, giran a la izquierda y se dirigen al final de la barandilla. La pista está a su derecha y el potrero está adelante. Caballos, mozos de cuadra, jinetes, entrenadores. Están todos aquí, en un pequeño campo de hierba, preparándose para la próxima carrera. Los caballos se mueven, se estiran, se preparan para correr. Hay una valla de madera alrededor del prado. Los hombres están hablando de estrategia, probabilidades, haciendo planes para la noche. Los jugadores miran a los caballos.

Se acerca la sexta carrera y la multitud ha comenzado a disminuir. Siempre es lo mismo, a esta hora del día. La emoción se ha calmado. El dinero se está acabando. La cerveza y el whisky son cuentos para dormir que han hecho que todo el mundo tenga un poco de sueño.

Se paran frente a la barandilla, junto con una docena de personas que miran boquiabiertos a los caballos.

"¿Qué estamos buscando?" ella pregunta.

"Cualquier cosa sospechosa. Si el caballo parece drogado, o el jinete. Si el jockey está cansado, tiene resaca, sonríe demasiado, parece que ha tenido algunas ".

"¿Eso pasa?"

"A estos chicos les gusta mucho emborracharse".

"Aprendes algo nuevo cada día."

Un niño de dos años se da vuelta, relincha, se caga a unos metros de Lana.

También está eso. Ahora correrá más rápido. No lleva tanto peso. El buen dinero está en él ".

"Es una potra, Horvath".

"Correcto." Obtiene una mejor vista. "Pensé que no sabías nada sobre caballos".

"Sé la diferencia entre un macho y una hembra".

"Está bien, bueno, ahora debería correr más rápido".

"Gracias por la sugerencia, pero estamos trabajando aquí, no haciendo apuestas".

"Tiene una lengua bastante afilada, señora".

"Y te gusta."

Tiene una replica ingeniosa, pero decide guardárselo para sí mismo. En cambio, se inclina y susurra. "Aquí es donde pasan el rato todos los peces gordos. Los dueños de los caballos, los grandes apostadores, los jefes del crimen organizado, todos los hombres que gobiernan esta ciudad ".

"Ya no estamos en la ciudad, ¿Recuerdas?"

"Estos tipos gobiernan todo el estado".

Lana considera esto. "Deberías tener cuidado entonces. Jaworski podría verte ".

"No es un problema. Traje gafas de sol ".

"¿Alguien ha dicho alguna vez que eras un genio?"

"No."

"Gran sorpresa. Mira, necesito llamar al bar, registrate. Tardaré un rato ".

"Toma tu tiempo."

"¿Debo comprar algunas cervezas en el camino de regreso?"

"Bueno, no voy a decir que sea una pregunta tonta, pero una fría siempre es agradable".

"¿Quién tiene la lengua afilada?" Ella le pellizca la mejilla y luego la acaricia.

Horvath se apoya en la barandilla y mira a su alrededor. No ve a nadie que reconozca, ni nada sospechoso. Sin Jaworski, sin cuellos gruesos. Nadie con un bulto revelador debajo de la chaqueta.

Lo que sí ve son hombres gordos con trajes caros, zapatos puntiagudos y sonrisas satisfechas. Tienen mujeres jóvenes en sus brazos. Muy jovenes. Y están rodeados de hombres que sólo dicen sí. Tres o cuatro tipos por lo general, con sonrisas grasientas y mal genio. Riéndose de cada palabra del gordo, diciéndole lo que quiere escuchar.

Y luego Horvath lo ve. Uno de los chicos del gimnasio. El más alto, que mencionó por primera vez a Jaworski, una noche de fiesta con niñas y niños. *Todo vale.*

Desearía tener esa cerveza, para quitarse el mal sabor de boca.

Ahora ve al otro chico, su compañero. Un par de tipos sabios sin valor, pero podrían llevarlo a alguna parte.

Horvath saca las gafas de sol del bolsillo y se las pone. No es un gran disfraz, pero es mejor que nada.

Mira a su alrededor, se inclina y rápidamente pasa por debajo de la barandilla.

Un hombre se vuelve y lo mira, de modo que Horvath levanta la barbilla, sonríe y saluda a alguien al otro lado del prado.

Se acerca a los dos hombres, pero con un caballo en el medio para que no puedan verlo bien. Un jockey está parado allí, sosteniendo su fusta. Él habla con un entrenador, que cepilla el caballo y cuenta un chiste sucio sobre un burro y una bailarina exótica de Juárez.

Horvath levanta el formulario y finge leerlo. Mira por encima del caballo a los dos sabios. Están fumando, mirando sus relojes. Esperando a alguien. Unos segundos después, se acerca un tipo grandote. No dice nada, ni sonríe, pero indica con un leve asentimiento que deben seguirlo.

Es Marco, el matón gigante de Jaworski.

Se están alejando de Horvath.

Él lo sigue, con la cabeza agachada, caminando hacia un lado.

Se unen a un grupo de hombres mayores.

Uno de ellos le resulta familiar, pero no puede ubicarlo. El bajito está a cargo. Lo sabe porque todos lo miran y escuchan cada vez que abre la boca. Está hablando con los dos hombres del gimnasio. Le entrega al más alto una tarjeta de negocios.

Horvath se detiene junto a un par de jugadores con trajes blancos y corbatas chillonas.

Demasiado lejos. Camina a lo largo de la barandilla hacia un grupo de mujeres risueñas. Está detrás de ellos, con el rostro oculto en la forma para la carrera.

Marco mira alrededor del prado con ojos pequeños y duros.

Les da la espalda a los hombres y se acerca unos metros hasta que puede escuchar lo que están diciendo.

Viernes noche. Partido. Negocio importante.

Estaré allí.

Casa del alcalde. 9:00..

Se vuelve para ver mejor al hombre que habla. Es Peters, el jefe de policía. Vio su foto en el periódico el otro día. Aparentemente, está tomando medidas enérgicas contra el crimen. Horvath se pregunta si su inglés no es tan bueno como solía ser. Tomar medidas enérgicas significa detener, ¿No es así? ¿O significa ayuda y complicidad en estos días? Tan difícil de decir. Las palabras son tan resbaladizas como las personas y el doble de tortuosas.

Marco lo está mirando, así que se vuelve hacia una de las mujeres y le pregunta qué hora es. Él se ríe, como si ella dijera algo gracioso, y se acerca un paso más a ella. Satisfecho, Marco se da la vuelta.

Las mujeres lo miran mal pero no dicen nada.

Dos policías vestidos de civil cruzan el prado y se colocan detrás de Peters. Un minuto después, se va con ellos. Marco se aleja solo y la pequeña fiesta se rompe.

Horvath vuelve a deslizarse por debajo de la barandilla. ¿El alcalde y la policía? No es un boy scout, pero los policías sucios realmente lo irritan. Se supone que deben servir y proteger, pero la mayoría de las veces son como todos los demás. Tomando su parte y cuidando de sí mismos. No puedes confiar en nadie.

Horvath consulta su reloj.

Unos minutos más tarde, Lana vuelve con dos cervezas frías.

"Te tomó bastante tiempo", él dice.

"¿Me estás cronometrando?"

"Te extrañé, eso es todo".

Ella sonríe y le entrega la bebida. "Bueno, te dije que tardaría un tiempo. Y tuve que dar mi cara".

"No te ves diferente a mí".

"Eso es porque sé lo que estoy haciendo. A los payasos les gusta maquillarse la cara, así que sabes que está ahí ". Ella toma un sorbo. "Pero no las mujeres".

"Lo tendré en mente."

"Haces eso." Lana le da una sonrisa irónica. "Entonces, ¿Ves algo de lo que valga la pena hablar?"

"Aún no."

24

EL AUTOSERVICIO

Se sacude la lluvia de su sombrero y entra.

La biblioteca pública.

Necesita saber dónde vive el alcalde y cómo es el diseño. Dirección, calles transversales, callejones, edificios colindantes, acceso a azoteas. Si encuentra un conjunto de planos, mucho mejor. Podría intentar preguntarle a alguien, pero la mayoría de la gente por aquí está demasiado asustada para hablar. Y la noticia sigue llegando a los malos. Necesita quedarse callado para que nadie se entere de lo que está buscando.

La sección de referencia. Parece bastante bien surtido, incluso para una biblioteca de mala muerte en una ciudad de tamaño medio. Tiene que dárselo a los fundadores de la ciudad. Las bibliotecas son grandes instituciones. Miles de libros y mucha información, todo gratis.

Él hojea el catálogo de cartas.

Una pelirroja alta y de piernas largas pasa caminando, con una pila de libros presionada contra su pecho.

No puede evitar darse cuenta y mirar. Estos lugares son incluso mejores de lo que pensaba.

Coquetea con la mirada, cruza la habitación. "¿Puedo ayudarlo en algo, señor?"

"¿Eres la bibliotecaria?"

"Uno de ellos." Se echa el pelo largo y liso por encima del hombro. "No te pareces a nuestro cliente habitual".

"¿No? Lo tomaré como un cumplido."

Ella sonríe, mira hacia abajo, deja sus libros sobre la mesa de madera llena de cicatrices. "¿Entonces que estás haciendo aquí?"

"Sólo estoy buscando algo".

"¿Necesita ayudas?"

"No, debería hacerlo yo mismo".

"Qué mal. Me encantaría ayudar ".

Ella es joven, piensa. Muy joven. Y tiene mal gusto con los hombres. Necesita a alguien con coche y un trabajo estable.

"¿Qué haces?" ella pregunta.

"Causar problemas, sobre todo".

"Me imaginó." Ella inspecciona sus uñas, como si hubiera una pista escondida allí.

Él no cae, así que ella toma sus libros.

Horvath vuelve al catálogo de cartas.

"Bueno, si necesitas algo, estaré allí". Señala el escritorio de referencia, sonríe y se aleja.

Él saca la tarjeta del alcalde del catálogo.

El tipo no ha escrito ningún libro, pero está en el archivo Asunto bajo Childers, William.

¿*Childers? Suena una campana.*

Es el nombre del tipo que dirige la Taberna de Smith. Horvath se dio cuenta, en cuanto entró, que el lugar estaba a la sombra. ¿Coincidencia? No es probable. Probablemente el hermano del alcalde, o tal vez uno de sus primos.

El alcalde Childers ha sido mencionado en periódicos locales y regionales cientos de veces. Dos veces en revistas nacionales. También hay un éxito de libro. James McAfee, profesor asistente de la universidad estatal, escribió una historia del condado de Franklin.

Horvath toma notas, reúne su material y comienza a leer.

Primero abre el libro. La ciudad ha existido desde la época colonial y se encuentra en el centro del condado de Franklin. Childers tiene dos líneas en el índice, pero cuando pasa a las páginas relevantes no aprende mucho. En lo que respecta a la historia, el tipo no es más que una nota al pie.

Los periódicos son más útiles.

William A. Childers, el decimocuarto alcalde de la ciudad. Este es su tercer mandato en el cargo. Se graduó de la Universidad de Vanderbilt, donde jugó como campocorto para el equipo de béisbol. Está casado y tiene dos hijos, uno de cada uno. Sus amigos lo llaman Bill. Le gusta la pesca y la numismática.

Eso es coleccionar monedas, ¿verdad? ¿Es esa una forma linda de decir que es un entusiasta de los sobornos?

Cada año o dos, hay un escándalo de corrupción. El alcalde niega toda participación o conocimiento de los presuntos delitos. Al final, no se derivan muchas de las acusaciones. La evidencia es débil, circunstancial o desaparece. También los testigos. Si el público necesita un chivo expiatorio, alguien es despedido. Fin de la historia.

La dirección postal es fácil de encontrar. Está ahí en la guía telefónica.

Encuentra un mapa grande de la ciudad, lo extiende sobre la mesa y estudia el vecindario.

El alcalde Childers vive en una casa de piedra rojiza de cuatro pisos en el lado oeste. Es una parte de la ciudad educada y segura. Árboles, parques, bonitas tiendas, los nueve metros completos. No hay borrachos en la esquina de la calle. No hay casas de empeño, fiadores ni salones de tatuajes. Los hombres se quitan el sombrero cuando pasa una dama.

Horvath no puede encontrar ningún plano y no quiere preguntar. Puede que tenga que llamar al arquitecto de la ciudad, o como quiera que se llame, para algo así, y probablemente Jaworski lo tenga en la nómina. Demasiado peligroso.

Pero todavía quiere entrar en esa casa. Él lo necesita. Todo apunta a Childers. Jaworski y sus matones, policías sucios, un bar de mala muerte, DiLorenzo y el hipódromo. Escándalos que ocurren todos los años, como la gripe. Hasta ahora, no ha tenido sentido, pero esto sí. Su casa es donde están las respuestas, de eso está seguro. Eso es lo que su instinto le está diciendo y su instinto nunca se equivoca, excepto en todas las ocasiones en que lo hace.

Tendré que improvisar. Llegar temprano, ver quién va a la fiesta, encontrar la manera de hacerlo.

Guarda todo, bonito y ordenado. Como siempre dice McGrath. Cubre tus pistas. No dejes pistas atrás. Nunca deberían saber que estuviste allí.

Horvath toma algunos libros al azar y los esparce sobre la mesa que estaba usando. Eso los confundirá, piensa. En caso de que me hayan seguido y alguien venga husmeando. Nunca sabrán lo que estaba buscando.

Al salir, la ve detrás del mostrador, estampando una fecha con tinta púrpura en una de esas fichas. Luego mete la tarjeta en su pequeño saco de dormir dentro de la contraportada del libro. Hace bien su trabajo, sin siquiera mirar. En cambio, sus ojos lo miran a él.

Pone el sello de fecha, se muerde la uña del dedo meñique.

Asiente con la cara en blanco y sale. No sirve de nada animarla.

Aún está lloviendo. Más duro ahora, como si lo estuvieran atacando con balas.

Dos niños con impermeables y botas de goma caminan a casa desde la escuela, tomados de la mano.

Un perro se esconde debajo de un Oldsmobile y gime, como si alguien lo golpeara.

Hay un autoservicio al final de la manzana. Se dirige allí y entra en busca de algo de comer y para mantenerse seco.

Se pone en fila, agarra una bandeja y camina con todos los demás.

La habitación es grande, silenciosa y bastante vacía, lo que le recuerda la biblioteca de la calle. Los clientes son en su mayoría hombres solteros que comen en silencio o se inclinan sobre una taza de café. Hombres trabajadores, en su mayor parte, o hombres que solían trabajar y no lo han hecho en un tiempo. Algunos de ellos usan corbatas y camisas blancas limpias, pero el alcalde Childers y su multitud no serían sorprendidos muertos en un lugar como este. Probablemente vayan a uno de los grandes hoteles a comer langosta y champán.

Se detiene frente a la máquina de café, pone diez centavos y cinco centavos, abre el armario y toma su bebida.

Horvath encuentra una mesa desocupada. Se quita el abrigo, lo coloca sobre una silla y se sienta.

Horvath encuentra una mesa desocupada. Se quita el abrigo, lo coloca sobre una silla y se sienta.

Casi no hay conversación, excepto cuando alguien le pide cambio al empleado. Y luego son todos susurros. Aquí nadie se ríe, pero a veces la pata de una silla chirría contra el suelo resbaladizo. Esto no es una biblioteca, piensa. Es una funeraria.

El sándwich está seco y sin sabor, pero es mejor que morirse de hambre. Apenas. El café está caliente y fuerte, así que eso es algo. La próxima vez, comerá en un bar o comprará algo en una tienda de delicatessen.

Piensa en el alcalde y su partido. Todos los jugadores importantes estarán allí. Quizás incluso Gilroy, el jefe de Jaworski. Dirige el sindicato, pero nadie lo ve nunca. Le gusta tener las manos limpias. Tiene cientos de soldados de infantería para hacer su trabajo por él, y le gusta mantenerse fuera del centro de atención. Pero es posible que se presente a una fiesta, especialmente si tienen asuntos que discutir.

Todavía no está seguro de qué tiene que ver Van Dyke con todo esto. O Kovacs. Pero una cosa es segura. Si te gusta algo sucio por aquí, el sindicato está involucrado. De una manera u otra. Así que ahí es donde necesita buscar pistas.

Cuando termina el café y el sándwich, fuma un cigarrillo y luego uno más. No piensa demasiado en todo lo que sabe, sino que simplemente deja que los hechos pasen por su mente como un conjunto de olas matutinas en la orilla.

Hora de irse. Apaga el cigarrillo en la taza vacía, se levanta, se pone el impermeable.

Afuera, la lluvia ha cesado y la luz del sol está saliendo de las sombras.

Un coche fracasa y una mujer cierra la puerta de entrada de un dúplex.

Dos hombres discuten en la esquina, con el pecho inflado y los dedos índices insistentes.

Él regresa al hotel.

El problema, en un barrio elegante como este, es que no hay lugar para sentarse y esperar.

Sin cafetería, sin bar, sin quiosco de periódicos o bodega. No puedes simplemente pararte en la esquina y fumar o tomar alcohol de una bolsa de papel marrón. No puedes quedarte parado, a menos que seas portero o algún tipo rico que lleve sombrero de copa y frac. Cualquiera que esté al acecho en la calle despertará sospechas. Antes de que se dé cuenta, la policía estará en su cara haciéndole muchas preguntas curiosas. O si no son ellos, algún músculo privado.

Tiene unos días antes de la fiesta, por lo que Horvath vigila el vecindario. No hay demasiadas opciones. Finge ser un limpiador de calles o un repartidor. Coloca un lustrabotas en la esquina. No se le ocurre un buen plan y no pasa tiempo con Lana. La mayoría de las veces se acuesta en la cama, mira al techo y piensa durante mucho tiempo.

El jueves, ingresa a un edificio de apartamentos frente a la casa del alcalde. No es tan elegante como los otros edificios de la cuadra. No hay mucho vestíbulo y no hay portero.

Hay un pequeño mostrador de madera pulida, pero nadie está parado detrás de él esperando para ayudar a los residentes.

Hay un pasillo a la derecha de los ascensores. Lo lleva hasta el final.

A su izquierda, dos escalones más abajo, una pequeña alcoba. Se oye un ruido procedente de detrás de una puerta cerrada.

Oficina del gerente.

Tan pronto como llama, las voces y las risas se detienen.

Unos segundos más tarde, alguien abre la puerta quince centímetros y mira hacia afuera. "Sí, ¿Qué quieres?"

"Estoy buscando a Tony", dice Horvath. "¿Lo han visto por ahí?"

"No hay ningún Tony por aquí. Ahora piérdete".

Había al menos tres tipos dentro de la habitación, sentados alrededor de un escritorio jugando a las cartas. Era media tarde, pero ya estaban bebiendo bastante.

Horvath vuelve unas horas más tarde.

Esta vez, está tranquilo. La puerta está medio abierta, así que se acerca, se aclara la garganta y entra.

Un hombre moreno se sienta detrás de un escritorio abarrotado. Parece que no ha dormido en un tiempo, al menos no muy bien. Le vendría bien un afeitado y una camisa limpia.

"¿Qué deseas? Oye, ¿No eres el chico de antes?"

Horvath asiente. "Necesito un cuarto."

"¿Por cuanto tiempo?"

"Sólo una noche."

"Solo alquilamos por mes, amigo".

"Haré que valga la pena". Horvath deja algunos billetes en el escritorio.

"Este es un lugar respetable"

"Sí, puedo ver eso

"¿Qué vas a hacer ahí arriba?"

"Sólo vigilar a alguien"

"¿Eres un detective privado?"

"Algo como eso."

"¿Llevas un arma?"

"No."

El administrador del edificio lo evalúa y decide que vale la pena correr el riesgo. Perdió su camisa jugando al póquer, así que le vendría bien unos dólares extra. "Sin chicas, sin alcohol, sin drogas. Nada como eso."

"No es un problema."

"No hagas ningún ruido ahí arriba y deja todo tal como lo encontraste".

"Estaré callado como un ratón de iglesia

"Bien, ¿Cuál es tu nombre?"

"Tom. Tom Lassiter."

"Está bien, Tom. Ahora mira, usa traje y corbata, no hables con la gente en el edificio y no menciones nuestro pequeño trato a nadie ".

"Lo haré".

Se dan la mano y Horvath se marcha.

Así que ahí es donde está el viernes por la noche. Apartamento en el segundo piso frente a la casa del alcalde. par de binoculares en la mano.

Las 9:00 van y vienen, pero hasta ahora no ha aparecido nadie.

Hay dos aparcacoches con pantalones negros, camisas blancas, chaquetas de color borgoña y pequeños guantes blancos, esperando aparcar los coches. Limpiaron todos los espacios frente al edificio, pero eso es solo para que los conductores tengan un lugar donde detenerse y dejar a los invitados.

Horvath se pregunta dónde llevarán los coches. No hay mucho estacionamiento por aquí. Quizás el alcalde posea un lote cercano. O Gilroy le está permitiendo usar uno de los suyos.

Se sienta en el borde de la ventana con un nuevo paquete de cigarrillos y una taza de café humeante de una bodega. Toma un sorbo y deja el vaso de papel. Recoge los cigarrillos, retira lentamente el celofán.

Café, cigarrillos ... Si no los tuviera cerca, no tendría ningún amigo. Él se ríe, pero se pregunta qué tan gracioso es realmente. Intenta recordar la última vez que tuvo un amigo, un amigo de verdad. Piensa en McGrath, que es casi 20 años mayor que Horvath y se parece más a un padre. Se pregunta cuánto tiempo tienes que pasar en la carretera, solo, antes de perder la cabeza.

Prende un cigarrillo y se olvida por completo de sus problemas. Para eso están los cigarrillos.

9:12. Vuelve a mirar a través de los prismáticos.

Un coche largo y negro se detiene junto a la acera y sale un hombre alto de espeso cabello gris. Se inclina y le ofrece la mano a una mujer con un chal de piel y una pequeña corona en el pelo. Debe ser la Reina de Inglaterra.

Unos minutos más tarde, la calle está bloqueada, como una arteria obstruida con grasa. Todos están apareciendo al mismo tiempo, como si respondieran a una señal tácita.

Aquí vienen, todos los ricachones y elegantes. Los hombres visten esmoquin y las mujeres luchan con vestidos de noche y pesadas joyas. Prácticamente puede oír el traqueteo de las piedras preciosas. Todo el mundo está vestidos elegantemente; algunos de ellos incluso pueden tener vestidos de dos dígitos.

La calle está atestada de coches y la acera grita con personas.

Ahora hay más aparcacoches y un hombre mayor para supervisarlos.

A las 9:30 la multitude se ha alejado.

Los invitados están adentro y la mayoría de los aparcacoches han desaparecido. Probablemente estén en alguna parte, jugando a los dados o compartiendo una botella.

No sucede nada entre las 9:36 y las 9:50.

A las 9:51, un Lincoln negro conduce lentamente por la cuadra, casi pierde de vista la casa adosada y luego se detiene. El conductor retrocede y aparca en paralelo.

Dos hombres salen del asiento trasero, uno a cada lado. Miran a su alrededor, se abotonan las chaquetas.

Horvath ajusta el enfoque y presiona más cerca del cristal de la ventana.

Marco y Nicky. Reconocería a esos niños pequeños en cualquier lugar. Revólveres sobresaliendo de sus abrigos. Esa no es la forma en que se supone que debes jugar. Estúpido e indiscreto. Con esos grandes bultos hinchados debajo de la ropa, todos saben lo Fuertes que son. Pero los tipos duros no necesitan calor. McGrath le enseñó eso.

Unos segundos después, Jaworski sale del coche..

Se inclina y habla con alguien que todavía está dentro del Lincoln.

Un hombre pequeño y pulcro sale a la acera. Es muy delgado, de piel gris pálida y poco pelo. Jaworski le dice algo y el hombre parece enojado. Jaworski se mira los pies.

Debe ser Gilroy, piensa. El hombre a cargo.

Todos los demás están vestidos de negro, pero él lleva un traje azul oscuro ajustado y una corbata azul fina. Parece nervioso e incómodo, como un niño a punto de que le tomen una foto de la escuela. No está acostumbrado a aparecer en público y no le gusta mucho.

Horvath espera hasta las 10:15 antes de salir del apartamento y bajar las escaleras traseras hasta el primer piso.

Deja la llave con el gerente, que está satisfecho como un puñetazo. *Hice un pequeño rasguño*, piensa el gerente. *Y no hubo ningún problema con ese tipo Lassiter.* Enciende un puro, se recuesta en su silla y sonríe porque es el tipo más inteligente que existe.

Horvath atraviesa la puerta giratoria, se detiene y gira a la derecha.

Va hasta el final de la cuadra, cruza la calle, gira a la izquierda y se acerca lentamente a la casa del alcalde.

No hay automóviles que se detengan, dejando gente o den vuelta en la acera. Los aparcacoches se han ido a alguna parte y todos los invitados están dentro.

La casa se encuentra a 20 metros de la calle. Un muro de piedra de una altura de rodilla separa la acera de la propiedad del alcalde, con una puerta de metal negro en el medio. Hay farolas de hierro a ambos lados de la puerta, como guardaespaldas. Por aquí, piensa, incluso las paredes y el césped necesitan arreglo. No es una mala idea.

Es una casa de ladrillos rojos, cuatro pisos más un sótano. Techo plano, ventanales, dos modestas columnas flanqueando la puerta de entrada. El lugar es bastante antiguo, pero aún está en buen estado. Verdaderamente elegante. Horvath se pregunta cuántas casas tiene el alcalde y con qué frecuencia se queda aquí en la ciudad.

Abre la puerta y entra. No tiene un gran plan, pero sabe una cosa con certeza: necesita entrar. Ahí es donde están las respuestas.

Hay césped verde espeso a cada lado y una pasarela de ladrillos en el medio. Se necesita dinero para tener un césped tan bueno y gente para cuidarlo.

Un jardín de flores, arces, bebedero para pájaros, hiedra trepando por las paredes de ladrillo. No se siente como la ciudad.

Las cortinas están cerradas pero se escapa mucha luz.

No hay forma de que atraviese la puerta principal.

Él camina sobre la hierba, bajo la sombra de un roble, y rodea el costado del edificio. Sin embargo, aquí no hay puerta y las ventanas están bien cerradas. Hay un seto espeso alrededor del patio trasero, con espacio para caminar. Bordea el costado de la casa y se asoma por la esquina. Los aparcacoches están parados en un círculo cerrado, fumando y hablando. No hay forma de que pueda pasarlos.

Da la vuelta al otro lado de la casa. La configuración es exactamente la misma: sin puertas, ventanas cerradas, setos sellando el patio trasero. Un rastrillo se apoya contra el edificio y una carretilla, llena de cemento, está estacionada al lado.

Está oscuro pero sus ojos se están adaptando. Hay una barandilla negra junto a la pared de ladrillos, detrás de una hilera de arbustos. Nadie está mirando. Camina rápidamente por el césped y un jardín de rocas con árboles bonsai y un farolillo chino verde. Tiene que agacharse y girar de lado para atravesar los arbustos.

La barandilla de hierro rodea una escalera de hormigón. Cuatro escalones más abajo con un desagüe en la parte inferior y una puerta pesada.

La puerta está cerrada. Mira por la ventana, pero está demasiado oscuro para ver nada.

Vuelve a subir las escaleras, mira alrededor del costado del edificio. Los aparcacoches todavía están allí. Alguien de la cocina también, con un delantal blanco manchado. Está contando una historia larga y complicada y todo el mundo está escuchando.

Un joven está solo en el borde de la propiedad, mirando por encima de una valla de madera alta.

Horvath piensa en ello durante un minuto, respira hondo y atraviesa la abertura del seto.

Alguien mira en su dirección, pero nadie se da vuelta ni dice nada.

Él decide actuar con calma. Si actúa como si supiera lo que está haciendo, la gente le cree. Si actúas nervioso, ellos también se ponen nerviosos.

No les dice nada a los aparcacoches, sino que se dirige directamente a la puerta trasera.

Él sube la escalera de ladrillo, abre la puerta y entra.

La cocina. Una docena de personas están ocupadas cortando verduras, llevando bandejas, secándose el sudor de la cara, gritándose entre sí, raspando sartenes, mirando dentro de los hornos y debajo de las tapas de las ollas. Nadie le presta atención al hombre de traje gris.

Él huele a canela, ajo, limón.

Los pastelitos se apilan en una bandeja de plata sobre un tapete blanco.

Hay una puerta a su izquierda. Sonríe y toca el pomo.

"¿Disculpe?"

Es una pregunta, no una declaración, y eso es lo que preocupa a Horvath. Se da la vuelta. "¿Sí?"

Un hombre con traje oscuro está parado allí. Camisa blanca, zapatos impecables y lustrados, corbata amarilla, flor rosa en el ojal.

"¿A dónde va, señor? ¿Usted es ... un invitado?"

"Me dirijo a la fiesta y sí, soy amigo del alcalde Childers".

"¿Usted está invitado?"

"Trabajé en su última campaña. Joe McDevitt".

"Muy bien señor." El hombre se esfuerza por encontrar el equilibrio adecuado. Necesita ser educado, pero también debe mantener alejados a los reporteros y la chusma. "Quédate aquí un momento mientras reviso la lista de invitados".

"Por supuesto."

"Solo será un momento". El hombre se inclina levemente y se apresura hacia una habitación lateral.

Horvath se da la vuelta y se dirige a la puerta trasera.

Afuera, acelera el paso, camina por el césped, gira a la derecha en la acera y se pierde en la noche.

EL OBJETIVO EN MOVIMIENTO

Después del desayuno, busca un nuevo teléfono público y llama al trabajo.

Nunca uses el mismo teléfono dos veces seguidas
No creas nada de lo que la gente te diga.
Cuando salgas a algún lado, vuelve por una ruta diferente.
No quieres que la gente piense que eres un matón, así que vístete como un vendedor de seguros.
No te sientes de espaldas a la puerta.

Las reglas se repiten constantemente en su cabeza, pero las palabras se mueven tan rápido que casi pierden todo significado. Piensa en las ancianas a las 6:00 am Misa envuelta en velos negros, rezando el rosario. *PadreNuestroQueEstásEnelCieloSantificadoSeaTuNombre*. Escupieron las palabras en una secuencia larga y rápida como si no estuvieran hablando con Dios, sino convocando una subasta.Marca el número. Suena.

"¿Sí?"

Es Lourette, su nuevo contacto. Echa de menos a Ungerleider.

"Necesito algo de efectivo".

"¿Qué tanto lo necesitas?"

"Puedo arreglármelas durante unos días".

A Horvath se le da una fecha, una hora y un lugar.

Eso está decidido, piensa. Pero la casa del alcalde no lo es. Necesito entrar ahí.

Decide vigilar.

La primera vez que pasa, lleva sombrero. Reduce la velocidad, se detiene y enciende un cigarrillo, sin perder de vista la casa. Entran dos hombres vestidos con trajes de negocios.

Se demora un momento, cruza la calle, sigue caminando, se mete en un callejón.

La segunda vez que pasa por la casa lleva gafas de sol y sin sombrero. Se hunde los hombros y se mueve con una actitud diferente, para parecer una persona diferente.

Una mujer baja por la pasarela y gira a la derecha. Alguien de su personal, tal vez un limpiador. Dos tipos más entran. Musculosos.

Horvath pasa unas cuantas veces más, con diferentes variaciones de anteojos, abrigo y sombrero, luego se esconde en el callejón durante 20 minutos.

Va a entrar, de alguna manera.

Un cigarrillo para tener valor, luego camina hacia la casa, atraviesa la puerta y rodea el costado del edificio con la cabeza agachada. Atraviesa el jardín de rocas y baja los escalones de cemento.

Él escucha en la puerta y mira adentro. Nada.

La puerta está abierta. Debe ser su día de suerte. Horvath estaba preparado para envolver su puño dentro de su abrigo y abrirse paso a puñetazos.

Abre la puerta, entra y se queda quieto. El sótano es oscuro y húmedo. No siente a nadie acechando en las esquinas.

Prende su encendedor.

Telarañas, una caldera, cajas apiladas ordenadamente contra la pared.

Dos sillas rotas.

Los pilares de madera van del suelo al techo.

Él avanza lentamente, con cuidado de no hacer ningún ruido.

Es fresco pero húmedo aquí abajo. El suelo y las paredes son de hormigón. No hay ventanas, excepto por el sucio cristal amarillento de la puerta.

Double sink against the wall to his left. A bar of lye in a metal dish.

Un carrito de madera junto al fregadero. Jabón de lavandería Fels-Naptha. Agua destilada. Blanqueador. Trapos viejos. Estropajo. Esponja de acero.

Hay cinco o seis desagües en el piso, distribuidos uniformemente por toda la habitación.

Más adelante, una cuerda cuelga del techo junto a una única bombilla.

Al otro lado de la habitación, ve un paquete de periódicos viejos atados con hilo. Estanterías metálicas apiladas con guantes de trabajo, mantas, toallas, fertilizante, paletas de jardinería. Un banco de trabajo con llaves, destornilladores, alicates, papel de lija, martillos, mazos, brocas, un cepillo y una barrena. Arandelas, tuercas y tornillos en una vieja lata de café. Cortasetos cuelgan de la pared. Todo bonito y ordenado. El alcalde gobierna con mano dura.

Latas de pintura alineadas contra la pared a su derecha. Cepillos, rodillos, trapos, diluyente de pintura, goma laca. Dos baldes de cinco galones.

Sigue mirando pero no ve nada sospechoso.

Necesito encontrar su oficina, piensa. Busca en el escritorio.

Él oye un sonido. La puerta se abre con un chirrido y el peso de un cuerpo grande hace gemir la escalera.

El hombre se detiene y dice algo.

Horvath se acerca de puntillas a la caldera, se arrastra de lado detrás de ella y se agacha.

Ahora dos cuerpos descienden por la escalera.

Ve tres grandes ganchos en la pared. Una pila de pesadas cadenas se acurrucó en el suelo de abajo. Esposas colocadas encima.

Esta es una mazmorra. O al menos una celda de detención

Horvath se queda inmóvil y muy callado.

Los hombres bajan las escaleras y se detienen al final. Empiezan a hablar, de todo y de nada. Horvath no puede verlos y no puede oír lo que dicen, no con claridad. Cierra los ojos y respira larga y lentamente.

Después de un minuto, los hombres se acercan a los estantes y comienzan a recoger cosas. Puede oír el sonido metálico.

Ellos intercambian algunas palabras..

Él oye pasos arrastrando los pies por el suelo de cemento.

Uno de los hombres está ahora en el banco de trabajo. Los objetos pesados se recogen y se vuelven a colocar.

Silencio. Horvath lo imagina sosteniendo un gran martillo o una llave inglesa, sintiendo el peso en su mano.

Los hombres se quedan callados de repente. No se mueven.

¿Saben que estoy aquí? ¿Estoy a punto de ser atacado con un martillo? Su cuerpo se pone tenso y está listo para luchar. El sudor le cae por un lado de la cara.

Un fuerte pisotón resuena por la habitación.

"¿Lo tienes?"

"Sí, maldita cucaracha".

Oye un zapato raspando el costado de un pilar de madera.

"¿Estás listo?"

"Sí, salgamos de aquí".

Él espera un minuto antes de levantarse

Horvath sale de detrás de la caldera, se limpia el polvo y se seca el sudor de la frente. Eso estuvo cerca.

Agarra un mazo del banco de trabajo, por si acaso..

Antes de subir las escaleras, espera otros tres minutos.

Mira por las escaleras hacia la puerta cerrada, preguntándose qué le espera al otro lado. Esto podría ser, piensa. Jubilación anticipada.

Es ahora o nunca. Da un paso para escuchar lo ruidosa y enojada que es la escalera. Camina un paso más y otro. Si camina con cuidado, con un pie en el extremo más alejado de cada paso, no tienen mucho que decir.

En lo alto de la escalera, acerca la oreja a la puerta. Nada.

Él agarra el pomo y lo gira, abre la puerta y entra.

Un pasillo largo y estrecho. No puede oír voces ni pasos.

Es una casa antigua, de mediados del siglo XIX, supone. Cuando eran construidas para durar. No como estos lugares modernos, baratos y endebles. Mira a su alrededor. Paredes gruesas, construcción sólida. Madera, hormigón, cobre, latón y mármol. No puedes escuchar susurros al otro lado de una pared, ni los pasos de un niño a través del techo.

Camina por el pasillo, gira a la derecha.

Armarios, salón. Otro pasillo.

Gira a la izquierda.

El pasillo desemboca en un espacio abierto. El vestíbulo.

Amplia escalera a su izquierda. Pasillo y vestíbulo cortos junto a la puerta principal. Habitaciones a ambos lados.

Oye pasos y una voz de mujer.

Risa suave y otra voz.

Toma las escaleras, rápidamente. El descansillo está alfombrado y tiene forma de U. Se eleva sobre la barandilla de madera pulida.

Dos mujeres están al pie de las escaleras, sosteniendo la ropa sucia.

Hay seis habitaciones aquí arriba. Se mete en el primero.

Está vacío. Se apoya contra la puerta, su corazón late tan fuerte que apenas puede pensar.

Probablemente un dormitorio de invitados. No hay toques personales, no hay calcetines en la esquina, no hay chaqueta sobre una silla, no hay señales de que alguien haya estado durmiendo aquí.

Las voces de las mujeres se acercan. Se esconde en un armario.

Ella no puede oír nada. La puerta está hecha de nogal grueso y se está ahogando en ropa que cuelga de una barra de metal. Pieles, abrigos largos de lana, trajes de noche, vestidos brillantes. Un cóctel de fantasmas.

Horvath espera cinco minutos antes de salir del armario. Escucha en la puerta. Nada.

Abre la puerta y sube al descansillo.

Hay una puerta al final del pasillo. A mí me parece una oficina, piensa. O podría ser la lata. Quién sabe.

Una mirada furtiva por encima de la barandilla. No hay nadie. Camina por el pasillo, se detiene y escucha. Sin voces, sin pasos, sin sonido ni movimiento de ningún tipo.

Respiracion profunda. Espera un poco, luego abre la puerta.

Bingo, es una oficina.

Pero no está solo.

Un joven rudo se sienta en una gran silla de felpa con los pies sobre el brillante escritorio de roble. Está puliendo su arma y masticando un palillo, como un matón simple de una de esas viejas películas con Bogart o George Raft.

Durante uno o dos segundos se queda sentado, mirando a Horvath. Luego se vuelve hacia un matón mayor y más grande al otro lado de la habitación. Está de pie junto a una estantería, con la cabeza inclinada hacia un lado, mirando los títulos impresos en la portada. Como si supiera leer.

Nadie habla ni se mueve.

Horvath agarra el pomo de la puerta, cierra la puerta de golpe y baja corriendo las escaleras.

Esto fue una mala idea, piensa, esperando no resbalar por la escalera. ¿Qué estaba pensando? Entrar directamente a una casa en medio del día, sin plan ni respaldo. McGrath no estaría feliz con esto.

Pero al menos tengo un mazo

Hay una mujer joven parada frente al vestíbulo junto a la puerta principal y parece asustada. No quiere apartarla de un golpe, así que gira a la derecha y corre por el pasillo de regreso al sótano.

Puede escuchar a los matones persiguiéndolo, pidiendo ayuda a sus colegas. El tiempo se ralentiza y puede ver cada momento con claridad, como si estuviera atrapado en una fotografía. Se para fuera de sí mismo y observa lo que está haciendo. Oye a alguien gritar, pero no puede oír qué. Tiene ampollas en los talones, de nuevo, y puede sentir que se acerca un dolor de cabeza, uno fuerte. Le duelen los tendones de la corva, pero corre más rápido. Oye el sonido de una pistola siendo disparada, o podría ser simplemente su imaginación.

Los pasillos están vacíos. Su corazón late con tanta fuerza que se siente como si fuera a desgarrar su pecho.

Gira por el último pasillo y se dirige al sótano.

Se abre una puerta lateral y sale un hombre con un sombrero de ala ancha. Tiene una pistola en la mano.

Horvath casi pasa encima de él, pero reduce la velocidad justo a tiempo para detenerse a unos centímetros de distancia.

Mira el revólver Colt de doble acción que le apunta al pecho y luego al hombre que lo sostiene. Probablemente su pistola de servicio de la guerra. Cuando regresó de Europa, encontró una nueva forma de usarlo.

"Déjalo caer."

Al principio no sabe de qué está hablando el hombre, pero luego ve el mazo en su mano. Se inclina para dejarlo en el suelo.

Una voz habla detrás del hombre. Gira la cabeza, sólo una o dos pulgadas, y sus ojos se olvidan de Horvath.

Él golpea la rótula izquierda del hombre.

Cuando el pistolero comienza a doblarse y aflojarse, Horvath levanta el mazo y le quita el arma de la mano. Es pura suerte, pero está bien. La suerte también cuenta. No puedes vivir sin ella.

Abre la puerta del sótano y baja corriendo las destartaladas escaleras de madera.

La voz lo sigue así que corre más rápido de lo que debería.

El último paso no es un paso en absoluto. Es el suelo. Tropeza, cae sobre el implacable cemento, se da vuelta y choca contra una de las columnas de madera.

Está noqueado, pero solo por uno o dos segundos.

La voz se convierte en un par de pies suaves que bajan lentamente las escaleras para que Horvath tenga tiempo de ponerse de pie. Una costilla rota o dos, supone, y mucho dolor mañana por la mañana. Pero nada serio. Nada que el tiempo y unos vasos de whisky no pueden arreglar.

Sus ojos se adaptan a la oscuridad y la voz ahora se ha convertido en un hombre, parado justo frente a él. Mide alrededor de 1.93 y pesa al menos 113 kilos, nada de cerebro. No es un político ni un ayudante, eso es seguro. No está en el ayuntamiento y no es un funcionario. Este tipo es simplemente músculo, puro y simple. Es un niño grande, pero los ojos lo delatan: fuerte, pero no duro. Una vez que has subido al ring varias veces y has peleado en la calle, sabes la diferencia.

El matón da un paso al frente y golpea con una mano derecha carnosa, pero Horvath se aparta del camino.

Golpea al tipo en las costillas, pero ni siquiera se inmuta. Tiene demasiado músculo para sentir un pequeño golpe. Horvath puede verlo sonreír en el aire gris oscuro.

El matón finge un golpe de izquierda y luego aterriza a la derecha en la sien de Horvath. Se siente como si un yunque acabara de caer sobre su cabeza. Mientras todavía piensa en lo fuerte que golpea el tipo, le da otro golpe en la mandíbula. Luego intenta meter a Horvath en una llave de cabeza, pero se retuerce.

Él agarra un destornillador del banco de trabajo, se tambalea en la oscuridad y lo clava en el hombro del tipo.

El matón no grita de dolor, sino que gime bajo y profundo como un rinoceronte herido.

Hay voces en lo alto de la escalera y luego pasos.

El matón saca una hoja larga y delgada de su cintura.

Horvath le da un puñetazo en la nariz, que tiene el doble de fuerza porque todavía sostiene el destornillador.

Él puede sentir el cartílago partido en dos. La sangre brota de la cara del chico y corre por sus manos.

El musculoso de respaldo aún está a la mitad de las escaleras cuando Horvath se desliza por la puerta, corre por el césped y golpea la acera.

Él cruza la calle, corre dos cuadras, se mete en un callejón y se esconde detrás de un contenedor de basura. Hay una escalera de incendios a cada lado y una ventana abierta dos pisos más arriba a la derecha. Si los hombres del alcalde lo encuentran aquí, esa es su ruta de escape.

Tiene las manos ensangrentadas, pero su traje está limpio. Más buena suerte.

Piensa en las cadenas tiradas en el suelo frío, ganchos de acero atornillados a la pared. Cuchillos, pistolas, un pequeño ejército de soldados de infantería. ¿Por qué el alcalde necesitaría tantos matones dando vueltas? La misma razón por la que tiene una cámara de tortura en el sótano. Porque está sucio.

Horvath cierra los ojos y piensa. ¿Qué aprendí de todo esto? No mucho. El alcalde es un mal tipo. Está involucrado con Jaworski y el hombre delgado, que probablemente sea Gilroy. Algo está pasando en su casa. Algo malo. No tienes cadenas y esposas cuando solo es diversión y juegos.

Pero no tengo ningún hecho concreto. Todavía estoy investigando en la oscuridad aquí, ni cerca de encontrar a Van Dyke o Kovacs. Y no sé nada sobre los cadáveres, los niños ni nada más.

Toma un puñado de aspirinas y se las traga.

Hay un periódico doblado en cuatro junto al contenedor de basura. Agarra la portada y se limpia la sangre de las manos. Le duelen las rodillas, así que se pone de pie y deja caer el periódico. Está cansado, adolorido, hambriento y necesita un trago.

Espera 40 minutos en el callejón.

Ahora se siente seguro, así que se pone las gafas de sol y regresa al Ejecutivo, moviéndose en la dirección opuesta al principio, luego dando vueltas por callejones y calles laterales.

Se detiene en un bar de mala muerte y toma dos vasos de whisky de centeno. Pide una tercera, pero el dolor aumenta más rápido de lo que puede beber. Mientras el barman sirve el whisky, se pregunta por qué fue a la universidad. La introducción de Psicología no lo preparó para todo esto.

De vuelta en el hotel, Gilbert está ocupado con un invitado, por lo que Horvath se aparta y le da espacio.

Mira alrededor del vestíbulo. Una anciana con el pelo blanco y la espalda encorvada está sentada sola cerca de la ventana, mirando a la gente que pasa. Un hombre impecable con gafas gruesas y un abrigo que le cubre el brazo entra por la puerta principal. Va hacia el ascensor, aprieta el botón y espera. Dos botones bromean en la esquina. Nada parece fuera de lugar.

Gilbert está libre, así que Horvath se acerca a la recepción.

"¿Cómo está, señor?"

"Aún tengo todas mis extremidades. Y están funcionando, más o menos ".

"Me alegra oírlo."

"Mira." Horvath se inclina sobre el mostrador y habla en voz baja. "Estoy en un lío. Las cosas se están poniendo calientes ".

"No quiero ningún problema aquí".

"Yo tampoco, pero ¿Qué puedes hacer?"

"Salir de la ciudad"

"No está en mis planes, me temo". Hace una pausa, mira a su alrededor. "Es posible que no podamos evitar problemas, pero podemos intentar manejarlos. Es por eso que les estoy avisando ".

"¿Cómo puedo ayudar?"

"Si alguien viene preguntando por mí, dígale que me fui".

Gilbert asiente.

"Una cosa más. Si me ves llegar y alguien me espera, dame una señal ".

"¿Cómo qué?

"Solo un pequeño asentimiento. Sin palabras, sin sonrisa, sin gestos ".

"Lo haré".

"Y tomaré las escaleras traseras de ahora en adelante".

"Buena idea." Gilbert mete la mano en el bolsillo de su chaqueta y saca un anillo de metal con dos llaves. Lo desliza por el mostrador. "Llave cuadrada grande para el ascensor de servicio. Otro es para la puerta del sótano, en caso de que lo necesite. Conduce a un callejón donde sacamos la basura ".

"Gracias."

"Pero no lo obtuviste de mí".

"Entendido." Saca su billetera, saca unos dólares y los deja sobre el escritorio.

Gilbert desliza el dinero hacia Horvath. "No hay necesidad. Todo es parte del trabajo ".

Se guarda el dinero. "¿Sabes algo? Eres un tipo bastante decente ".

"Dime algo que no sepa".

Horvath se ríe, se vuelve y se dirige a las escaleras

Al día siguiente se levanta temprano y camina hasta la carnicería italiana. Se sirve un espresso doble y luego uno más.

Es hora de otro fajo de dinero.

Una esquina diferente, una calle diferente. Nunca te ciñas a un patrón.

Él consulta su reloj, enciende un cigarrillo y espera.

Llegue siempre temprano. Nunca llegues tarde. Vive según las reglas. Son todo lo que tienes.

A Horvath no se le paga por pensar. Su trabajo es vigilar, seguir y localizar. Pero a veces no puede evitarlo. Hay tantas preguntas y tan pocas respuestas.

Siempre están un paso por delante. Tal vez alguien me esté vigilando, informando a Lourette y Wilson.

¿Lana? ¿Fang? ¿Gilbert?

Todo el maldito pueblo, parece.

Pero he estado siguiendo a este tipo durante semanas. Demonios, probablemente ya hayan pasado meses. Mucho antes de conocer a alguna de estas personas. Y ninguno de ellos tendría forma de saber que me iba a encontrar con ellos. El hotel no estaba planeado. Me encontré con Lana por accidente. Con Fang también.

Nadie sabe adónde voy, no exactamente. Ni siquiera la firma. Nadie sabe cuál será mi próximo paso, ni siquiera yo. ¿Cómo podrían traicionarme si no saben adónde voy o qué voy a hacer? No es posible.

Horvath comienza a preguntarse sobre otra cosa.

¿Cuánto tiempo van a financiar este trabajo? Les está costando un brazo y una pierna localizar a Van Dyke. Demonios, muy pronto podría costarme un brazo o una pierna.

Para siempre, ese es el tiempo, no les importa perder dinero. Simplemente no quieren quedar mal. Si robas a la empresa, te perseguirán hasta que te encuentren. Luego te llevarán a casa y te harán enfrentar el juicio.

Un coche circula por la calle a unos pocos kilómetros por hora por debajo del límite de velocidad.

Comienza a caminar y sale de ahí.

El coche reduce la velocidad y se acerca a la acera.

Horvath sabe un par de cosas sobre coches, aunque no tiene ninguno. Es un Chrysler New Yorker de 1957 y el propietario lo cuida muy bien. Lavado y encerado. El motor ronronea como un gatito que se prepara para una larga siesta.

Él cruza la calle y camina hacia la ventana del lado del conductor

El conductor apaga el coche. Eso no es parte del plan.

Disminuye la velocidad y se prepara para correr o luchar.

Un hombre alto y de anchos hombros sale del Chrysler. McGrath.

Ellos se dan la mano.

"No esperaba verte aquí", dice Horvath.

"Bueno, no esperaba venir".

"Entonces, ¿Por qué lo hiciste?"

"Pensé que te estarías sintiendo solo. Has estado afuera en el frío por un tiempo."

Horvath admira las limpias paredes blancas y los parachoques cromados brillantes.

"Hablando de eso, traje a algunos amigos". McGrath le entrega un sobre grueso. "Estoy seguro de que tendrán mucho en común".

"Si les gusta el whisky y los huevos revueltos, entonces sí. Deberíamos llevarnos bien ".

Un automóvil al que le faltan dos tapacubos pasa y un perro callejero olfatea un cubo de basura en una esquina.

Dos vagabundos salen de un bar. Uno cruza la calle y se sienta en un banco. El otro gira y se tambalea hacia la zona residencial.

Una canción popular sale de una ventana abierta.

McGrath bosteza, estira los brazos y mira a su alrededor. "Entonces, ¿Me vas a mostrar este vertedero o qué?"

"Por supuesto. ¿Qué primero?"

"Desayuno. ¿Conoces un lugar?

"Conozco muchos lugares".

"Súbete".

Ellos conducen hasta un restaurante cercano y piden lo suficiente para alimentar a un equipo de baloncesto. McGrath ha estado conduciendo durante horas, en la oscuridad de la madrugada, y Horvath está siendo él mismo, siempre hambriento.

"No está mal", dice McGrath, después de un bocado de hotcakes, salchichas y jarabe de arce.

Horvath asiente, toma un sorbo de café y se limpia la boca con una servilleta. No se le ocurre una forma mejor de empezar la mañana. Una gran comida con su viejo amigo. Pero también se pregunta por qué está aquí. Quizás no estén contentos con mi trabajo. Me estoy demorando demasiado y no obtengo resultados. Lo han enviado a ver cómo estoy. Dame una fecha límite. Tal vez me saque del caso, si no lo termino pronto.

Comen y hablan. Deportes, jazz, mujeres, gente en casa. Las cosas crueles que el tiempo le hace al cuerpo de un hombre.

Es la naturaleza, no los humanos, quien inventó la tortura.

Cuando terminan de comer, McGrath chasquea los dedos para llamar a la camarera. Trae una olla nueva y llena sus tazas.

Enciende un cigarrillo y beben café, ahora tranquilos.

"No es un mal lugar". McGrath se gira y mira a la camarera que cruza la habitación. "¿Cómo te va? ¿Esta ciudad está bien? "

"He visto peores."

"¿Encontraste cosas para mantenerte ocupado?"

"Sí." Piensa en Lana y en un montón de novelas baratas. "No me importa estar aquí".

"Genial."

"¿Cómo va todo en la oficina?"

"Lo mismo de siempre. Wilson no deja de supervisarme. Houlihan es inútil. El Sr. Atwood se queda en el piso superior, nunca sale de su oficina ".

"¿Alguna vez lo has visto de cerca?"

"Claro, pocas veces. Pero nunca me ha hablado ".

"¿Wilson ... me ha mencionado?"

"Por supuesto. Él pregunta cómo va el caso ".

"¿Qué dices?"

McGrath se encoge de hombros. "Yo digo que está llegando a algún lado". Enciende un cigarrillo nuevo del moribundo, se recuesta contra la cabina de vinilo. "¿Que más puedo decir?"

Horvath estaba inclinado hacia adelante, con los codos sobre la mesa, pero ahora también se inclina hacia atrás.

"¿Está molesto?"

"Difícil de decir. Sabes cómo es Wilson. Está enojado incluso cuando obtienes un resultado. Siempre gritando, la cara como un tomate hervido, las venas del cuello se le salían. Nunca había visto a un chico sudar tanto. Tendrá un ataque al corazón uno de estos días ".

"Probablemente por qué se le cayó todo el cabello. Demasiado estrés."

"Sí, probablemente."

"Pero nadie está hablando de reemplazarme o despedirme.

Quiero decir, lo he estado siguiendo durante, ¿Qué ?, ¿Cinco o seis semanas? "

"Siete."

"Siete semanas, y nada que mostrar ..."

"Estás bien, relájate. Sigue haciendo lo que estás haciendo. Todo saldrá bien ".

"Eso espero."

"No te preocupes. Eras mi mejor alumno. Si sigues investigando, encontrarás las respuestas. Siempre lo haces."

Durante semanas, algo lo ha estado comiendo, acosándolo, siguiéndolo por las calles de noche. Fracaso. Debilidad. La idea de que está corriendo en círculos, persiguiendo su propia cola. Ahora se siente un poco mejor.

"Algunas personas simplemente no quieren que las encuentren", dice McGrath. "No puedes hacer nada. A veces lleva un tiempo y no todos los casos se resuelven. Esa es la forma como es."

"Sí, supongo."

"Entonces." McGrath empuja su taza vacía fuera del camino. "Dame el resumen".

Horvath le cuenta todo lo que ha sucedido desde que llegó a la ciudad. McGrath interrumpe un par de veces para hacer una pregunta de seguimiento, pero sobre todo solo escucha, mira por la ventana y asiente de vez en cuando.

Cuando Horvath termina de hablar, McGrath no dice una palabra. Simplemente se sienta allí, como si estuviera solo.

La camarera deja el cheque boca abajo en una película de agua. Ambos hombres piensan en un cadáver tirado en un charco de sangre.

McGrath saca su billetera, cuenta unos dólares y los pone sobre la mesa.

"Entonces, ¿Me llevarás a tomar algo esta noche? ¿Y algo de comer?

"Claro, lo que quieras".

"No necesito volver de inmediato, así que pensé que saldríamos a la ciudad y nos divertiríamos".

"Suena bien." Horvath reprime una sonrisa.

McGrath sale de la cabina y Horvath hace lo mismo.

Ellos caminan afuera.

"Mira", dice McGrath, "Tengo otros asuntos en la ciudad".

"¿Este negocio tiene pelo rojo y piernas largas?"

"Algo como eso." McGrath sonríe. "¿Puedes encontrar el camino a casa bien?"

"Sí, seguro."

"Bueno. Nos vemos aquí a las 7:00 pm en punto. Y limpia tu tarjeta de baile. Planeo unirme a uno ".

Observa a su amigo entrar en el coche, arrancar el motor y dar una vuelta de tres maniobras. McGrath conduce por la forma en que entró, sin importar lo que digan las reglas.

A las 6:53, Horvath está de pie en la misma esquina esperando al mismo hombre, como si el tiempo se hubiera detenido. Está repasando algunas de las reglas en su cabeza:

Dale cuerda a tu reloj.

Nunca llegues tarde.

Cíñete al horario, es tu Biblia.

McGrath llega a las 6:56. Horvath abre la puerta del lado del pasajero y entra.

Una big band suena en la radio del coche. Horvath prefiere el jazz real, pero al menos no es uno de esos cantantes ligeros, como Brenda Lee o Andy Williams. Escuchar esa mierda es como comer algodón de azúcar mojado en mierda.

"¿Estás listo?"

"Siempre."

McGrath acelera el motor. El Chrysler, con ocho cilindros y 325 caballos, es un bombo que mantiene unida a la cinta.

"¿A dónde?"

"Baja a la esquina, gira a la derecha".

McGrath pone el coche en marcha, mira su espejo lateral y pisa suavemente el acelerador. Él conduce con cautela por la ciudad.

Están en silencio durante unas cuadras.

Horvath le dice cuándo girar.

"¿A dónde vamos, de todos modos?"

"Pensé que probaríamos un lugar italiano que conozco. Agradable y silencioso ".

McGrath asiente.

Dos gaviotas flotan hasta la acera y picotean una bolsa de papel marrón y los restos de un sándwich submarino.

Una mujer corpulenta sube por la escalinata y bosteza, buscando en su bolsillo las llaves de la casa.

Ellos siguen conduciendo.

Horvath ha estado en Rossino's algunas veces para almorzar, pero no para cenar. El anfitrión que lo recibe en la puerta principal es una sorpresa. Calvicie, bigote pequeño, de mediana edad. Vestida como los camareros pero con una chaqueta negra barata.

"Nos sentaremos atrás". McGrath señala una mesa en un rincón alejada de la ventana. "Justo allí."

Se sientan y el anfitrión reparte los menús.

"Me alegro de no ser unos centímetros más alto", dice McGrath. "O mi cabeza estaría en las vigas".

"*Íntimo* es como lo llaman"

"Lo siento, pensé que era pequeño y estrecho".

"Mira, McGrath, es oscuro, tranquilo y barato. Y la comida está bien. Aquí le atinaron a todo".

"¿Qué es bueno?"

"Albóndigas, pollo a la parmesana, ravioles. El cacciatore se ve bien, pero todavía no lo he probado".

El camarero pasa unos minutos más tarde. Piden la cena y una botella de Chianti.

McGrath escanea la habitación con esos láseres suyos. Es cuidadoso y vigilante cada segundo de cada día. Nada se le escapa. Horvath se pregunta si alguna vez se relajará. Debe ser un manojo de nervios. O tal vez se ha entrenado tan bien que no tiene que pensar en eso. Sus ojos y manos hacen su trabajo sin él, contratistas independientes. Ellos hacen todo el trabajo y él simplemente se sienta y cobra el cheque de pago.

Cuando llega la comida, comen de inmediato. McGrath tiene tanta hambre que casi sigue el ritmo de Horvath, pero no del todo. La aspiradora humana es más una máquina que un hombre.

No hablan mucho durante la cena. Después, Horvath arroja un puñado de aspirina y se las pasa con vino tinto.

"¿Sigues tomando pastillas?"

"Un poco de dolor de cabeza."

"¿Aspirina? Eres el drogadicto más patético que he conocido".

"Me han golpeado varias veces desde que llegué".

"Lo parece."

"A veces no me importaría un arma".

"Sabes las reglas."

"Sí..."

"Y de todos modos, si lo llevaras, ya lo habrías usado. Y luego estarías en la nevera o escondiéndote de la policía. De cualquier manera, no podrías hacer tu trabajo".

"Por eso tienes la regla", dice Horvath.

"Bingo."

Se inclina hacia adelante, susurrando. "Antes, en la cafetería. Yo era el único que hablaba".

"¿Sí?"

"Así que no me dijiste lo que sabes".

"¿Acerca de?" Pregunta McGrath.

"El sindicato, Jaworski, Gilroy, todo eso ..."

"Nunca he estado en esta ciudad, así que tu conjetura es tan buena como la mía. Te enviamos todas las pistas que teníamos ".

"Sí, los tengo".

"¿No es bueno?"

"He tenido mejores".

McGrath se encoge de hombros. "Lo siento, pero ya sabes cómo es".

"Claro que sí."

"No mires tan abajo". Pone su brazo alrededor del hombro de Horvath. "Llegaremos al final de todo uno de estos días. Entonces puedes volver a casa y recuperar el aliento. Tómatelo con calma por un tiempo ".

"¿Cuándo?"

"Pronto."

"Yo espero que sí."

"Créeme." McGrath le da un apretón en el cuello. "Hemos pasado por lo peor. La línea de gol está a solo unos metros de distancia ".

"Está bien." Horvath se ríe, sin ninguna buena razón.

"Ahora terminemos este vino y luego vayamos a algún lugar a tomar una copa de verdad".

"Buena idea."

McGrath sonríe y ese es el final de la conversación. Ya ha dicho suficiente.

26

BESO DE MUERTE

Al día siguiente se despierta tarde con un dolor de cabeza como un par de ratas peleando en su cabeza. Su estómago tampoco se siente tan bien.

11:52.

Prende un cigarrillo y mira la pila de libros en la mesa auxiliar. No, demasiado cansado y atontado para eso.

Cerraron el bar a las 2:00, 2:15. McGrath y el camarero estaban intercambiando tragos, para ver quién se desmayaba primero. Ambos perdieron.

Fue una época maravillosa, por lo que puede recordar. McGrath es genial con la gente. Contando chistes, comprando tragos, bailando con todas las mujeres. Tiene una forma de hacerte sentir como si fueras el centro del universo.

Una cucaracha se sube a la mesa auxiliar, olfatea uno de sus libros y luego se aleja como si no estuviera impresionado. No le gusta la ciencia ficción, adivina Horvath.

Hora de comer. Se lava la cara con agua fría, toma una dosis doble de aspirina y se viste.

Él escucha a su puerta, la abre y mira hacia el pasillo. Todo claro.

Un servicio de ascensor, puerta trasera, salir a la calle.

Se detiene en una farmacia por dos paquetes de cigarrillos y una barra de chocolate. Todavía faltan 20 minutos para el desayuno y necesita algo para sostenerlo.

Pasta de dientes, maquinillas de afeitar, loción post-afeitado, Vitalis.

Quiere comprar algo para Lana, pero no está seguro de cómo se sentiría ella al respecto. O lo que siente por ella. No hay mucho aquí en la farmacia. ¿Cortauñas? ¿Almohadillas para juanetes? ¿Sulfato de magnesio?

En cambio, se dirige al pasillo de los libros

Sus ojos recorren los estantes y aparece un título. *La muerte monta un caballo blanco.*

Un hombre con un abrigo largo tiene una pistola humeante. Al fondo, un semental se encabrita y una calavera flota en un cielo gris. No está seguro si se supone que es un western o una novela policíaca, pero cualquiera de las dos está bien.

Paga sus cosas, sale y se come la barra de chocolate de camino a la cafetería.

Cruzando la calle, gira la cabeza para buscar autos que pasan.

En el reflejo de un escaparate, ve a un hombre que se aleja rápidamente y mira hacia la acera. Hombros nerviosos, ojos atentos, sombrero bajado sobre su rostro.

Lo están siguiendo.

Nunca les haga saber que los está siguiendo. Regla # 14.

Horvath sigue caminando.

Entra en la cafetería, se sienta y pide el desayuno.

En el camino hacia aquí, pasó por una cabina telefónica. Sale, va a la esquina y deja caer una moneda de diez centavos en la máquina.

" Frank's" Es Lana.

"Oye. Soy yo."

"¿Pasas por aquí hoy?"

"Tal vez."

"¿Cuál es la realidad?"

"Alguien me está siguiendo. Necesito un lugar para esconderme ".

"No es seguro aquí. Demasiada gente entrando y saliendo. Pero conozco un lugar. Reúnete conmigo aquí en una hora ".

Mejor que sean dos. Quiero asegurarme de perder a este tipo primero ".

"Él puede tener amigos, así que mantente atento a ellos también".

Lana no es tonta. Esa es una de las cosas que le gusta de ella. "Lo haré".

"Mi coche está aparcado en la parte de atrás. Hay una manta en el asiento delantero. Agáchate, ponte la manta encima ".

"Gracias."

"No lo menciones".

Que chica. Debería haberle comprado ese Sulfato de Magnesio.

Se toma su tiempo para desayunar, como si no le importara nada en el mundo. Luego, se acomoda y luego camina hacia la cabina telefónica

Su espía está al otro lado de la calle, comprando un periódico de un estante de metal.

Agarra el auricular, se detiene, lo deja, se palmea los bolsillos. Finge pensar durante unos segundos, luego regresa al restaurante.

La camarera mira hacia arriba pero no dice nada. Le dejó una propina del 40% para que no hable.

Atraviesa la cocina y sale por la puerta trasera.

El callejón huele a leche en mal estado y pescado podrido. Los gatos callejeros se apoyan contra la pared de ladrillos como merodeadores.

Horvath camina rápidamente por el callejón, gira a la derecha, avanza una cuadra, gira a la izquierda.

Aumenta su velocidad pero no balancea los brazos. Eso es un claro indicio. Nadie lo está siguiendo, al menos no que él pueda ver.

Una plataforma de metro elevada.

Toma las escaleras de metal con la cabeza agachada.

Se acerca el tren hacia la parte alta de la ciudad.

Él sube, toma asiento en medio de un auto lleno de gente. Hay un periódico arrugado en el banco. Lo sostiene para que nadie pueda ver su rostro.

Cuatro paradas más tarde, se baja y toma un tren hacia la parte baja de la ciudad.

Se baja, cruza la plataforma, entra en una línea diferente. El tren G, en dirección este.

Tres paradas. Ahora están bajo tierra, en el centro de la ciudad.

Se baja, espera el próximo tren.

Cuando entra en la estación y se abren las puertas, sube al coche, se sienta y espera.

Horvath puede oírlo, el sonido de las puertas del tren preparándose para cerrarse. Rápidamente, se pone de pie y salta a través de las puertas un segundo antes de que se cierren.

Frank's está a solo tres o cuatro cuadras de aquí. Baja rápidamente por la plataforma, toma las escaleras, gira a la izquierda en la acera.

Antes de tomar una calle lateral, se asegura de que nadie lo siga. El camino está libre.

Una cuadra más, gire hacia el callejón. Bien, piensa. El coche está allí, justo donde ella dijo que estaría.

Mira a su alrededor, se desliza dentro y se esconde debajo de la manta.

Dos minutos más tarde, Lana sale, entra y enciende el coche. Durante tres cuadras, no hablan."¿Estás bien allá atrás?" Ella mira por el retrovisor. Horvath es un bulto en el suelo.

"No podría estar mejor".

"Estaremos allí pronto".

"Yo espero que sí. ¿Miraste en los espejos?

"Nadie está sobre nosotros".

Seis vueltas y 18 minutos después, Lana entra en un camino de grava. Los neumáticos que crujen sobre rocas pequeñas siempre le hacen pensar en huesos rotos y dientes rechinantes.

"Es seguro. Puedes salir ahora ".

Una casa adosada con tablillas y un pequeño patio al frente.

Blanco con contraventanas negras. Techo de tejas de dos pisos. No hay flores ni arbustos, pero la hierba es verde, tupida y ordenada. Un porche estrecho con barandilla blanca.

Entran. Deja su bolso y las llaves en el sofá y entra en una habitación lateral. Sale unos segundos después sin su sombrero.

Mira a su alrededor. El aire está viciado. Nadie se ha alojado aquí, al menos no durante algunas semanas. La sala de estar está apenas amueblada, pero no se vive mucho. Sillón, sofá, silla, mesa, lámpara, mesa, cenicero de pie. Una foto en la pared. Un pequeño bote rojo en el puerto, rebotando en olas azules.

Ella entra en la cocina.

Mira hacia la lámpara del techo. Es amarilla por la edad, lleno de polvo y moscas muertas.

El comedor es pequeño, la cocina está en la parte de atrás. Pequeña habitación a un lado. Armario de abrigos. Dormitorios arriba. Sin sótano. Las cortinas están corridas.

Lana cruza la habitación y se detiene frente a Horvath. "¿Esto está bien?"

"Sí, bien. Gracias." Hace una pausa. "¿Es seguro aquí?"

"Nadie sabe sobre este lugar".

"¿Ninguno?"

"Kovacs, pero está desaparecido".

Horvath asiente, se quita el abrigo y lo tira sobre el sofá. "¿Tu casa?"

"No, pero a veces me quedo aquí. Pertenece a un amigo".

Se pregunta qué tipo de amigos tiene. Y por qué le prestan sus casas.

"Seré honesto contigo, Horvath. No te ves tan bien."

"No, no lo creo. Me he recostado en la parte trasera de tu coche y tengo una resaca desagradable".

"Pobre bebé."

"Y unos días antes de eso, me involucré con algunos chicos locales".

"Siempre estás causando problemas".

"Fue solo un malentendido".

"¿Te querían muerto y no estabas de acuerdo?"

"Algo como eso."

"¿Quiénes eran?" Enciende un cigarrillo, lanza humo hacia el techo, se sujeta el codo derecho con la mano izquierda.

"No lo sé. Sólo unas pandilleros baratos ".

No se lo va a contar todo. Nunca sabes. Siempre guarda algo, por si acaso.

"Y antes de eso, me dispararon, me presentaron algunos cadáveres, recibí una paliza o dos".

"Una paliza o dos, ¿Eh? Entonces, ¿Qué tan mal te han maltratado estos capullos? Da un paso más cerca.

"No está mal. Todavía puedo caminar ".

"Bueno, eso es algo".

"Pero me duele todo". Se masajea la mandíbula, donde el musculoso contratado le dio un golpe. "Me vendrían bien algunos analgésicos".

"Recién salidos del opio".

"¿Qué tal un poco de whisky?"

"Eso es mucho de lo que puedo hacer. ¿Hielo?"

"Genial."

Ella entra a la cocina. Oye que se abren y se cierran los armarios, que el licor pasa de la botella a dos vasos.

Momentos después, una hermosa mujer cruza la habitación sosteniendo dos whiskies. No recuerda haber muerto, pero esto comienza a sentirse como el cielo.

"Por la recuperación", dice ella.

"Amén."

Ella toma un sorbo y él se bebe todo.

"¿Me siento mejor ahora?" ella pregunta.

"Todavía podría usar algo".

"¿Oh, sí?"

Horvath da un paso adelante, envuelve su brazo izquierdo alrededor de la cintura de Lana y la acerca. Se besan, largo y lento. Su mano izquierda está en la parte baja de su espalda. Tiene el vaso de whisky en la otra mano, pero le rodea el cuerpo con el brazo.

Deja el vaso y se besan un poco más.

Ella hace un ruido suave para que él suelte las manos de la correa.

"Vamos arriba", dice. "Te daré algo con lo que soñar".

"Un trago más, primero".

"Te veré en el dormitorio".

Horvath entra en la cocina y se sirve otro whisky. Puede escuchar los tacones altos cruzando un piso de madera sobre su cabeza, crujiendo. La cama gime y sus zapatos caen. Bebe el whisky y luego uno más por si acaso.

Deja el vaso sobre la encimera de la cocina, se afloja la corbata y sube las escaleras.

Ella tenía razón. Tan pronto como termina, se da la vuelta, queda dormido y sueña con estar atrapado en un edificio sin fin. Subir escaleras, deslizarse por las puertas, gatear por conductos de calefacción, tuberías y pasillos secretos, descubrir habitaciones ocultas. Nunca lográndolo. Siempre moviéndose en la oscuridad, nunca parando a descansar. Siempre cansado, hambriento, sediento.

Se despierta una hora después, descansado pero desorientado. Le toma unos momentos recordar dónde está.

Lana entra desde el baño del pasillo con una bata de seda negra, sonriendo. "¿Te sientes mejor ahora?"

"Lo hago." Se sienta. "Pero me vendría bien un poco más de medicina".

Ella se sienta a su lado, lo besa en los labios, el cuello, le frota el pecho desnudo. "Aún no. Obtienes una nueva dosis cada seis a ocho horas. Órdenes del médico".

Piensa en el médico de Fang, si eso es lo que era el hombre.

Se pone un par de guantes largos de satén y luego comienza a subirse las medias por las piernas. Recuerda haberle preguntado a su madre sobre esto cuando era niño. Los guantes son para evitar que las uñas se enganchen con las medias de seda.

"¿Que hora es?" él pide.

"5:45, 5:50."

"Estoy hambriento."

"Por supuesto que lo eres."

"Qué puedo decir. Soy un niño en crecimiento".

Ella levanta una ceja. "Te sentías como un hombre para mí".

Se besan un poco más.

"Ya sabes, Horvath. ¿Nunca me dijiste exactamente qué es lo que haces?

"Busco cosas, personas, información".

"¿Eso es todo?"

"Cuando encuentro algo, lo informo".

Suena bastante simple ".

"Lo es."

"Entonces, ¿Cómo te metiste en este negocio, de todos modos?"

Puede ver el rostro del hombre, claro como el día, como si estuviera parado en un rincón junto a la lámpara de noche. Ojos altos, delgados, azul oscuro, espesa cabellera. Sonrisa falsa pegada en su rostro, como un predicador o un vendedor de autos usados. Vivía al final de la cuadra y conducía un Chevy nuevo. La esposa de Horvath no estaba feliz y no lo había estado por un tiempo. Él lo sabía, pero nunca pensó que ella se hubiera escapado con ese idiota. Seis años después y todavía me duele pensar en ella. Ella tomó su auto y su dinero, pero lo dejó con toda la ira y la amargura del mundo.

Empezó a beber, llegó tarde al trabajo o no llegó. Sus trajes no estaban tan bien planchados como antes. Se estaba volviendo descuidado. Perder papeles, olvidar nombres, saltarse reuniones. Él era un desastre.

Después de unos meses se recuperó, pero era un hombre diferente. No confiaba en nadie, no podía hacer una pequeña charla alrededor del enfriador de agua, y no le gustaba la idea de trabajar duro durante 30 años para hacer la fortuna de otra persona, todo por un reloj de oro y una miserable pensión.

Una vez que salió de su depresión, Horvath echó un vistazo más de cerca a todos esos papeles que estaba barajando. Algo no estaba bien. Estudió los contratos, las empresas involucradas, la industria, el organismo regulador y sus políticas. Sus colegas, su jefe, los hombres de arriba que se sentaron y contaron todas sus monedas de oro.

Estaban sucios, pero cuando habló, se lo echaron todo. Lo llamaron un borracho para nada bueno que había perdido la cabeza cuando su esposa lo dejó por otro hombre. No estaban ni la mitad de equivocados.

Ese fue el último trabajo normal que tuvo. Tuvo que soltarse y correr antes de que lo encerraran. Si McGrath no lo había encontrado cuando lo hizo, bueno, a Horvath no le gustaba pensar en eso.

"Oye, ¿Me escuchas? Te pregunté cómo te metiste en este escándalo".

"La forma habitual. Simplemente caí en eso".

"Eres bastante hablador, ¿No?"

Él se encoge de hombros.

"Esta bien. No confío en un hombre que no puede mantener la boca cerrada".

"Yo tampoco."

Lana se está poniendo un poco nerviosa, piensa. Muchas preguntas, de repente. Tal vez sea porque dormimos juntos. Las preguntas y respuestas son el precio de la entrada.

Hay un espejo redondo montado en la pared sobre la cómoda. Ella está parada al frente, poniéndose lápiz labial.

¿Cree que ahora somos una pareja? Estudia las tenues líneas que se esconden en el rabillo del ojo, pero no puede encontrar la solución. Ni siquiera está seguro de cuál sería su propia respuesta. "¿Qué tal una cena?" él pregunta.

Ella niega con la cabeza en señal de desaprobación. "¿Nunca tienes suficiente para comer?"

"Raramente. Y ahora mismo necesito recargar ". Él le lanza su mejor mirada sugerente, lo cual no es muy bueno.

"¿Está bien?" Lana guarda su lápiz labial, se seca la boca con un pañuelo. "Bueno, probablemente podría preparar una comida, pero esperemos una hora o dos".

"Por supuesto."

"¿Cuál es tu plan para hoy?"

"Necesito mantenerme tranquilo hasta mañana, como mínimo".

"¿Y entonces?"

El se encoge de hombros. "Sigue mirando a tu alrededor, haciendo preguntas. Aparte de eso, simplemente improviso sobre la marcha ".

"¿Y eso funciona para ti?"

"Algunas veces."

"Entonces tal vez necesites un nuevo plan".

Él tampoco tiene una respuesta para esto.

Ella se arregla el cabello, luego se coloca un sombrero de forma de pastilla en la cabeza en el ángulo correcto.

Está feliz de sentarse y mirar.

Ella se sienta en el borde de la cama, lo suficientemente lejos para que él no pueda tocarla.

Él comienza a deslizarse, pero ella extiende la palma de la mano como un guardia de cruce. "Retroceda, señor. Estoy completamente maquillada ".

Él responde con las cejas arqueadas.

"Dime esto." Lana cruza las piernas. "Si tu trabajo es recolectar cosas, entonces ¿Por qué sigues tropezando con cadáveres y arrojándolos a los botes de basura?"

"Eso solo sucedió una vez. Pero la cuestión es que también se supone que debo atar cabos sueltos ".

"¿Entonces un cadáver es un cabo suelto?"

"Tan sueltos como pueden ponerse. Cualquier desastre que dejen atrás, se supone que debo limpiarlo ".

"Lo entiendo. ¿Entonces eres conserje?

"Algo como eso."

"¿Y por ellos, te refieres al sindicato?"

"Me refiero a quienquiera que esté involucrado".

"Bueno, como yo lo veo. Si algo huele mal en esta ciudad, siempre vuelve al sindicato. De una manera u otra."

"Probablemente tengas razón."

"Entonces, cuando te encuentras con un asesinato o un atraco, ¿Cómo sabes que tiene algo que ver con el tipo que estás buscando? ¿Cómo sabes que es un cabo suelto y no solo unas migajas? "

"Yo no lo sé."

"Pero tienes que limpiar esas migajas, de todos modos".

"Bingo."

Saca una caja de cigarrillos plateada de su bolso y enciende uno.

Horvath la mira, así que ella le deja dar una calada.

"Pero aún así", dice, "Sin Van Dyke ni Kovacs".

"Es cierto, pero ya hemos cubierto todo esto antes, ¿No es así?"

"Solo estoy pensando en voz alta".

"Dame uno de esos".

Lana saca otro cigarrillo y se lo pasa.

Él se mete el cigarrillo en la boca y ella lo enciende. El equipo perfecto.

No hay suficiente comida en la despensa para hacer la cena, así que Lana tiene que salir a comprar algunas cosas.

Vuelve una hora más tarde y prepara stroganoff de carne.

Café, cigarrillos, lavado. Son como un matrimonio de ancianos.

Quien lo siga querrá respuestas y, cuando no las encuentren, se pondrán difíciles. Horvath piensa en Gilbert en el hotel. Espera que no lo maltraten.

Es una velada larga sin mucho que hacer. Sin libros, sin radio.

Encuentra una baraja de cartas en un cajón de la cocina. Después de la cena juegan unas manos de gin rummy.

Más tarde, cuando están acostados en la cama, Lana lo sorprende mirándola.

"No te estás enamorando de mí, ¿Verdad?"

"No."

"Bien, porque no es la jugada inteligente".

"Sin embargo, puede que me esté enamorando".

Ella sonríe, acaricia un lado de su rostro. "Supongo que está bien".

Cuando apaga la luz, se siente como si sus pies flotaran y su cuerpo estuviera hecho de plumas. No puede dejar de pensar en ella. Sus dolores y molestias no le duelen. Ella es una droga.

Y soy un adicto a la droga, piensa. Sedado, fuera de mi cabeza, sin pensar con claridad.

Ya no está flotando. Sus pies son yunques y vuelve estrepitosamente a tierra.

Algo no cuadra. Frank's siempre está vacío, excepto por algunos viejos borrachos. Pero tiene un coche bonito, ropa elegante, una casa en alguna parte. Ella siempre está llena de efectivo. Y alguien le deja usar este lugar para dormir.

¿De dónde viene el dinero? ¿Quiénes son sus amigos?

Ella está conectada con todo esto, de alguna manera.

Horvath no quiere pensar en eso y no quiere creer lo que sabe. No quiere hacer preguntas difíciles, pero no puede permitirse el lujo de no hacerlo.

No se llama despertar si no duermes primero.

Lo que hace Horvath es levantarse de la cama.

Se pone unos pantalones y se dirige a la cocina.

Lana está completamente vestida, maquillada y atada con tacones de aguja. Cada cabello está en su lugar. Los huevos y el tocino se cocinan en la estufa. Un silbido de la cafetera.

Ella se da la vuelta, sonríe. "Toma asiento. El desayuno estará listo en un minuto ".

Se sienta a la mesa redonda de madera apiñada en un rincón.

Saca la cafetera de la encimera, la pone sobre la encimera, pone dos tazas y dos platillos. Sirve el café. Apaga el tocino y los huevos, los coloca en un plato. Lleva la comida y el café a la mesa. Vuelve al mostrador, da una última calada al cigarrillo, lo apaga con una mano mientras se desata el delantal con la otra.

A Horvath le gusta verla trabajar. Rápido, preciso y eficiente. Como si trabajara frente a una estufa en algún lugar, o sirviera mesas, en lugar de dirigir un bar. Quizás eso esté más cerca de la verdad.

A él le gusta. Lana preparó el desayuno como a él le gusta, hasta las tostadas crujientes.

Después, da un sorbo al café.

"¿Necesitas algo más?" ella pregunta.

"No, estoy bien. Gracias, estaba delicioso ".

Ella despeja la mesa.

"Cuéntame más sobre este personaje de Kovacs, ¿Quieres? Cualquier cosa."

"No sé mucho sobre él en realidad. Ya te dije todo lo que sé ".

"¿No lo conocías desde hace mucho tiempo? Cuando desapareció, quiero decir ".

"No. Sólo unas pocas semanas. Quizás un poco más. Dos meses como máximo ".

"¿Tenía enemigos?"

"No que yo sepa."

"Correcto."

Horvath coge una horquilla de la mesa y la hace girar entre los dedos. Se queda mirando la jarrita para la leche y un azucarero blanco con ribete azul celeste.

Al lado, alguien acelera un motor V-8 y sale corriendo por la calle.

Lana se ha vuelto a poner el delantal y un par de guantes de goma. Coloca un plato limpio en la rejilla de secado.

"Cuando tomé el caso por primera vez, me dijiste que estaba limpio. No era un boy scout, pero limpio. Le gustaba beber, quedarse fuera hasta tarde, mostrar un poco de dinero ... "

"Sí, era un personaje real". Ella ríe. "Pero no podía lastimar a una mosca y no estaba involucrado en nada serio".

"¿Cuál era su juego?"

"Le gustaba apostar. Hace unos años, le gustaba un chico por unos doscientos dólares, no más que eso".

"¿Quién?"

"Un corredor de apuestas del vecindario. Nadie conectado".

"¿Pero este corredor de apuestas envió musculosos para llamar a su puerta, enviarle un mensaje?"

"Solo una advertencia amistosa. Paga o si no".

"¿Él lo hizo?"

"Sí, alrededor de una semana después. Fue entonces cuando dejó de apostar. Bueno, de todos modos dejó de apostar más de lo que podía perder. Aún hizo algunas apuestas de cinco y diez centavos".

"Asustado directamente".

"Como dije, él era solo un gatito, un niño pequeño. No un hombre real como tú".

No le importa el halago, o cualquier otra cosa, siempre que salga de sus labios. "Soy como cualquier otra persona, Lana. Sangro cuando me disparan y me duele muchísimo".

"Sí, pero no te acurrucas y lloras".

"No, usualmente. Entonces, ¿Cómo sabes sobre el pequeño encontronazo de Kovacs con el corredor de apuestas?"

"Me lo dijo tan pronto como nos conocimos. Se lo dijo a todo el mundo".

"¿Entonces sabrían que tenia experiencia?"

"Exactamente."

Y los nombres falsos. ¿Qué fue, Kupchak y ... Corrington?

"Covington. Simplemente pensó que era divertido, supongo. Como ser un espía. O tal vez le dio diferentes nombres a diferentes mujeres, para mantenerlas fuera de su rastro. No lo sé con certeza. Tendrías que preguntarle".

"Me gustaría, pero primero tengo que localizarlo".

"Ahí está el problema".

Los platos están listos. Lana está parada al otro lado de la cocina, junto a la nevera. Apoyado en el mostrador. Horvath observa sus labios y sus ojos, pensando.

Todo lo que dice tiene mucho sentido y tiene una respuesta para cada pregunta que le hago. Todo suma, pero suma un poco demasiado ordenado. Como si estuviera leyendo tarjetas de referencia. Lo único que ha aprendido es que la vida no es ordenada, especialmente en su línea de trabajo. Es desordenado y las columnas nunca cuadran.

Empuja su silla lejos de la mesa y cruza las piernas. "Entonces, ¿De quién es esta casa?"

"Un amigo."

"Sí, dijiste eso. ¿Pero quién?"

Mira a Horvath, abre la boca y se vuelve. Ella lo mira de nuevo y se detiene. "Mira, no he sido sincero contigo. No completamente."

"Así que deduje".

Ella se sienta a su lado.

Horvath alcanza el cenicero sobre la mesa y lo acerca. Enciende un cigarrillo y mira

a Lana, tratando de olvidar lo que siente por ella. No es fácil.

Tiene los brazos sobre la mesa, las manos cruzadas con fuerza. Ella se está preocupando los dedos y mirando el salero y el pimentero.

Ha tenido suficientes conversaciones como esta para saber que no va a ser buena.

"Voy a poner todas mis cartas sobre la mesa".

"Esperaba que lo hicieras".

Ella lo mira con la boca cerrada y ojos arrepentidos. "Vine a ti porque quería que lo encontraras. Está desaparecido y estoy preocupado por él ". Ella se cruza de brazos. "No somos una pareja ni nada. Ni siquiera me agrada tanto. Pero somos-"

"-amigos."

"Sí, amigos. Dirigimos Frank's juntos. Lo conozco desde hace tres o cuatro años. Yo confío en él."

"¿Entonces por qué desapareció?"

"No puedo decirlo con certeza, pero nos estaban apoyando bastante. Sabes cómo es cuando abres un bar. Licencia de licor, licencia de cabaret, licencia comercial, certificado de servicio de comidas ... "

"Sí, la ciudad realmente te aprieta. Es lo mismo en todas partes ".

Un par de pájaros cantores cantan fuera de la ventana de la cocina, y Horvath casi puede oírlos.

"No son solo los burócratas. Los policías también estaban pidiendo un corte ".

"Déjame adivinar, Gilroy quería una pieza".

"Algunos de sus muchachos vinieron a hablar con Kovacs".

"¿Sólo una vez?"

"Pocas veces. No sé quién los envió, pero estaban tratando de presionarnos ".

"Hicieron más que intentar".

"Eso parece."

"Entonces, ¿De dónde viene todo el dinero? No aportas mucho en ese bar tuyo ".

"Ya no. La policía persiguió a todos los clientes decentes. Ahora sólo tenemos borrachos, veteranos y delincuentes ".

"¿Qué harás por dinero?"

"Vender mi coche, mi apartamento, unirme a un convento, lo que sea necesario".

"No te dejarán usar medias de seda en un convento. ¿Lo sabes bien?"

"¿Ni siquiera un gorro de red?"

"No me temo", dice Horvath. "Volvamos al dinero. ¿Alguna otra fuente de ingresos?

Mira hacia el suelo y luego vuelve a mirar a Horvath. "Kovacs tuvo una pequeña operación en el costado".

"¿Drogas?"

"Él era un esgrimista".

"Pensé que estaba asustado, ¿Verdad?"

226

"Solo lo hizo unas pocas veces, cuando éramos jovenes. Coches, joyas, cubiertos ... "

"Lo entiendo." Apaga su cigarrillo. "No aflojarias dinero por la policía, así que agarraron a Kovacs".

"Eso es más o menos toda la historia. Excepto que si aflojamos dinero, pero no lo suficiente. No podíamos pagarlo ".

"¿No te creyeron?"

Lana niega con la cabeza. "No se puede sacar sangre de una piedra".

No, piensa, pero puedes conseguir muchísimo con un pandillero barato.

"¿Por qué me mentiste?" él pide.

"No quería que supieras que había trabajado con Kovacs durante un par de años y lo conocía bastante bien. No quería estar involucrado ".

"Estás involucrada, Lana. Te guste o no."

"Lo sé."

Se pone de pie, saca un vaso del armario, saca un vaso de agua del fregadero.

"No sabía si podía confiar en ti", dice. "Esa es otra razón".

"¿Entonces por qué yo? ¿Me ves en un restaurante y de repente soy tu chico? "

"Solo estaba comiendo un bocado. Tratando de resolver mi próximo movimiento. Cuando te miré, me gustó lo que vi. Aquí hay un tipo que puede manejarse solo, pensé, y no es demasiado duro para los ojos. Entonces se me ocurrió algo ".

"¿Qué?"

"No te conocía de Adam. Lo que significa que no me conocías ".

"Así que era un tonto, alguien a quien podías mentir y salirte con la tuya".

"Fuiste un nuevo comienzo. Alguien que no haría suposiciones sobre mí, o eso pensé ".

"Cuando comienzas a mentir, la gente asumirá lo peor".

Lana se inclina hacia atrás, cruza los brazos. "Y obviamente eras de fuera de la ciudad".

"¿Cómo lo supiste?"

"Estaba escrito en toda tu cara. De todos modos, un extraño era perfecto. Es posible que veas las cosas con más claridad ".

"Y no tendría miedo de meter mis narices en el negocio del sindicato".

"No solo eso, sino que pensé que podrías ser honesto. Dios sabe que no puedes confiar en nadie por aquí ".

Mira fijamente la tabla de cortar y el cuchillo, secándose en la rejilla.

"Lo siento", dice. "Por lo que vale".

No vale mucho.

"Y me gustas. ¿Lo sabes bien?"

Él asiente. Ella se ve arrepentida.

Horvath lo piensa bien. Lana es muy convincente.

Pero no está convencido.

"Una cosa más", dice. "Nunca me dijiste quién es el dueño de este lugar".

"Un amigo."

"Ya lo dijiste."

Ella se encoge de hombros. "La chica debe tener sus secretos".

Lana sonríe como un gato con un pájaro muerto en la boca. Se pone de pie, cruza la habitación y sube las escaleras.

Horvath se pregunta si es más seguro aquí que en la ciudad.

Arriba, los cajones de la cómoda se abren y se cierran. Las puertas del armario se abren y hacen clic.

Los vecinos se gritan unos a otros. Espera el sonido de los platos rompiéndose contra el suelo de la cocina.

Horvath intenta encontrar su camino a través del problema, pero cada calle es un callejón sin salida. Se pone de pie, bosteza, mira por la ventana. Nada más que cielo gris y casas suburbanas idénticas.

Sacude la cafetera, pero está vacía.

Sus pasos crujen en el suelo de madera sobre su cabeza.

Camina hacia la sala de estar, mira a su alrededor..

Se cierra una puerta. Agua corriendo. Ella está en el baño.

Su bolso está en el sofá. Él lo piensa por un segundo, se pregunta de qué es capaz.

Coge la bolsa y la revisa. Lápiz labial, compacto, caja de cigarrillos, pastillero, llaves, monedero. Todo el equipo habitual. Deja cada artículo en el cojín del sofá.

Una pequeña billetera. Mira adentro.

$ 23, boleto, licencia de conducir.

Doris Schmidt. Cabello castaño, ojos azules, 1.67".

¿Doris? Se pregunta si este es su verdadero nombre y cuál es la verdad. Si le dieras la mitad de la oportunidad, probablemente mentiría sobre su altura.

Oye gruñir la escalera y luego siente que su sombra se desliza sobre él. No oye el grifo de una pistola, así que eso es algo, y cuando se da la vuelta no está mirando al frío metal.

"¿Qué estás mirando?"

"¿Tu nombre es Doris?" Él sostiene la licencia.

"¿Revisando mi bolso?"

"Cuando pasé, simplemente se abrió y la identificación se cayó".

"No muy probable

"Bueno", dice, "hoy he escuchado muchas cosas que no son muy probables".

"Mira, hay una buena razón para el nombre". Se acerca a Horvath y le quita la licencia de la mano. "Sé que no quieres escuchar una historia triste, así que lo seré breve. Mal matrimonio, peor marido. Le gustaba golpearme. Botella de ron y un ojo morado, esa fue nuestra noche de sábado. Así que salí de allí, cambié mi nombre y comencé de nuevo".

"Suena bastante simple".

"Lo es. Yo estoy diciendo la verdad. Nunca llegué a cambiar mi nombre legalmente".

"Por supuesto. Tiene sentido." Él se agacha y toma las llaves del sofá. "Voy a pedir prestado tu coche, pero no te preocupes. Está en buenas manos. Llamaré a Frank más tarde y te diré dónde lo estacioné ".

Lana no dice nada.

Él sale por la puerta.

Un niño con camisa rayada y rapada pasa en bicicleta. Son las 9:46 de un martes por la mañana. ¿No debería estar en la escuela? Horvath se pregunta si son vacaciones o si el niño sólo se ha fugado.

Se sube al coche, enciende el motor y se aleja del bordillo.

Se siente bien ponerse al volante. Conduce despacio e intenta encontrarle sentido a lo que sabe. O al menos lo que ha escuchado. Horvath no está seguro de saber algo.

¿Ella lo mató?

Tal vez por eso me contrató, para despistar a la policía. ¿Matarlo? *Contraté a alguien para que lo encontrara.*

Soy su coartada.

¿Podría hacerlo ella? Intenta no pensar en la pregunta.

De vuelta en la ciudad ahora. Las calles anchas y los prados verdes quedan detrás de él. El aire es tenue. Puede sentir el acero y el hormigón presionar hacia adelante y bloquear su camino, seguirlo a donde quiera que vaya. La ciudad es un par de manos sucias alrededor de su cuello.

Un camión de basura bloquea la calle. Un hombre se baja de un salto y camina hacia la acera. No tiene prisa.

Una mujer entrega un dólar arrugado al vendedor de hot dog calientes.

Horvath puede oler cacahuetes, humo y gasolina. Si el viento sopla en la dirección correcta, obtienes el amargo olor a lúpulo de la cervecería.

Un policía está parado en la esquina de la calle haciendo girar su porra. Se echa hacia atrás el ala de la gorra y se limpia la frente con un pañuelo.

Horvath aparca en el centro, se traga unas aspirinas y sale del coche. Mira a su alrededor, pero no hay mucho que ver. Golpea la acera y regresa al hotel

LA HABITACIÓN SECRETA

Suena el despertador: dos hombres gritan en el callejón fuera de su ventana.

Recuerda aquella primera noche en el Ejecutivo. Una pelea a puñetazos lo despertó. Cuando salió, había un cadáver y un charco de sangre en los ladrillos escarpados.

Esa fue su primera pista, si es que fue una.

¿Quién lo mató? ¿Quién le pagó al tipo para que lo hiciera? ¿Por qué sucedió justo afuera de mi habitación de hotel?

¿Y quién quería que encontrara el cuerpo?

Dos golpes fuertes en la puerta.

Horvath se pone los pantalones que llevaba la noche anterior, cuelga del respaldo de una silla y camina suavemente hacia la puerta. Entrecierra los ojos por la mirilla.

Gilbert.

Él abre la puerta.

El gerente del hotel se lleva un dedo a los labios, entra y cierra la puerta detrás de él.

Parece mayor, advierte Horvath. Su piel está pálida y no brilla como solía hacerlo. Manchas de gris en su cabello. ¿Cómo pudo envejecer tanto en tan solo unas semanas?. Tal vez siempre se veía de esa manera, y yo no me di cuenta.

"Había un hombre abajo. Hace unos minutos."

"¿Musculoso?"

"Lo dudo. Parecía un detective. Mayor que tú, traje gris, vestido ... discretamente ".

"¿No tiene un clavel rojo en el ojal?"

"Ni siquiera un pañuelo de bolsillo lavanda".

"¿Sigue ahí abajo?"

"No lo creo. El tipo entró, se sentó en el vestíbulo unos minutos, fingió saludar a alguien y salió unos minutos más tarde ".

"¿Alguna vez lo has visto antes?"

"Él hizo lo mismo ayer por la tarde".

"¿Preguntó por mí?" Pregunta Horvath.

"No le dijo una palabra a nadie. Como dije, discreto ".

"Excepto que lo contrató."

"Es un día lento. Y el vestíbulo no está exactamente lleno ".

"Además, es tu trabajo ver todo lo que sucede en este lugar".

"Lo es." Gilbert no sonríe. Está preocupado.

"Buen hombre. ¿Algo más?"

"No. El tipo no dijo nada ni hizo mucho, pero tengo un presentimiento ".

"Bueno, en mi experiencia, esas cosas suelen ser bastante precisas. ¿Qué tipo de sentimiento?

"Te está buscando, y quiere hacer algunos agujeros en tu pecho".

"Bueno, tendrá que esperar en la fila. Mucha gente tiene la misma idea ". Horvath hace una pausa y mira al director del hotel. "Vamos a superar esto bien. Mantén tu cabeza en alto."

"Estoy bien."

Dos palabras sencillas que casi siempre son mentira.

"Una pregunta más", dice Horvath. "¿Dónde puedo consultar algunos registros públicos? ¿Quién es dueño de un edificio o negocio en particular ... algo así? "

"La municipalidad."

"Gracias. ¿Tienes algo más para mí?

Gilbert niega con la cabeza, se gira, abre la puerta y camina hacia el pasillo. Es necesario cambiar algunas bombillas, pero él no parece darse cuenta.

Un enorme edificio gris con leones de piedra custodiando la entrada principal.

Algunas personas van y vienen, pero nadie habla ni sonríe. Llevan maletines, carpetas y carteras. Casi todo el mundo está solo.

Sube los suaves escalones de piedra, cada esquina tan afilada como la hoja de un cuchillo.

En el interior, la primera puerta a su izquierda tiene una placa de latón a la altura de los ojos. *Información.*

Él entra.

Una mujer alta de hombros anchos está detrás del mostrador, mirando un fajo de papeles. Horvath se detiene a unos centímetros de su escritorio, pero ella no lo reconoce ni hace contacto visual.

Tiene anteojos de gato, piel gris pálida y cabello gris recogido en un moño severo. Su blusa blanca ha sido almidonada y planchada hasta que es más un escudo que una prenda de vestir. Piensa en las monjas de la escuela primaria, que llevaban varas de madera como palos y no tenían miedo de golpearlos en los nudillos. Eran tan buenos para hacer arder tu conciencia que te sentías culpable por delitos que no habías cometido y pecados de los que ni siquiera habías oído hablar. Si Jaworski está buscando nuevos músculos, piensa Horvath, debería probar las Hermanas de la Misericordia Infinita.

Sabe que no debe hablar ni toser. Esta mujer es una funcionaria engreída que se lo reprochará a cualquiera que intente interrumpirla o perder su precioso tiempo.

Finalmente, mira hacia arriba. "¿Sí?"

"Estoy buscando registros. Licencias comerciales y … "

"-Sótano. Archivos."

"Bueno. Gracias.

La mujer lo mira con la boca seca como una ciruela pasa y él le devuelve la mirada. Ella sostiene su mirada entrecerrando los ojos como si lo desafiara a hacer otra pregunta.

No es así.

Horvath sale de la oficina.

La escalera está en la esquina. Cruza el atrio. Hombres de traje y mujeres de falda cruzan la habitación sin hablar, con la cabeza agachada, los zapatos repiqueteando en el resbaladizo suelo de baldosas. Techos altos, columnas de falso mármol blanco y una amplia escalera de piedra que conduce al entrepiso. Las paredes están llenas de pinturas al óleo de importantes hombres con el ceño fruncido. Ladrones y mentirosos, piensa.

Baja un tramo de escaleras y atraviesa la puerta del descansillo.

Un pasillo largo y oscuro con alfombras gastadas en el suelo. La mayoría de las puertas no están marcadas. Ninguna está abierta. No puede ver una luz ni escuchar sonidos provenientes de ninguna de las habitaciones.

Al final del pasillo hay una señal de salida y otra puerta.

La abre y entra en una escalera húmeda y estrecha. El suelo es de hormigón pintado con gruesas capas de gris azulado. Una luz parpadea cerca del techo y dos escalones conducen a otra puerta.

Él entra.

Otro pasillo. Hace calor y humedad aquí abajo y pronto descubre por qué. La tercera puerta a la izquierda es la sala de calderas. Dos hombres se sientan en cajones de madera volcados bebiendo de tazas de café astilladas. Cuando pasa, se vuelven y miran fijamente, pero no hablan ni abren la boca.

Horvath puede decir que no están tomando café. Él asiente, sigue caminando.

Es un pasillo corto que termina en una puerta blanca hecha de madera barata con cicatrices. Alguien ha escrito *Archivos* a máquina en una hoja de papel blanco y la ha pegado con tachuelas a la puerta.

Él entra.

Un mostrador corto con un taburete detrás. Más allá de eso, lo que parece un pequeño almacén. Hileras ordenadas de estantes de metal corren desde el suelo hasta el techo, llenas de cajas de cartón.

Hay una campana en el mostrador, pero nadie maneja el escritorio. Golpea el timbre.

Nadie responde, pero unos segundos después oye que alguien se acerca desde una habitación lateral detrás del mostrador.

Es un anciano, delgado y encorvado, de rostro hundido y piel seca y amarilla. La línea del cabello ha retrocedido en forma de herradura, tal vez para buena suerte. Lleva un cárdigan hecho jirones, rasgado en un codo. Su camisa a cuadros está abotonada hasta arriba pero sin corbata, y sus anteojos están cubiertos por una capa de caspa de cejas.

El hombre se ajusta las gafas. "¿Puedo ayudarte?" Su espalda está curvada en una C mayúscula y sus hombros están encorvados por sus orejas, como un buitre.

"Estoy buscando algunos documentos"

"¿No lo somos todos?" El hombre se ríe, suave y lentamente, mirando más allá de Horvath a nada en particular.

"La taberna de Frank, en el centro. Quiero saber quién es el dueño del edificio, quién tiene la licencia de licor ... lo que sea que tenga".

El hombre asiente.

Espera unos momentos antes de darse la vuelta y consultar un libro de contabilidad. Luego, entra al almacén, se dirige a la derecha y luego gira a la izquierda en una de las filas.

El hombre camina arriba y abajo de la fila, se detiene, entrecierra los ojos ante la etiqueta blanca en el costado de una caja.

Se detiene por un minuto, se rasca la barbilla y luego estalla en una risita suave.

Silbando una popular melodía de 12 años antes, gira a la derecha y desaparece en los archivos.

Horvath mira a su alrededor, pero no hay mucho que ver. Una

silla con la tapicería rota, un poco de relleno asomando. Un reloj de pared que lleva siete minutos de retraso. Un letrero de cartón marchito con el horario de oficina. Una bolsa de papel marrón, doblada en la parte superior. El almuerzo del empleado, probablemente.

El hombre vuelve al mostrador, sonriendo. "Olvido algo."

Se inclina, coge un taburete y vuelve a los archivos.

Horvath niega con la cabeza, nada divertido. Tendré su edad antes de salir de aquí.

18 minutos más tarde, el hombre regresa con una carpeta delgada y dos cajas planas del tamaño de novelas de bolsillo.

Está decepcionado de que no haya más, pero también aliviado. Al menos el anciano no se cayó del taburete y murió. Entonces tendría un cuerpo más que explicar.

Esto es lo que tengo, hijo". Deja los artículos sobre el mostrador.

"Gracias." Horvath señala la caja. "¿Qué hay aquí?"

"Microficha."

"¿Qué es eso?"

"Te diré una cosa, no es un pez pequeño. Ha-hu, ha-hu ". El anciano golpea el mostrador y mira a Horvath.

"Bueno, papá, pero en realidad, ¿Qué es?"

"Ven aquí, te lo mostraré".

El hombre se arrastra detrás del mostrador y abre una puerta lateral en el vestíbulo. Hace un gesto con la cabeza para que Horvath lo siga, caminando hacia una puerta de madera marrón. La abre y sigue adelante, sin mirar atrás..

Horvath lo sigue por un pasillo corto que desemboca en una pequeña habitación cuadrada..

El anciano enciende una luz.

Las paredes fueron pintadas de blanco, hace muchos años. Ahora son de color amarillo grisáceo con moho en las esquinas y manchas de agua en las placas de espuma del techo. La luz funciona, pero no bien. No hay reloj, nada en las paredes, no hay decoración. A menos que cuentes un mosquito salpicado de sangre aplastado contra la pared trasera.

Los únicos objetos en la habitación son dos cubos de madera. Piensa en la biblioteca de la universidad, donde la gente se sentaba en cubículos como este para estudiar. Parece otra vida, o la vida de otra persona. Cada cubículo tiene una máquina voluminosa encima con una pesada silla de madera metida.

"Artículos de periódicos y revistas, documentos históricos, trámites administrativos ... todo está en la microficha".

El hombre se sienta, abre una de las cajas, enrosca la película de microfichas en los ejes y ajusta la tensión. Presiona un botón y las máquinas cobran vida, vibrando como un transformador eléctrico, las luces parpadean y chisporrotean.

"Te abres camino a través de la película de esta manera". El hombre le muestra cómo usar los pomos y las palancas. "¿Entendido?"

"Creo que puedo manejarlo".

"Eso espero. ¿Nunca usaste uno de estos?"

"Ni siquiera he oído hablar de ellos".

El hombre se levanta de la silla y coloca las manos en las caderas. "Bueno, aprendes algo nuevo todos los días, ¿No es así?"

"Al menos una vez al mes, de todos modos".

"Tienes razón sobre eso. Em, una cosa que olvidé mencionar. No comer ni beber aquí, mantenga los bolígrafos y lápices lejos de la película, y absolutamente no fumar. Ese material es muy inflamable ".

"Lo haré".

El hombre asiente y mira la alfombra. "Está bien entonces, te dejo a ti. Buena suerte."

Empieza a alejarse, pero después de unos pasos se detiene y se da la vuelta. "Dime, ¿Tienes un amor?"

Horvath no sabe de dónde se le ocurrió al viejo una pregunta como esa. "No estoy seguro."

"¿No estoy seguro? Pff, ¿qué te pasa, hijo?

"Buena pregunta, viejo".

El hombre se aleja murmurando disgusto.

No está del todo preparado para el zumbador, que emite calor como un animal. El mundo moderno, piensa, sacudiendo la cabeza. Las máquinas no van a resolver todos nuestros problemas.

Abre la carpeta. Tiene alrededor de 15 documentos, tal vez más.

Taberna de Frank. 634 Calle 22.

Título de propiedad. Título. Acuerdo de compra. Evaluación de impuestos.

Nombres, fechas, firmas. Abogados.

Papeles de incorporación. Hipoteca. Licencia de licor.

Falta una cosa. Su amor. No hay Doris. O Lana. Ninguna mujer en absoluto.

Mira los papeles una vez más.

No hay Kovacs, ni Kupchak, ni siquiera un maldito Bill Covington.

El edificio es propiedad de Douglass Unseld.

Su firma está en todos los papeles, refrendada por un abogado, Paul W. Tubbs.

Cierra la carpeta y comienza a navegar por la microficha. Nada útil. Solo algunas fotos del edificio en periódicos locales. Un desfile que pasa durante el Día de la Victoria. Un hombre asesinado a puñaladas en la acera del frente.

El segundo filme es mejor. Fotos de Unseld y Tubbs, juntos en los escalones del juzgado. Unseld estrechando la mano de un hombre llamado Turner. Una foto de Tubbs con Earl Peters, jefe de policía. No es de extrañar, piensa. Peters está sucio. Unseld y Tubbs también deben estar sucios. Y Doris.

Ella me ha estado mintiendo todo el tiempo. No me importa, no mucho de todos modos. Lo he sospechado desde hace un tiempo. Todo el tiempo, tal vez. Pero ella me ha estado usando. Eso no me gusta. Tal vez ella esté haciendo más que usarme. Todavía no lo sé.

Mira las fotos y trata de recordar sus caras, para más tarde. Pero las imágenes son granulosas y oblicuas. La película es vieja y la máquina hace que todo brille con una neblina gris amarillenta sobrenatural. Mirar las caras es como tratar de encontrar el camino a casa en la oscuridad cuando estás borracho a tropezones. Todo se mueve y flota. No hay nada a lo que aferrarse.

Él sigue desplazándose pero no encuentra nada nuevo.

Se hace tarde y necesita comer. Necesita beber y fumar. Necesita ponerse de pie y moverse. Quién diría que había tanta investigación involucrada en esta línea de trabajo. Tanto sentarse y esperar.

Horvath se desplaza un poco más, con indiferencia. Está cerca del final del filme.

Se detiene en una foto de media página en la portada de la sección de Metro. El alcalde y el jefe Peters están parados frente a un nuevo hospital sosteniendo un par de tijeras gigantes. Las puertas de entrada están envueltas en cinta amarilla como una faja en una bata de mujer, y están a punto de abrirse camino. Grandes sonrisas falsas pintadas en sus rostros. Debe estar pensando en todo el dinero que sacaron de la parte superior para construir el hospital.

Hay dos hombres parados a un lado, junto a una fila de chicas jóvenes con vestidos blancos y cintas en el pelo. El de la izquierda es Tubbs. Parece que está tratando de esconderse de la cámara. El otro chico sonríe tanto que parece que está a punto de tragarse a una de las chicas.

Horvath se inclina y lee la leyenda.

Robert Van Dyke.

Finalmente, estoy llegando a alguna parte. Sonríe y golpea fuertemente el carrillo con la palma de la mano. Quiere gritar y saltar de alegría. Pero no, tiene trabajo que hacer. Este es solo el comienzo.

Vuelve a la recepción y pregunta por lo que sea que tengan sobre Van Dyke.

Sin papeles. Otro filme.

Se desplaza por la microficha, pero no encuentra nada útil. Solo algunas fotos turbias con su nombre al pie. Esto no le dice nada sobre el hombre que está dentro.

Entonces todos están sucios, todos están involucrados. No se puede confiar en Lana.

Van Dyke es amigo de estos tipos.

Nadie en la firma me dijo eso.

Horvath empaca la película y la lleva al mostrador.

"¿Encontraste lo que buscabas?" El anciano saca un pañuelo de papel arrugado de su suéter y toca la nariz.

"Casi."

Más tarde ese día, llama a la oficina.

Lourette contesta. "¿Sí?"

"Es Horvath".

"¿Qué tienes?"

"Una pista, no gracias a ti".

"Chico inteligente, ¿Eh?"

"No se siente así", dice.

"Entonces, ¿Cuál es esta gran ventaja que tienes?"

"Te lo diré la próxima vez, después de investigar un poco más. Primero, necesito volver a verificar algunas cosas ".

"Bien." Pausa. "¿Casi tienes a este tipo o qué?"

"Pronto espero."

"Más vale. Se te acaba el tiempo ".

"Sólo necesito otra semana más o menos".

Nadie habla.

"¿Algo más?" Pregunta Lourette.

"No, soy bueno. Espera, hay una cosa ".

"¿Sí?"

"Van Dyke. ¿A quién conoces por aquí? ¿Tienes alguna idea de quién podría estar escondiéndolo?

"Te lo contamos hace semanas."

No me dijo nada.

"Te dimos un par de direcciones, ¿Verdad? ¿Una matrícula? Lo que sea que tengamos ".

"Sí es cierto." No me dijiste sobre su conexión con Peters y el alcalde, o cómo están conectados con Jaworski y Gilroy. "¿Está McGrath ahí?"

Pausa. "No."

"¿Dónde está el?"

"Fuera de la ciudad."

El operador le dice que, si quiere seguir hablando, tendrá que meter otro centavo en la máquina. Murmura algo a Lourette y cuelga.

28

LOS TIPOS DUROS NO BAILAN

Por cuarta vez, todos los caminos conducen al Alcalde Childers.

Su familia dirige la taberna de Smith, piensa Horvath. Un bar a la sombra. Hizo una gran fiesta y aparecieron todos los malos de la ciudad. Incluso Gilroy, jefe del sindicato. Su sótano es una mazmorra y sus matones intentaron romperme las piernas. Y ahora esto. Está conectado con Tubbs, propietario de Frank's. Lo que significa que está conectado con Lana. Y conoce a Van Dyke, el tipo al que me han enviado a cazar.

¿Qué significa todo esto?

Alguien de la empresa sabe más de lo que deja entrever. ¿Es Wilson? ¿Atwood? ¿Quién no quiere que encuentre a Van Dyke y por qué?

Horvath se encuentra nuevamente en los escalones de entrada del Ayuntamiento.

No es que fuera muy agradable la primera vez. Esa arpía amarga en el mostrador de información era más intimidante que todo un ejército de pesados. Y ese viejo idiota en los archivos del sótano era lento y espeluznante.

Pero al salir, después de horas de revisar películas viejas y papeles polvorientos, se le ocurrió algo. Algo obvio.

Aquí es donde trabaja el alcalde, Ayuntamiento. Está arriba. Es un edificio público. No podían echarlo o apuntarle con un arma, solo por ser entrometidos. Al menos no con todos mirando. El Ayuntamiento era el lugar más seguro de la ciudad para buscar respuestas.

Él sube la escalera de cemento, le da una palmada en la cabeza a uno de los leones de piedra para que le dé buena suerte y pasa por la entrada principal.

Hoy lleva un sombrero de fieltro, así que lo baja y se dirige al ascensor.

Hombres y mujeres esperan en silencio ante las relucientes puertas cromadas.

Suena el ascensor pero nadie se baja. Entran siete personas. Nadie hace contacto visual.

Presiona el botón blanco brillante del sexto piso, justo al lado de una placa delgada: *La Oficina del Alcalde*.

Por una vez, la vida es fácil.

Pero no es tan tonto como para pensar que el resto será igual de simple.

Está solo cuando se baja en el último piso.

El pasillo es amplio y abierto. Moqueta de color marrón oscuro. Iluminación discreta. Mesa de cristal con jarrón azul y flores recién cortadas. Arte moderno en las paredes, como un niño derramado todas sus pinturas y está esperando que su papá llegue a casa para darle una reprimenda.

Al final del pasillo hay un escritorio y una bonita secretaria. El teléfono suena, así que lo coge.

Cuatro sillones y una mesa de café están colocados en un área de espera al costado de su escritorio.

Sin guardaespaldas, sin matones. Sólo un niño alto y tambaleante de la sala de correo con un ojo vago que hace sonar un carrito por el pasillo. Esta es una oficina del gobierno de la ciudad. Nada mas. Cualquiera puede entrar y hacer una cita. Puede que no te dejen hablar con el grandulón, pero si tienes una buena razón, probablemente te dejen ver a uno de sus asistentes.

Hay otro pasillo que se cruza con este en una unión en T. Gira a la derecha y actúa como si supiera lo que está haciendo. La secretaria no parpadea.

Aquí no hay cuadros en la pared y la iluminación es más intensa.

Sala de descanso. Baños. Armario de suministros.

Sala de conferencias. Un espacio de oficina sin marcar para el personal subalterno.

Se adentra más en el césped municipal. Contralor de la Ciudad. Director de Obras Públicas.

Administrador de la ciudad. Presupuesto y Finanzas. Director de Vivienda.

Llega al final y regresa por donde vino.

En la intersección sigue hacia adelante. Esta ala se parece mucho. Armario. Sala de fotocopiadora. Oficina. Sala de conferencias.

Pero hay una diferencia. Al final del pasillo hay otro vestíbulo, otra secretaria, otro escritorio. El alcalde tiene su propio conjunto de oficinas, una ciudad dentro de una ciudad.

No tiene un plan.

"¿Puedo ayudarte?" pregunta la secretaria, cuando se detiene en su escritorio.

"¿Oficina del Contralor? Llego tarde a una reunión".

Sonríe, como le enseñaron en orientación, como lo hace mil veces al día. "Date la vuelta, ve al otro extremo del pasillo. No me puedo perder".

"Gracias."

Regresará otro día y terminará lo que comenzó.

Horvath regresa al ascensor, presiona otro botón y lo baja.

Esa noche, camina durante horas sin ningún destino en mente, golpeando el pavimento hasta que comienza a golpearlo hacia atrás. Sus rodillas están envejeciendo.

Piensa en el caso tratando de no pensar en él. El caminar y la ciudad lo desgastan hasta que su mente se vacía y las piezas del rompecabezas comienzan a alinearse.

Pero al final de todo, todavía necesita un trago.

Entra en un bar abarrotado sin mirar el nombre encima de la puerta.

La gente viene aquí para sentirse bien, o beben suficientes bebidas para convencerse de que lo hacen.

Se sienta en la barra y pide un doble. Enciende un cigarrillo, se afloja la corbata.

El primer sorbo es mágico, como siempre. Su cuerpo se ablanda y se hunde en la silla, el suelo, la habitación. El whisky es como un baño caliente y un masaje chino, todo en uno. Hace que un cuerpo tenso y dolorido se convierta en una ameba.

Apaga la colilla y pide otro whisky.

Se está acercando. Puede sentirlo. Sus brazos y piernas son eléctricos.

Alguien más se está acercando.

Observó a la rubia tan pronto como entró. Joven, esperanzada, estúpida. Demasiado maquillaje, vestido insuficiente. Ella creció del suyo hace tres tallas. Ella cree que el mundo está a punto de abrirse y darle todo lo que quiere, pero al final solo obtendrá lo que se merece. Igual que el resto de nosotros. Unos minutos antes, estaba sentada a tres taburetes de Horvath. Ahora sus codos se tocan.

"Lo siento", dice ella.

Como muchas palabras, esta suele ser una mentira.

"No te preocupes por eso".

"¿Comprame una bebida?" Ella está amamantando un licor de endrinas.

"Por supuesto." Asiente con la cabeza al camarero, que está limpiando la barra y fingiendo no escuchar a escondidas.

"Soy Cindy".

"Jay McDevitt". Nunca uses tu nombre real, una regla sagrada. "Encantado de conocerte, Cindy."

"Igualmente."

El cantinero le trae otro jaibol.

Levantan sus vasos y beben.

Ella se pregunta si lleva un arma

"Entonces, ¿Qué haces, Jay?"

"Esto y aquello."

"Mm, un hombre misterioso".

Ella le lanza una mirada seductora. Horvath es su tipo de hombre. Grande, fuerte, rugoso en los bordes. Quizás un poco malo.

"Eres un tipo bastante grande". Se mueve en su asiento, asegurándose de que su vestido se suba por su pierna unos centímetros más. "¿Juegas algo?"

"Rugby."

"¿Qué es eso?"

"Es como el fútbol, pero sin almohadillas ni casco".

"Así que eres un tipo duro, ¿Eh?"

"Realmente no. Me sentiría como un tonto usando todo ese equipo de seguridad. Como si fuera un niño y mis padres tenían miedo de que me lastimara ".

"Nunca lo había pensado de esa manera".

Enciende un cigarrillo, toma un sorbo. Mejor que hablar.

"¿Quiero bailar?" ella pregunta.

"No gracias."

"Ay, vamos, amigo. Hazlo por mí." Cindy engancha su brazo con el de él.

"No soy bueno."

Ella sonríe con todos sus dientes, si no más. "Oh, apuesto a que no es cierto".

"Perderías esa apuesta".

"¿Por favor?"

"Mira, yo no bailo".

"¿Entonces que quieres hacer?"

Él comienza a hablar, pero ella lo interrumpe.

"No respondas a eso. Probablemente quieras jugar al pináculo ". Ella sonríe ante su propia broma. "O no, unas manos de bridge".

"No quiero jugar a ningún juego".

"Yo tampoco."

Se inclina más hacia Horvath. Sus piernas se tocan. Ella mira hacia otro lado y da un sorbo a su bebida.

Aquí es cuando se supone que él debe asentarse y llevarla a casa, pero no tiene ganas.

Y por alguna razón parece incorrecto. No debería sentir ninguna lealtad hacia Lana, no ahora, pero no puedo evitarlo.

Cindy pone su mano junto a la de él.

Lo mira y luego saca su billetera.

29

EL HOMBRE DELGADO

Horvath vuelve a la oficina del alcalde al día siguiente, y al día siguiente, pero no pasa gran cosa. Toma el ascensor, camina por los pasillos, busca pistas, hace un gesto con la cabeza a los empleados de la ciudad en el pasillo. Las secretarias le sonríen como si lo dijeran en serio.

Todavía no tiene un gran plan.

La secretaria de la alcaldesa rara vez deja su cargo y, cuando lo hace, una de las chicas del grupo de mecanografía la reemplaza. No hay forma de escabullirse y colarse en la oficina de Childers.

El otro pasillo sería más fácil. No hay secretaria al final. Podría colarse en una de las oficinas y mirar a su alrededor, tal vez encontrar algo útil. Pero solo le interesa el alcalde, no el contralor de la ciudad.

La única posibilidad real, por lo que puede ver, es una oficina vacía al lado de la sala de conferencias. Ayer, vio a un conserje quitar la placa de identificación de la puerta. John Klein. Se pregunta si el tipo se transfirió o si le pusieron un cuchillo en la espalda.

· · ·

Después del desayuno, compra un par de anteojos para leer en la farmacia. No es un gran disfraz, pero es mejor que nada.

Coge dos libros más y un nuevo par de cordones. El dinero se está agotando. Pronto necesitará una reanudación. A menos que pueda resolver el caso antes.

Antes de entrar al Ayuntamiento, se pone las gafas. Hoy no tengo sombrero.

Recuerda a Cindy y el nombre falso que usó. Jay McDevitt. Entre eso y el par de anteojos que realmente no necesita, Horvath comienza a sentirse como Kovacs. O como se llame.

Se pregunta si el tipo realmente existe. Si es así, ¿Se está perdiendo o simplemente se está escondiendo?

No puedo creer nada de lo que dice Lana.

Ella dejó un mensaje en la recepción, pero él no le devolvió la llamada. Aún no.

El ascensor está lleno. Nadie notará a un hombre más con traje oscuro.

Sexto piso.

Se baja el último y camina por el pasillo, gira a la derecha en la intersección.

Algo está mal. El pasillo está más concurrido de lo normal, pero también más tranquilo. Hay una sensación tensa e incierta en el aire. Algunos chicos están inspeccionando el área, mirando en su dirección. No parecen aviones teledirigidos del gobierno. Son músculos.

El baño a su izquierda. Se vuelve rápidamente y comienza a empujar la puerta para abrirla. Antes de desaparecer dentro, reconoce a alguien. Gilroy. Un hombre pequeño y delgado rodeado de guardaespaldas, aduladores y servidores públicos. El alcalde también debe estar presente, pero Horvath no lo vio.

Se echa agua fría en la cara y se la seca con una toalla de papel áspera. Toma unas cuantas respiraciones profundas para calmarse.

No puede evitar preguntarse por qué el Sr. Grande se presentaría hoy en la oficina del alcalde. Algo debe estar pasando, o tal vez ya lo hizo.

Sr. grande. Más como Sr. Pequeño. Flaco como un riel y sólo la mitad del tamaño de un hombre normal, como si quien lo hizo se aburriera a la mitad. Gilroy tiene un pequeño bigote de cepillo, como si eso lo hiciera parecer más alto, pero solo lo hace parecer un niño pequeño jugando a disfrazarse. Parece más un actuario que un señor del crimen, lo cual tiene sentido. Él sabe todo sobre los peligros que existen y exactamente cuánto vale un ser humano.

Debería haber traído un maletín o una carpeta, piensa. Entonces parecería que trabajé aquí. Pero no, me sentiría como un idiota caminando con un montón de papeles falsos.

Toma unas aspirinas, abre la puerta del baño y sale.

La multitud todavía está allí, congregada junto a la sala de conferencias. No ve a Gilroy.

Un hombre corpulento con un bulto debajo de la chaqueta mira hacia arriba, pero solo por un segundo.

Horvath no puede quedarse de pie con el pulgar en alto. Tiene que hacer algo.

Pasa entre la multitud y echa una mirada de reojo, pero no ve mucho.

Nadie se da cuenta de Horvath. La gente va y viene, corriendo como ratas. Camina rápidamente y sonríe como un tonto, para encajar.

En el escritorio de la secretaria, gira a la derecha y camina por un pasillo corto.

No hay mucho aquí.

Se da la vuelta y regresa al vestíbulo.

Ahí está, el alcalde, hablando con un hombre de cejas pobladas y un traje negro de gran tamaño. Desarrollador o banquero. Quizás alguien del negocio del hormigón. Como sea que llamen criminales en estos días.

Políticos. Padres de la ciudad. Pilares de la sociedad.

Una mujer de cabello castaño corto y lápiz labial rojo oscuro está a medio metro detrás del alcalde, con un fajo de papeles en el pecho.

Uno de los matones mira a Horvath.

Agarra un libro de contabilidad de un escritorio desocupado, sonríe y saluda a alguien al otro lado del vestíbulo.

El matón se vuelve hacia el hombre a su lado.

Horvath regresa hacia la multitud, baja la cabeza, gira rápidamente hacia la izquierda y pasa junto a la sala de conferencias.

Abre la puerta de la oficina vacía y entra.

Luces apagadas, nadie aquí.

Pasos fuera de la puerta. Se esconde debajo de un escritorio.

Silencio.

En su mente, ve a un hombre alto escuchando en la puerta, metiendo la mano debajo de su chaqueta.

Horvath cierra los ojos, ralentiza su respiración.

Se abre la puerta. Un clic y luego la luz inunda la habitación.

El hombre no se mueve ni entra. Sólo sostiene el pomo de la puerta y mira a su alrededor.

Una voz urgente en el pasillo.

Luces apagadas, la puerta se cierra de golpe. El hombre se marcha.

Espera dos minutos antes de ponerse de pie.

La gente está empezando a entrar en la sala de conferencias. Pega la oreja a la pared. Tres voces, tal vez cuatro.

El pasillo se está despejando. Todo el mundo está volviendo al trabajo.

Sus ojos se están adaptando a la oscuridad. Un jarrón se encuentra abajo sobre una pequeña mesa junto al escritorio. Tira el agua y las flores en un bote de basura y usa el recipiente de vidrio para escuchar la pared.

Algunas personas más entran en la habitación y se sientan

Ahora puede escuchar las voces con mayor claridad.

Silencio. Se acabaron las bromas. Los hombres se sientan y piensan en lo que vendrá después.

El hombrecillo empieza a hablar. La voz de Gilroy es suave pero distinta.

Están resolviendo un problema sobre los contratos de la

ciudad. El sobrino de Gilroy es propietario de una empresa de eliminación de desechos y el Departamento de Obras Públicas aceptó su oferta de limpiar las calles y recolectar basura. Horvath supone que no fue la oferta más baja. Resulta que el problema es que quiere más dinero y Gilroy no puede entender por qué no lo está obteniendo.

El alcalde está incómodo. Su silla rechina y se aclara la garganta dos veces antes de hablar.

Al final, llegan a un acuerdo. El alcalde entrega más dinero y Gilroy no tiene que dispararle a nadie.

Los abogados están hablando ahora, así que las cosas se ponen aún más feas. Siguen interrumpiéndose, lo que significa que Horvath no puede oírlos muy bien.

Otro silencio, más largo esta vez.

Van Dyke. Oye pronunciar el nombre como si lo gritaran. Ha estado pensando en el tipo durante tanto tiempo que el nombre de Van Dyke le resulta tan familiar como el suyo.

El Dorsett. Mañana por la noche.

Las siguientes frases son confusas.

Van Dyke de nuevo. Pero no, no es eso. Mi hombre Ike. O algo así. Horvath está escuchando cosas. Quiere tanto encontrar a Van Dyke que sus oídos le juegan una mala pasada.

Schwartz. Jaworski.

La puerta se abre y, antes de que Horvath pueda reaccionar, las luces se encienden.

Una mujer alta y delgada con una blusa amarilla lo mira con la boca abierta. Ella se decolora el cabello y se ve así.

Horvath no dice nada, pero deja el jarrón y lucha por esbozar una sonrisa.

Los ojos de la mujer cambian de color. "Eres Fred Dawson, ¿Verdad? ¿De Contabilidad?

"Sí, Hola."

"Delores me habló de ti".

"¿Ella lo hizo?"

"Si." Ella le da una mirada. "Tiene razón, te pareces a ese tipo de *Espartaco*".

"¿Kirk Douglas?"

"No, el otro."

Se quedó sin nombres.

"Soy Vicky".

Encantado de conocerte, Vicky.

"Igualmente." Ella junta sus manos detrás de su espalda. "Dime, ¿Qué vas a hacer después? Algunos de nosotros vamos a casa de Reggie en Claremont ".

"¿Oh sí? Suena divertido."

"¿Por qué no pasas por aquí?"

"Seguro, Por qué no."

"Nos reuniremos a las 5:30".

"Está bien", dice, "Pero puede que llegue tarde. Nos tratan bastante mal en contabilidad ".

"Eso fue lo que oí." Ella ríe. "Oye, ¿has visto a Connie Lewis? Eso es lo que estoy haciendo aquí, buscándola ".

Horvath niega con la cabeza.

"Bien hasta luego." Ella comienza a caminar, luego se detiene. "¿Qué estás haciendo aquí, de todos modos?"

"Haciéndole una broma a Philips".

Su rostro está en blanco.

"Trabaja para el Director de Vivienda. Es su cumpleaños. Te lo contaré todo más tarde ".

"Ah, ok."

"¿Puedo traerlo esta noche?" Pregunta Horvath.

"Por supuesto."

"Hasta entonces." Se lleva un dedo a los labios. "No le digas a nadie que me viste, está bien".

Ella asiente, sonríe y sale de puntillas por la puerta.

Toma el jarrón y comienza a escuchar de nuevo, pero la reunión se está acabando.

Está bien, piensa. He escuchado suficiente.

30

ALTO Y BAJO

Él se despierta temprano. Afuera todavía está oscuro y las calles están en silencio.

No hay pasos en el pasillo, no hay golpes de ascensor, ni puertas que se cierran con un clic.

Coge su libro *Seis cámaras de justicia* y lee el primer capítulo.

Un hombre silba fuera de la ventana cuando comienza el Capítulo 2. Deja el libro.

Ducharse, afeitarse, ropa. Cartera, cigarrillos, encendedor, llave.

Sale de la habitación y camina hacia el elevador de carga.

En el interior, un hombre y una mujer están empujados contra la pared, besándose con bastante fuerza. El tipo es uno de los botones, Skip. Nunca ha visto a la mujer. Sus labios están sobre la cara y el cuello de los demás, y sus manos no pueden quedarse quietas. Se pregunta si son madrugadores o si todavía no han terminado. Horvath presiona la L brillante y mira hacia otro lado.

Da la vuelta a la esquina y entra en la parte trasera del vestíbulo. Aquí no hay mucha luz, no hay sillas ni huéspedes del hotel. Puede ver la recepción a su izquierda y, más allá, la entrada principal. Está de pie contra la pared junto a un ficus en maceta.

Gilbert le da la señal, por lo que se acerca al escritorio.

"Un poco temprano para ti, ¿No?" pregunta el empleado.

"Quería ver cómo te ves antes del amanecer".

"Me veo tan bien a primera hora de la mañana como a la noche". Gilbert ajusta el nudo impecable de su corbata amarilla.

"Pregunta: ¿Qué es el Dorsett?"

"Hotel económico en el barrio coreano. ¿Estás revisando?

"No, este lugar es bastante barato".

Gilbert mantiene la compostura. Sin risa, ni siquiera una sonrisa.

"Entonces, ¿Dónde está barrio coreano?" Pregunta Horvath.

"Al este del barrio chino, ¿Dónde crees?"

"Eres un tipo divertido, lo sabes verdad".

"Sí, señor. Muchas gracias."

"¿Cómo llego hasta ahí?"

"A pocas cuadras al este de Pulaski Plaza, esquina de Lindell y Pine". Gilbert ha estado firmando un formulario. Ahora mira a Horvath. "¿Por qué vas allí?"

"Necesito investigar algo".

"Es una parte mala de la ciudad".

"Tal y como me gusta."

"Bueno, ten cuidado".

"Yo siempre lo soy."

Gilbert levanta una ceja, solo una fracción de centímetro.

"Está bien, tal vez no siempre".

"El Dorsett ... pensé que lo derribaron. Lugar sórdido ". El recepcionista hace una mueca.

"¿Demasiado vulgar para tu gusto, Gilbert?"

"Oh, no hay gusto en absoluto, no en el Dorsett. Verás."

"Me aseguraré de usar mi segundo mejor traje. Una pregunta más. ¿Alguna idea de quién es Schwartz? ¿Amigo de Jaworski, tal vez?

"Probablemente. Está conectado ".

"Imagínate." Horvath se emociona. "¿Cuál es su juego?"

"Posee algunos bares y discotecas. Negocios legítimos ".

"Estoy seguro de que lo son".

"Pero también es un intermediario. Al menos por lo que escuché ".

"Estoy seguro de que estás escuchando bien. Adelante, habla ".

"Organiza reuniones entre vendedores y compradores potenciales. Bienes robados, narcóticos, armas ".

"¿Personas?"

Gilbert se encoge de hombros. "No veo por qué no".

Piensa en el almacén, las mujeres y los niños que vende Jaworski.

"También media cuando hay una guerra territorial, disputas laborales, cualquier tipo de desacuerdo en la calle".

"¿*Mediar*? ¿*Disputa laboral*? ¿Trabajas ahora para la oficina del alcalde?

"Trabajo en el Ejecutivo, señor".

"Buena respuesta." Si quieres un flaco heterosexual, pregúntale a un empleado del hotel. Todos saben eso. "¿Alguna idea de dónde puedo encontrar este Schwartz?"

"Difícil de decir. Escuché que le gusta pasar el rato en uno de sus locales de la zona alta. Club de jazz llamado La Nota Verde ".

Suena bien. "Gracias."

"Está cerca del Dorsett. Siete cuadras arriba y una arriba. No te lo puedes perder. Gran cartel naranja brillante, siempre parpadeando. Buena suerte."

"Lo necesitaré."

Gilbert comienza a decir algo más, pero Horvath ya está a medio camino de la puerta trasera. El desayuno está llamando.

Está acostado en la cama. Ojos cerrados, sin dormir.

El plan es llegar al Nota Verde a las 7:00, antes de que el humo sea tan denso que no pueda probar sus propios cigarrillos.

Gotas de lluvia caen sobre un toldo de metal en el callejón fuera de su ventana. Le recuerda a Horvath ese jazz sincopado que no puede soportar.

Se pone un sombrero y un impermeable antes de bajar las escaleras.

Los dos primeros taxis pasan rápidamente sin detenerse, a pesar de que sus banderas están arriba.

El tercero se detiene y él entra.

"A la parte alta de la ciudad, al Nota Verde."

El conductor asiente, pone el coche en marcha y se incorpora al tráfico.

Mira por la ventana la oscuridad de la noche y las luces eléctricas que cortan todo. Un sol de neón rojo no emite calidez ni comodidad. Horvath intenta leer los letreros que cuelgan sobre los escaparates, pero la lluvia cae con fuerza y todo está borroso y distorsionado. Mira a la gente que pasa y parece que sus caras se están derritiendo. Toda la ciudad es un espejo de la casa de la diversión y se siente mal del estómago.

Gilbert sabía de lo que estaba hablando, piensa. Hasta las direcciones del Nota Verde al Dorsett. El tipo seguro que sabe moverse por la ciudad. Es casi como si supiera qué preguntas le iba a hacer antes de que abriera la boca.

El taxista se detiene junto a la acera.

Horvath se inclina por el asiento delantero y le entrega tres billetes doblados. "Quédese con el cambio."

La lluvia está amainando. Se baja del taxi y mira el club de jazz. Una letra del sol verde se enciende y apaga.

En el interior, se encuentra en un pequeño vestíbulo cuadrado sin luz del techo. Sus ojos tardan unos momentos en revisarlo todo. En una mesa oscura a su derecha, una lámpara está envuelta en un pañuelo rojo.

La anfitriona sonríe como si tuviera una billetera abierta y sus manos estuvieran a punto de meter la mano. Casi llevaría más ropa si estuviera desnuda.

Arriba y a la izquierda hay una pequeña barra. Cinco taburetes vacíos y un camarero cansado. De frente hay un muro bajo de madera oscura. A la derecha, bajando un escalón, una habitación oscura

257

salpicada de mesitas redondas. Las velas arden dentro de los accesorios de vidrio tallado. La mayoría de las mesas están vacías y un combo de jazz está preparando su equipo en el escenario.

"¿Puedo conseguirle una mesa, señor?"

"Me sentaré en la barra".

Horvath se aleja y la anfitriona lo sigue con el ceño fruncido.

No hay otros clientes en el bar. Toma el primer taburete. "Bourbon, genial".

El camarero, parado a medio metro de distancia, no se mueve. Se apoya en la caja registradora con los brazos cruzados. Paño blanco sobre su hombro. Después de unos segundos, sus ojos se desvían hacia Horvath.

"Que sea doble".

El barman espera un momento antes de servir la bebida. Lo deja, sin decir palabra, frente a Horvath.

Un hombre corpulento entra con una mujer más joven, con un abrigo de piel envuelto alrededor de sus hombros. Su vestido escotado brilla. Definitivamente no es su esposa.

"¿A qué hora llega la multitud?" él pregunta.

El cantinero agarra su paño, limpia un vaso de cerveza y lo deja junto a los demás. "Pronto."

"¿Qué pasa con la banda? ¿A qué hora empiezan?

El camarero levanta una botella de ginebra para ver cuánto queda. "Depende".

"Dime, me estaba preguntando. ¿Hay otra habitación aquí? ¿Mas privado?"

"No."

"Ni siquiera para los grandes gastadores".

El cantinero lo mira durante unos segundos. "No."

"No me vas a dejar decir una palabra, ¿Verdad?" Se ríe, débilmente.

Un muro de piedra le devuelve la mirada. El camarero camina hacia el otro lado de la barra y comienza a inclinarse de nuevo.

Horvath toma un gran sorbo de whisky, enciende un cigarrillo y alcanza un cenicero.

Un joven con un maletín está sentado a dos taburetes de distancia. El club se está llenando lentamente de voces ahora, los tacones golpean el piso de madera, las patas de las sillas patinan, las camareras piden propinas.

Levanta la mano para tomar otro trago.

Después de que el camarero lo trae, se da la vuelta y mira hacia la sala principal. La banda está tocando. Es jazz moderno, simplificado y rápido. Casi como el rock 'n roll. Horvath no se da cuenta, pero frunce el ceño. No le gusta la música para adolescentes. Demasiado primitivo. Los músicos no son realmente músicos. Toma una respiración profunda. No te preocupes, piensa. Es sólo una estúpida moda. Pronto, se extinguirá. Mira a la banda. Al menos no es música folclórica. Cristo todopoderoso. Tendría que irme.

El camarero está tomando un pedido del joven. Cuando termina, Horvath se inclina. "¿Dónde está el bote?"

En lugar de hablar, el camarero señala a la izquierda con la cabeza.

La gente está bailando ahora. Horvath mira hacia el baño. Parecen simios, piensa. Sacudiendo sus cuerpos sin ton ni son. Sonrisas estúpidas en sus rostros. Es como si tuvieran ataques de nervios. ¿En qué se ha convertido el mundo?

Camina a través de una cortina de terciopelo, por un pasillo. A su derecha, una mujer curvilínea con minifalda grita al teléfono. El tipo con el que está hablando le responde de inmediato. Puede escuchar cualquier otra palabra. Parece como si ella fuera una arpía parlanchina y él no fuera un buen tramposo. Parece todo correcto.

Va al baño, se corta, se lava las manos y la cara.

No hay toallas de papel.

Mientras se seca en el fregadero, un borracho entra tropezándose, murmurando incoherentemente. Choca contra la puerta de un cubículo y luego rebota contra Horvath.

"Tranquilo."

Endereza al hombre, que se da vuelta y estornuda. Luego se ajusta las solapas y mira a Horvath con los ojos rojos desenfocados.

"Gracias amigo."

"Ni lo menciones".

El borracho mira fijamente a Horvath, se acerca un paso y señala con el dedo su pecho. "Realmente crees que eres algo, ¿No es así?"

"Tranquilo, amigo."

"Oh sí, lo siento. Está bien." Le da una palmada a Horvath en el hombro. "Está bien. No apsa nada."

Cree que es seguro hacerle una pregunta a este tipo. No irá a charlar con nadie. E incluso si lo hiciera, nadie sabría de qué demonios estaba hablando. "Oye, ¿Alguna vez has oído hablar de un tipo llamado Schwartz? Creo que es el dueño de este lugar".

El borracho se frotaba el brazo como si le doliera, pero ahora se detiene y se aclara la garganta. Mira a Horvath y luego al fregadero antes de hablar. "No, nunca he oído hablar de él. ¿Por qué?"

Ahora suena casi completamente sobrio.

"Sin razón."

"¿Sin razón? Tienes que tener una razón, amigo".

"Sólo quería agradecerle. Ya sabes, dile que aprecio el lindo lugar que tiene aquí".

"Ajá." El borracho se da vuelta y vuelve a salir.

Horvath saca un pañuelo, se seca las manos y la cara.

Empieza a caminar de regreso a su asiento, pero tan pronto como separa la cortina de terciopelo siente la mirada del bartender.

Un hombre alto y moreno está detrás de la pared, frente a la barra. Es armenio, o tal vez turco. Sea lo que sea, el tipo no está en servicio al cliente.

Hora de irse. Mira hacia el bar, donde su encendedor y cigarrillos se mezclan con medio whisky. Lástima, piensa. Realmente me gustó ese encendedor.

Pasa junto a la barra, rápido como una camarera, y no capta lo que dice la anfitriona.

Afuera, se dirige a la zona residencial como dijo Gilbert.

¿Puedo confiar en el recepcionista? Sentí que el camarero sabía quién era yo. Me estaba esperando. El borracho no podría haberle dicho que le pregunté por Schwartz, no tan rápido. Y, de todos modos, no habría significado mucho. Un tipo preguntó por el dueño. ¿Y qué? Eso no es suficiente para dar rienda suelta al musculoso armenio. Quizás el viejo Gilbert llamó antes y les dijo que me esperaran.

La tormenta ha terminado, pero las calles todavía están húmedas y sucias. La lluvia no limpió esta ciudad, piensa. Simplemente removió toda la suciedad.

Camina hacia la parte alta de la ciudad, pero las calles conducen cuesta abajo.

Más adelante, una mujer cierra su auto con llave y sale a la acera. Cuando Horvath pasa, se resbala sobre el cemento húmedo. Él la agarra del codo y evita que se caiga, pero ella frunce el ceño y tira de su brazo.

No necesitaba un agradecimiento, pero una sonrisa hubiera sido agradable, o incluso un pequeño asentimiento.

Es un paseo corto hasta el Dorsett, pero no rápido. Las aceras están congestionadas, los autos estacionados en doble fila en la calle, pequeños grupos de hombres se reúnen frente a tiendas y restaurantes, se tropiezan para salir de los clubes nocturnos. Bocinas de coches, chirridos de neumáticos, música, voces, risas, gritos de rabia. Un auto falla, pero él sabe que no debe pensar que suena como un disparo.

En la siguiente cuadra, la acera y la mitad de la carretera están cerradas por obras, por lo que toma un callejón que corre nueve cuadras antes de terminar en la pared de ladrillos de la antigua armería de la ciudad.

Un hombre se sienta en una silla plegable en el techo de lona alquitranada de un edificio de tres pisos. Horvath mira su tranquila sombra.

Apartamentos, pequeños jardines cubiertos de hierba y una casa unifamiliar que da al callejón.

A sus pies hay tierra y grava. Los gatos callejeros se escabullen y huelen a lo largo de una fila de tachos de basura.

Un automóvil avanza lentamente por el callejón, por lo que él se para de lado, contra una valla metálica oxidada.

Al otro lado del callejón, dos hombres se calientan las manos en un fuego que han hecho en un bidón de aceite vacío. El verano ha terminado y las noches son cada vez más frías. Uno de los hombres agarra una lata de frijoles que se cocinan en el fuego. El otro arroja madera reventada a las llamas. El periódico asoma de la parte superior de sus zapatos.

El callejón se vuelve más estrecho con paredes de ladrillo y hormigón a ambos lados. Montones de tierra y cenizas se encuentran entre los edificios. No hay espacio para que pase un coche. Tachos de basura industriales. Colchones viejos. Botellas rotas. Un hombre gordo y una trabajadora se adentran en una puerta apartada del callejón. Cuatro vagabundos están parados fumando y bebiendo de bolsas de papel. Un hombre se sienta en el suelo de espaldas a la pared, dormido. Alguien canta una vieja canción escocesa.

Después de la siguiente cuadra, hay una choza de madera contrachapada construida en un hueco del callejón. Junto a las paredes de ladrillo, hombres y mujeres duermen bajo cartones y periódicos. Hooverville.

Una ardilla salta de una escalera de incendios y el metal suena.

Más fuegos arden. Un hombre en camiseta abre una ventana del tercer piso y arroja un cubo de basura al suelo. Un perro grita y sale corriendo hacia la noche, pero los vagabundos no se molestan en moverse. Una mujer con calcetines hasta la rodilla caídos y una bolsa de la compra se dirige hacia el sur por la calle principal.

Horvath gira a la derecha y se detiene un momento en la acera para orientarse. Dos cuadras más. El sigue adelante.

La plataforma elevada está al frente. Cuando se acerca, un tren entra en la estación y se detiene. Los rostros en las ventanas no parecen demasiado emocionados para llegar a donde sea que vayan. Camina bajo el andén y pasa la estación.

OSCURO FINAL DE LA CALLE

Casi ahí. Las señales cambian del inglés a lo que sea que usen los coreanos. Aquí las caras son diferentes y las tiendas son más pequeñas. Las calles son menos ruidosas pero aún más empinadas y estrechas, no más anchas que el callejón que acaba de dejar. La gente camina o anda en bicicleta. Se inclina hacia adelante y se precipita cuesta abajo entre faroles rojos y letreros amarillos brillantes. Se siente como si estuviera entrando en las ardientes entrañas de la tierra, y tal vez lo esté.

Tienda de comestibles, carnicería, charcutería. Bar, restaurante, tienda de la esquina. Hombres, mujeres, niños, abuelos. Aquí todo es igual, sólo que diferente.

Ve el hotel, al otro lado de la calle.

El letrero es naranja, pero no es brillante y no parpadea. Ni siquiera está encendido. Gilbert estaba equivocado en eso, al menos.

No derribaron el lugar, pero parece que lo intentaron.

Las ventanas faltan o están tapiadas. La basura se amontona frente al edificio ya ambos lados, como una especie de jardinería enfermiza. La entrada principal está cubierta de graffiti y falta la puerta principal. Este lugar luce peor que el 436 Cantrell, donde le dispararon. La herida del brazo le pica como si tuviera su propia memoria.

Los coreanos caminan sobre el otro lado de la calle. Ni siquiera miran el Dorsett. Tal vez estén fingiendo que no está allí.

No ve a nadie que no sea coreano.

Hay una librería a 30 metros más adelante, frente al hotel. Libros de Giebenrath. Es la única tienda que tiene un letrero que puede leer.

Entrará y vigilará el Dorsett desde allí. Verá quién entra y quién sale. Orientarse antes de dar el siguiente paso.

Entra y mira a su alrededor. Es como una librería normal, pero con una gran cantidad de títulos extranjeros. Coreano, chino, quizás japonés. Francés, alemán, ruso, español. Otros idiomas que ni siquiera puede adivinar.

Un empleado hace contacto visual con él desde detrás de un mostrador. Horvath asiente y el hombre se inclina sin sonreír.

Toma un libro al azar, lee la portada. Franny y Zooey. ¿Qué tipo de título es ese?

Después de buscar en las estanterías durante unos minutos, camina hacia el frente de la tienda y mira por la ventana. No hay luces en el edificio. Nadie afuera en el porche delantero. Nadie entra ni sale.

El Dorsett es más escombros que hotel. Hay un agujero en la pared de la planta baja. Podrías atravesarlo con el brazo. Le recuerda las fotografías de la guerra. Londres ardiendo después de un ataque aéreo alemán.

Horvath era demasiado joven para la Segunda Guerra Mundial y nunca lo llamaron para Corea. Piensa en su padre.

Finge leer la primera página de la novela, o lo que sea.

Nadie usa la acera derrumbada frente al hotel, excepto una pareja de ancianos. Pasan por delante del Dorsett del brazo, con la cabeza agachada. Cada paso es lento y cuidadosamente planeado. Horvath sabe que muy pronto no podrán vivir solos. ¿Entonces qué?

El empleado se le acerca por detrás, en silencio. Él tose. "¿Puedo ayudarle señor?"

"No, gracias. Sólo estoy mirando."

El empleado retrocede y vuelve al mostrador.

Es hora de ganarme el sueldo. Horvath deja el libro y sale al exterior.

Afuera, dos matones callejeros molestan a una mujer de mediana edad. No pueden tener más de 11 o 12 años. Están tratando de robarle el bolso, pero ella está dando pelea. Uno de ellos le da un puñetazo en la espalda. Un hombre mira desde una ventana cercana, fumando un puro, y una pareja joven pasa caminando, pero nadie se detiene para ayudar a la mujer.

Horvath se acerca, agarra a uno de los niños por el cuello y lo aparta de la mujer. "Fuera de aquí, ustedes dos".

"Ocúpate de tus propios asuntos, viejo".

"Sí, piérdete".

No está seguro de qué es peor, robo y asalto o la forma en que le están hablando. ¿Todavía son niños, y esto es lo que están haciendo? ¿Qué pasó con el pinball y enamorar chicas? Y mira su cabello. Está más allá de los cuellos de sus camisas.

Los niños dejan a la mujer sola y se vuelven hacia Horvath.

Uno saca una navaja de su bolsillo trasero, mueve la hoja, se acerca un paso.

La mujer sale corriendo.

Los dos muchachos caminan hacia él, agachados como luchadores.

Horvath se queda quieto, como si no fuera a hacer nada.

Los chicos se miran entre sí.

En el tiempo que les toma a los chicos mirar atrás a Horvath, se lanza hacia adelante y le da a uno de ellos en la cara. El otro niño da un paso adelante y levanta el cuchillo. Horvath agarra su muñeca, girándola hasta que el niño grita de dolor y deja caer la hoja. Lo toma por las solapas y lo arroja contra la pared de una esquina de la tienda.

Unos segundos después, los niños se escapan. Ya no se sienten tan poderosos, pero pronto se graduarán en armas y robo a mano armada, lesiones corporales graves y homicidio.

Lo último que quería era llamar la atención sobre sí mismo.

Se baja el sombrero, cruza rápidamente la calle y atraviesa los restos sin puerta del hotel.

Sus zapatos repiquetean sobre las baldosas rotas del suelo.

Más adelante, hay un espacio vacío donde solía estar la recepción. El mostrador de madera y los casilleros se han quitado de la pared, probablemente para hacer leña. Horvath puede ver sombras de color gris hierro en la pared blanca, donde solían colgar los objetos.

A su derecha hay una escalera. En el primer escalón hay una rata muerta, como un botones dormido.

Puede escuchar pasos en lo alto, así que pasa por encima de las alimañas muertas y sube las escaleras.

Me siento como una rata, piensa. Corriendo en círculos. Nunca llegar a ninguna parte. Alimentándome de sobras. Siempre encontrándome en casuchas sucias como esta.

Horvath camina lentamente, de espaldas a la pared, con colillas de cigarrillos y tapas de botellas bajo los pies.

Espera en el descansillo. Las voces y los cuerpos en movimiento se han detenido.

Lentamente, gira a la derecha y camina por el pasillo.

Otro día, otro hotel barato. Tal vez me disparen de nuevo, piensa. Tal vez sangre un poco más.

Segunda habitación a la izquierda. La puerta está medio abierta.

Se pone de pie y espera. Nada.

Con el pie izquierdo, abre la puerta de un empujón y retrocede. Si hay una pistola esperándolo, quiere tiempo para correr.

Nada.

Se inclina hacia adelante y mira por el marco de la puerta.

Está oscuro, pero puede ver sombras esparcidas por la habitación.

Él entra.

Una forma oscura gira la cabeza lentamente, luego se da la vuelta. Nadie más se mueve. Nadie habla.

El hedor es abrumador. Se ha encontrado con cadáveres de tres días que huelen mejor que esto.

Horvath enciende un cigarrillo para poder ver qué está pasando aquí.

Cuando el encendedor chispea, puede ver caras, cinco o seis de ellas. Una mujer. Pálida, demacrada, asiática.

Una silla, dos sofás rotos. Unas cuantas bolsas para la noche, un bote de basura lleno de escombros.

Demonios de la droga, ni muertos ni vivos. Fantasmas que acechan la ciudad de sus antiguas vidas.

El Dorsett es una guarida de drogas. ¿Por qué la ciudad no hace algo al respecto? Cerrar este lugar. El alcalde probablemente esté en el negocio de la droga, por eso.

"Qué tal..."

Se vuelve y ve a un joven flaco, en realidad un niño, acostado en una estera delgada en la esquina de la habitación.

"Ojo, whu ..."

Horvath no está seguro de si el niño habla coreano, japonés o simplemente murmura en inglés. Tal vez esté soñando.

Pasa por encima de un montón de ropa y basura, se inclina y mira al tipo. Lleva pantalones rotos y una camiseta manchada. Su cinturón está apretado alrededor de su brazo derecho, que está salpicado de sangre seca. Junto a él hay una jeringa en el colchón, como si fuera su novia.

El niño levanta la cabeza, sonríe y comienza a abrir la boca, pero luego se deja caer y cierra los ojos.

Horvath se vuelve y mira alrededor de la habitación. Esto no es por lo que vino aquí.

Él sale, sigue avanzando por el pasillo.

Hay un bulto del tamaño de un hombre en el suelo contra la pared del fondo. Se acerca y lo empuja suavemente con el pie izquierdo. El bulto no se inmuta. O está muerto o cabeceando. Horvath no puede decirlo y ni siquiera está seguro de que haya una diferencia.

Se pregunta si la vida realmente era mejor antes de la guerra, como dicen los viejos.

Tal vez sea así.

Pero luego recuerda la Gran Depresión y la Primera Guerra Mundial.

De vuelta a la escalera.

Mira hacia el tercer piso, pone un pie en el primer escalón.

No, pase lo que pase, estará en el sótano. Siempre el sótano. Es más oscuro, hay menos gente alrededor y siempre hay una salida trasera.

Baja un tramo y luego se detiene a escuchar. Nada. Deja caer el cigarrillo y lo muele contra el suelo.

Incluso con más cautela hasta el sótano, con la mano en la barandilla. Pasos ligeros.

No hay puerta en el descansillo. Se detiene y espera, pero no puede oír nada por encima del latido de su corazón.

Avanza, abrazándose a la pared. Un paso largo y lento cada tres o cuatro segundos, como un sueño en el que te persiguen pero tus piernas no se mueven lo suficientemente rápido.

Hace frío y está oscuro. Los objetos cuadrados se alinean en las paredes. Cuarto de lavado. Los tubos de latón y cobre se han quitado y vendido como chatarra.

Camina hacia una habitación más pequeña. Almacenamiento. Estantes y armarios. Una despensa.

El sótano es largo y estrecho, una serie de habitaciones conectadas como vagones.

Un ruido. Se detiene, se estrella contra la pared.

Pies arrastrándose, voces, un bostezo. Los sonidos vienen de detrás de él.

Se desliza hacia la habitación contigua.

La cocina es más grande que las otras habitaciones. Algunas de las estaciones de trabajo se han eliminado, pero las estufas permanecen. Algunas ollas y sartenes están por ahí. Hay una puerta trasera más adelante, a la derecha.

Los pasos se acercan.

Entra en la cámara frigorífica. No hay luz, así que no se congelará. De todos modos, la ventana redonda de la puerta está rajada; falta un gran trozo de vidrio y los trozos más pequeños cuelgan de hilos de telaraña.

Se quita el sombrero, se para en las sombras y mira a través de la ventana rota.

Tres hombres entran en la cocina. Se reúnen alrededor de una mesa de metal a cuatro pies de distancia de la nevera.

Otro hombre, más pequeño, entra detrás de ellos. ¿Gilroy?

La puerta trasera deja entrar un poco de luz, pero no mucha. Entierra los ojos en la habitación gris.

No ve a Jaworski. Quizás envió a uno de sus secuaces. Un

hombre usa un abrigo largo y oscuro con cuello de piel, actuando como si estuviera a cargo. Probablemente sea él.

Hay un tipo bajito y redondo que lleva un traje de tres piezas. Debe ser Schwartz.

No puede ver al hombre más pequeño.

El último tipo es grande y cuadrado, musculoso. Podría ser Marco. No está seguro.

El gran hombre sostiene una gran cartera. Lo deja sobre la mesa y lo abre.

El secuaz de Jaworski entra y saca un paquete cuadrado, del tamaño de un ladrillo. Lo pesa en su mano. Los hombres hablan. Las voces se hacen más fuertes. Están discutiendo. Los hombros, bíceps y mandíbulas se tensan. Las venas del cuello del matón comienzan a temblar.

Un intercambio de drogas.

El hombre de Jaworski enciende un cigarro, da algunas caladas, lanza una gruesa cuerda de humo al aire por encima de su cabeza. Se balancea sobre sus talones, suavemente, y luego señala al hombre bajo con la punta de su cigarro.

El hombre bajo se encoge de hombros, dice algo demasiado bajo para escuchar desde el interior de la nevera.

Horvath mira al hombre de Jaworski. La piel de su rostro despeinado parece delgada y amarilla. Las crestas de sus pómulos son afiladas como un machete y parece ansioso por cortar a alguien.

Miedo, excitación, ansiedad. Con toda la adrenalina corriendo por sus venas, se siente tan drogado como la gente cabeceando en el piso superior. Podría morir esta noche, pero se siente más vivo que nunca. McGrath no le enseñó esto, pero le dio la oportunidad de aprender por sí mismo.

Hay algo largo y pesado en el suelo. Horvath se inclina y lo recoge. Una tubería de plomo, dentada en un extremo y comenzando a oxidarse. Siente el peso en su mano. Hará el trabajo.

Oye el pedernal y los engranajes de un encendedor, ve la chispa azul y la llama naranja.

El hombre pequeño da un paso adelante y mira dentro de la bolsa de drogas, mueve los bultos y los cuenta. Saca un fajo de billetes del bolsillo del abrigo y se lo pasa al musculoso.

Pero no es la cara de un hombre. Es una mujer. Lana.

La verdad, al fin.

31

PAÍS DE LAS MARAVILLAS DURO

Solo puede escuchar algunas palabras aquí y allá, restos de conversación. Pero la idea principal es bastante clara. Vende las drogas, quema el edificio. Devuelve un porcentaje al alcalde ya la policía.

Jaworski y sus hombres realmente se están ganando el sustento, piensa. Armas, incendios, drogas, mujeres, niños, palizas y asesinatos. Arreglando las peleas. Tienen todo lo que quieras en un solo lugar, como una tienda por departamentos.

Y Lana. Ella ha estado jugando conmigo todo el tiempo. Alimentarme con mentiras, vigilarme, informar ... ¿A quién? Jaworski? ¿La firma?

Caí en el truco más antiguo del libro. Una mujer guapa giró mi cabeza. Perdí el enfoque. Perdí el control del caso. Sabían cada movimiento que estaba a punto de hacer, porque ella se lo dijo.

¿Cómo figura Van Dyke en todo esto?

No puede responder a ninguna de estas preguntas, todavía no, pero se está acercando.

La reunión se está acabando.

"Nos iremos primero", dice el hombre del abrigo forrado de piel. "Espera unos minutos antes de seguirnos".

Schwartz y Lana asienten.

Los hombres caminan hacia la puerta. El hombre grande lo abre y, con un poco de esfuerzo, lo abre.

Puede oír cómo la pesada puerta raspa las jambas.

Caminan hacia la noche. El matón cierra la puerta.

Lana le dice algo a Schwartz, quien se ríe sin alegría.

Horvath agarra la tubería y se pone de pie. Está listo para hacer lo que tiene que hacer. La puerta trasera está a solo unos metros de distancia, por lo que no tiene tiempo ni espacio para acercarse sigilosamente.

Lana recoge la bolsa. Su hombro cae por el peso.

Él aprieta su agarre en la tubería. Los músculos de su brazo se contraen y el sudor le corre por un lado de la cara.

Schwartz la deja ir primero porque es un tipo estupendo.

Salta de la nevera y se balancea salvajemente. Conecta con el costado de la cabeza de Schwartz, pero es sólo un golpe oblicuo. El hombre se dobla y sus rodillas caen al cemento, pero su cuerpo no colapsa.

Lana no sale disparada por la puerta, lo que sería un instinto más útil. En cambio, se vuelve para ver quién está allí y qué está haciendo. Horvath no puede ver su rostro a través de la oscuridad.

Schwartz se levanta y busca un cuchillo en su bolsillo.

Horvath hace otro swing y esta vez conecta un triple. La punta dentada de la pipa atraviesa la oreja de Schwartz. Puede sentir cómo el metal atraviesa la piel. El hombre grita y Horvath oye cómo la piel rosada cae al suelo y aterriza sobre un lecho de sus propios jugos.

Schwartz lo mira fijamente por un segundo con ojos opacaos antes de lanzarse hacia adelante. Levanta el cuchillo y lo balancea salvajemente, pero Horvath le da un golpe en el brazo y lo golpea en la espalda con la pipa.

Lana no se ha movido. Él la vigila para que no se escape por la puerta trasera.

Schwartz ha dejado caer el cuchillo. Se tambalea, da un paso adelante, levanta los puños.

Horvath tira la pipa. Puede decir que a Schwartz no le queda mucho. No tenía mucho para empezar.

Schwartz finge un gancho de izquierda y luego intenta conectar un derechazo, pero sus brazos son cortos y sus reflejos son lentos. Horvath rechaza el golpe, lo golpea en el estómago dos veces y luego usa su mano izquierda más débil para aplanar la nariz del tipo.

El gordo está inconsciente en el suelo.

Horvath no se siente bien al respecto. Es solo una pelea real si ambos hombres tienen la oportunidad.

Por un segundo o dos, ha perdido de vista a Lana, pero luego la oye respirar con dificultad, tratando de abrir la puerta. No puede hacerlo, especialmente con la pesada cartera en la mano.

Horvath se acerca. "No intentes correr. Te golpearé si tengo que hacerlo."

"Y yo que pensé que eras un verdadero caballero".

Le toma unos segundos, pero Lana se da la vuelta.

Tiene una .38 de punta chata y parece que está preparada para usarla.

"Así que ahora lo sabes, ¿Eh?"

"Probablemente siempre lo supe, si soy honesto. Pero, ¿Quién quiere hacer eso, verdad?"

Ella no dice nada.

Horvath enciende un cigarrillo, mira sus brazos en busca de un temblor que nunca llega. Esta no es la primera vez que sostiene un arma en sus manos. "Supongo que siempre llegamos a esto".

"Sólo si tú quisieras."

"Nunca quise esto".

"Yo tampoco", dice Lana, "Pero aquí estamos".

"La vida es un negocio terrible, ¿No?"

"Puede ser."

No hablan durante casi un minuto completo. Se da cuenta de las pequeñas ventanas en lo alto de la pared, cubiertas con persianas hechas jirones.

Ella agita el arma. "Muévete allí, dos grandes pasos".

Levanta las manos y camina hacia atrás. "¿Me estabas investigando desde el principio o te convirtieron?"

"Desde el comienzo."

"Diré todo esto, eres una gran trabajadora. Drogas, putas, niños ... "

"... No tengo nada que ver con esos niños".

"Pero tampoco estabas haciendo nada para detenerlo".

"¿Qué puedo hacer? El sindicato hará todo lo que tenga que hacer ".

"Seguro, seguro. Eres una verdadera santa ".

"Quizás no, pero trazo la línea en alguna parte".

Hace una pausa. "Eres una muy buena actriz".

—Me gustaste, Horvath. Todavía lo hago. Esa es la verdad."

"Sí claro. No sabrías la verdad si se levantara y te mordiera el trasero ".

Pero puede verlo en sus ojos. Los sentimientos eran reales. Quizás todavia lo sean.

Nada de eso importa, ya no.

"¿Y Kovacs?" él pregunta.

"No hay Kovacs, pero probablemente ya lo hayas descubierto".

Él asiente.

Schwartz gime.

Horvath mira al pobre bastardo. Su camisa blanca limpia está cubierta de sangre. Le falta la mitad de la oreja y un trozo de piel del cuello.

"Te ayudé, ¿Sabes? Puede que no haya habido ningún Kovacs, pero realmente intenté ayudarte a encontrar a Van Dyke ".

"Ajá."

"Te digo la verdad, Horvath. Estaba de tu lado ".

"Seguro que lo estabas."

"No les dije todo".

"¿Y qué, fue una traición? ¿Triple? ¿Cuádruple? Estabas jugando todos los ángulos. Todo está tan desordenado como la oreja de este tipo ".

No te burles de él, Horvath. No deberías patear a un hombre cuando está caído ".

"No hay daño. No puede oír una palabra de lo que estoy diciendo ".

"Buen punto."

"Entonces, ¿De qué lado estás?" él pregunta. "¿O no puedes decir nada más?"

"De ningún lado. Estoy en esto por mí mismo ". Ella mira hacia abajo por un segundo. Mira, lo siento. Realmente lo estoy. La verdad es que hubo un Kovacs en mi vida. Demonios, había más de uno. La rata tomó todo mi dinero y se fue de la ciudad ".

"¿Y ahí fue cuando te metiste en la vida del crimen?"

Ella se encoge de hombros. "No tuve elección. No es que yo tuviese opción, de todos modos ".

Su historia no es tan diferente a la mía, piensa. Pero no le voy a decir eso.

Oye el rugido de un motor V-8. Hay una rotura en las persianas, por lo que puede ver un par de faros delanteros. Él también puede ver mejor su rostro. Lana parece cansada ahora y mayor. Las líneas alrededor de sus ojos son más gruesas y hay más. O tal vez sea solo la iluminación.

"Tenía la esperanza de que pudiéramos escapar juntos", dice. "Deja todo esto atrás y comienza de nuevo, solo tú y yo. Vete a algún lugar lejos de este horrible lugar ".

"¿Por qué iba a confiar en ti?"

"No lo sé."

Deja caer el cigarrillo, lo aplasta bajo el tacón de su zapato. "Entonces, ¿Quién te contrató?"

"Sabes que no puedo decirte eso".

Él asiente.

"¿Seguro que no quieres venir conmigo? Me voy de aquí, contigo o sin ti ".

"No."

Ella se acerca un poco más.

"Vamos", dice, "Dime para quién estás trabajando. Eso es lo mínimo que puedes hacer ".

"No puedo hacerlo".

"Si realmente te gusto tanto, pruébalo".

Ella le apunta con el arma al pecho.

"¿Cuál es el daño? No es como si nadie se enterara jamás. Los hombres muertos no hablan de cosas triviales ".

"Jaworski."

"¿Alguien mas?"

"No. Solo él."

"¿Qué es lo siguiente?" él pregunta.

"Sabes lo que sigue. Tiempo para una siesta."

"¿Qué tal un último deseo? ¿No tienes que dármelo? "

"No tengo que hacer nada".

Ahora está tranquilo.

"¿Qué es?" ella pregunta.

"Un beso."

"No en tu vida."

"Está bien, ¿Qué tal si cierro los ojos y finjo? Entonces puedes dispararme ".

"Está bien, si eso es lo que quieres".

Cierra los ojos y una sonrisa tonta flota en su rostro. Extiende los brazos como un espantapájaros y permanece así durante 20 segundos.

"¿Casi has terminado con esto?" ella pregunta.

"Casi."

Él sonríe aún más ampliamente, como un lunático. Ella ríe.

Después de unos momentos más, comienza a bostezar.

Cuando Horvath escucha esto, imagina una mano subiendo a su boca y la otra deslizándose unos centímetros hacia abajo. Eso es suficiente.

Él se tambalea hacia adelante y patea el arma de su mano.

Ella se apresura, pero él empuja hacia atrás y ella cae al concreto, golpeando contra el costado de un mostrador de metal.

Horvath no va a morir después de todo, al menos no esta noche.

Le quitó la pistola de la mano de una patada y ahora piensa en darle una patada en los dientes.

Ella puede leer la ira y la amargura en su rostro. "Adelante, hazlo. ¿Eso te hará sentir como un hombre de verdad?"

"No."

"Bueno, hazlo de todos modos".

"No me gustaría arruinar esa linda cara tuya, no importa cuántos lados tenga".

Saca su pañuelo y levanta la pistola. Lanza el cuchillo de Schwartz a la esquina.

Se pone de pie y se limpia la suciedad del abrigo. Schwartz gime y se contrae.

Horvath observa a Lana, Doris, cualquiera que sea su nombre. Se da la vuelta, abre la puerta y sale.

Las calles están vacías, pero un perro escrofuloso lo sigue al centro durante varias cuadras. El animal está perdiendo el pelo y tiene manchas rojas por toda la piel. Parece que no ha comido en un tiempo.Horvath espera a que pase un automóvil antes de cruzar la calle. El perro lo mira y tose como un anciano con enfisema. Es un largo camino de regreso a casa.

32

LA VENTANA ALTA

Por la mañana, todavía en la cama, Horvath busca un encendedor que no está allí. Lo dejó en la barra del Nota Verde. Esa no es forma de empezar la mañana.

Se viste rápidamente y se dirige a una tienda de la esquina a comprar cigarrillos y un encendedor. Agarra un par de barras de chocolate también, porque no tiene ganas de sentarse solo en la mesa de un comedor grasiento, no hoy.

Recuerda un domingo por la mañana cuando su esposa hizo huevos con tocino con tostadas crujientes y tanto café caliente como pudo. Parece que fue hace un millón de años y la memoria de otra persona.

Se traga la primera barra de chocolate de camino a la tienda italiana.

En el interior, la tienda está tranquila. Todavía es temprano. Puede escuchar las voces de los niños en la acera, caminando hacia la escuela.

Pide un espresso doble y lo lleva afuera. De espaldas al edificio de piedra, se sienta en una de las dos mesas de hierro.

El dueño lo sigue con una escoba y un recogedor.

Desnuda el paquete de Lucky's, apaga el primer cigarrillo y lo enciende.

Bebe un espresso, se recuesta, y se relaja.

Está solo en esto, contra toda la ciudad y todos los que conoce. Tienen pistolas y cuchillos y él no tiene nada más que sus puños y, si no exactamente cerebro, un poco de sentido común. Las probabilidades están en su contra, pero por el momento no cambiaría su vida por la de nadie. Toma otro sorbo para confirmar la idea.

El dueño ha estado barriendo la acera frente a su tienda. Ahora está colocando los residuos junto al edificio y por la entrada principal. Barre debajo de la mesa de Horvath y justo encima de la parte superior de sus zapatos.

Se bebe el resto del café y su cerebro se enciende como una máquina de pinball.

Entonces Lana es parte de eso, piensa. Lo supuse tanto, por lo que no me dice nada nuevo.

Jaworski conocía todos mis movimientos, al menos aquellos de los que le hablé. Y probablemente tenían un chico conmigo desde el principio. Podrían haberme matado hace mucho tiempo, pero no fue así. ¿Por qué?

Porque valgo más para ellos vivo que muerto. ¿Para qué exactamente?

Eso es lo que aún necesito averiguar.

Conocí a Lana esa primera mañana. El sindicato me ha estado siguiendo desde el primer momento. No he hecho ningún progreso real. No he aprendido nada, no he encontrado nada. Cierra los ojos y recuerda esa primera mañana en la ciudad.

Una pelea fuera de la ventana. Un cadáver en el callejón. Un trozo de papel con un nombre. Una marca de tiza en el cristal de la ventana para que la empresa supiera exactamente dónde estaba.

Todo empezó desde aquí.

El ruido de la pelea me llevó al callejón donde encontré el periódico. Eso me llevó a Paradise City, donde fui perseguido por dos matones. Todo lo demás se remonta a eso.

¿Quién se aseguró de que apareciera un cadáver fuera de mi ventana?

¿Quién dejó el trozo de papel?

Muchas preguntas.

¿Quién me dijo que dejara la marca en la ventana? McGrath.

Esa es la única pregunta con respuesta. No puede ser él. No puede ser.

Pero tiene que serlo.

Horvath ha estado dando vueltas al pensamiento durante unos días, pero era demasiado perturbador para mirarlo. Ahora tiene que recogerlo y ver exactamente qué es. Ser traicionado por Lana ya era bastante malo, ¿Y ahora esto? McGrath es su amigo más antiguo, el único hombre en el que realmente confía.

Tal vez ese fue el problema. ¿Qué decía siempre McGrath? *Mantén los ojos abiertos y la boca cerrada. Y no confíes en nadie, especialmente en tus amigos.*

Todo fue un montaje. No hay Van Dyke. No hay dinero robado. No necesitaban enviarme a la carretera. He estado buscando un fantasma.

Van Dyke, Jaworski, cadáveres. Todos eran distracciones. McGrath está escondiendo algo y necesita mantenerme ocupado para que no lo encuentre.

¿Qué está escondiendo? Y por qué yo ¿No podría encontrar a alguien más para ser el chivo expiatorio?

McGrath me envió en una misión para encontrar a alguien, pero siempre fue la persona que estaba buscando. ¿Quién más participa, cuánto saben y cuál es el plan?

Más importante aún, ¿Cómo se supone que terminará?

Su cerebro no puede desenredar todos los nudos. Cada pregunta lleva a tres más, y ninguna se resuelve. Le palpita la cabeza, por lo que toma unas aspirinas.

Lana, McGrath, su ex esposa. Todos lo decepcionaron, pero Horvath está aún más decepcionado de sí mismo. Lo tomaron por un tonto. Bajó la guardia y ahora está pagando el precio.

McGrath le enseñó cómo escapar de espacios reducidos, pero parece que no puede escaparse de este.

Se pone de pie y vuelve a entrar para tomar otro expreso.

Es una noche calurosa. Justo cuando piensas que el verano ha terminado, vuelve más fuerte que nunca.El ventilador de techo está roto. Las cortinas están corridas, pero la puerta de la escalera de incendios está abierta de par en par.

Horvath se fue a dormir hace tres horas, pero ahora está completamente despierto.

Se sienta en la cama, enciende un cigarrillo.

El billete de autobús está sobre la mesa a varios metros de distancia. Mañana a las 11:35 am, se va de la ciudad.

No hay nada más que pueda hacer aquí, y nadie por quien hacerlo.

¿Pero entonces qué? se pregunta a sí mismo. Podría empezar a recopilar pruebas sobre lo que sea que haya estado haciendo McGrath y traerlas de vuelta a la empresa. Asegurarme de que reciba lo que le espera, de que nada de eso me incumbe. Concertar una reunión con Wilson o tal vez con el gran hombre, Atwood.

No, nada de eso se siente bien.

Irá a un lugar nuevo y empezará de nuevo.

Horvath niega con la cabeza, enojado consigo mismo. Él tuvo la misma sensación hace años, cuando falló una entrada importante en el campo de rugby y decepcionó a su equipo.

McGrath me enseñó todo lo que sé. Él es el único que sabría dónde estaba, qué estaba haciendo y cómo lo haría. Era tan obvio, pero no pude verlo. Se suponía que la marca en la ventana era para mí. Para poder divisar mi habitación desde el exterior. Si veía sombras moviéndose detrás de las cortinas, sabría que algo estaba pasando. Y les ayudaría a encontrarme en caso de que necesite ayuda. Pero todo eso fue una cortina de humo. La marca estaba allí para poder vigilarme.

McGrath es tan bueno que me está enseñando incluso cuando no está. Y él me acaba de enseñar la última lección: no confíes en tu maestro.

Piensa en todas las reglas que aprendió a lo largo de los años. ¿Cuántas son verdaderas, se pregunta, y cuáles son una mierda? Apaga el cigarrillo y se acerca a la ventana. Descorre la cortina con un dedo y mira hacia el callejón.

Horvath puede ver un poco de la acera. Un hombre con un abrigo oscuro y un sombrero de ala ancha está parado al lado de un edificio. No se mueve.

Deja que la cortina se cierre. ¿Estoy a salvo aquí? ¿Debería pasar la noche en otro lugar?

Probablemente me estén esperando en el vestíbulo o fuera de la entrada principal. Podría deslizarme por la puerta trasera. O si el hombre de afuera se va, podría bajar por la escalera de incendios.

Se mueve hacia la puerta de la escalera de incendios para tener un mejor ángulo.

Ahora ve la correa y el terrier gris. El hombre simplemente está paseando a su perro.

El reloj marca las 3:17.

Horvath se pone los pantalones. Es demasiado tarde para volver a dormir.

Un ruido suave, como un ratón corriendo dentro de las paredes.

Alguien está intentando abrir la cerradura.

Un arma. Corre al baño para ver si hay una tubería suelta debajo del fregadero. No. ¿Barra de cortina? No lo suficientemente pesado. ¿Maquinilla de afeitar? Probablemente esté mejor con mis manos.

Cuando Horvath sale del baño, no está solo.

McGrath está en el centro de la habitación sosteniendo una Luger de la Segunda Guerra Mundial. Él estaba en las Ardenas, si puedes creer las historias.

Ahora sé por qué no quiere que lleve un arma, piensa Horvath. De esa forma, él siempre tendrá la ventaja sobre mí.

"Puedo leer tu cara como una de esas novelas baratas que siempre estás leyendo", dice McGrath. "Pero no te sientas mal por ser estafado. Nos pasa a todos ".

"El mejor de nosotros, ¿Eh?"

"Sólo una forma de hablar".

"Correcto." Sus manos están cerradas en puños y sus bíceps palpitan.

McGrath sonríe. "No vas a hacer nada estúpido, ¿Verdad?"

"Demasiado tarde. Ya lo hice."

"Me alegra ver que no ha perdido su sentido del humor".

McGrath tiene el pelo gris, las manos venosas y la espalda comienza a encorvarse.

"¿No eres un poco mayor para esto?" Pregunta Horvath.

"SÍ."

"Entonces, ¿Por qué lo haces?"

"Porque no tengo otra opción".

"Siempre hay una opción".

"Al principio, tal vez, pero no más tarde. Después de un tiempo, estás a merced de todas las decisiones que ya tomaste ".

Horvath mira hacia atrás a través de su vida, que parece nada más que una larga serie de errores estúpidos.

"Ahora estoy mirando hacia la jubilación. Uno o dos años más, me echarán. La cosa es que no he ahorrado lo suficiente ".

"Eso no fue muy inteligente".

"No soy yo, es mi esposa. Siempre quiere un coche nuevo, ropa nueva, un lavavajillas eléctrico, todo. Ella gasta dinero como si estuviera pasando de moda ".

"El dinero nunca pasa de moda".

"Tienes razón. De todos modos, he estado revisando durante años, para mantenerme al día con sus gastos. Tengo una cuenta bancaria que ella no conoce, en pocas ciudades ".

"Buena idea."

"El problema es que Wilson ha estado haciendo algunas preguntas desagradables últimamente. Se está acercando ".

"¿Así que te asustaste y preparaste este plan de Van Dyke?"

"No exactamente. Lo tenía planeado durante años. Es una estafa larga".

"¿Cuánto tiempo?"

"Desde el día que te conocí en ese salón de billar".

"¿Recuerdas eso?"

"Por supuesto."

Horvath se siente como un tonto. Todo fue mentira, desde el principio. Sabía que era estúpido, pero no se daba cuenta de que era un idiota total.

"Así que cuando Wilson y sus lacayos vinieron husmeando y se dieron cuenta de que se había perdido algo de dinero, les dije que era cualquiera menos tú. Que confiaba en ti más que en mi propia madre".

"¿Lo compraron?"

Bueno, es la verdad. Pero al mismo tiempo, planté pruebas que sugirieron que, después de todo, quizás no eras tan honesto".

"¿Cómo que?"

"Mira, no has estado en tu escritorio por un tiempo. Es posible que hayan encontrado algunos recibos incriminatorios, una hoja de papel con los números de cuenta de la empresa escritos a mano ... "

"¿Así que ahora Wilson sospecha de mí?"

"Todos lo hacen. De hecho, registrarán su apartamento más tarde hoy. Encontrarán dinero debajo de las tablas del suelo y un segundo juego de libros. Una hora más tarde, enviarán a dos tipos aquí para matarte".

"Entonces, ¿Por qué no los dejas?" él pregunta.

"De lo que me dijo Doris, estabas empezando a darte cuenta. Si el equipo de recursos humanos de la empresa hubiese venido aquí para gestionar su jubilación anticipada, podría empezar a hablar ".."

"No querrías que le revelara ninguno de sus secretos comerciales".

"Exactamente."

"Hacerte cargo tú mismo es el Plan B".

"Me conoces, Horvath. Tengo todo un alfabeto de esquemas bajo la manga."

"Estoy seguro que sí. Tal vez incluso tengas una de esas e francesas con una línea inclinada sobre la cabeza".

"Creo que es una boina".

Horvath está demasiado nervioso para reír. "¿Y qué hay de Van Dyke?"

Me decepcionas, Horvath. No hay Van Dyke".

"Sé que no tomó el dinero y que no estoy realmente aquí para encontrarlo, pero existe. Vi su foto en el periódico, de pie detrás del alcalde y el jefe de policía".

McGrath se ríe. Mira, chico. Ha estado buscando en bibliotecas y archivos durante semanas. Siguiendo a la gente, husmeando en edificios destruidos, haciendo preguntas. Seguro que te tropezarías con alguien llamado Van Dyke. Es solo una coincidencia.

"No creo en las coincidencias".

"Algunas cosas existen, creas en ellas o no".

"Está bien, pero ¿Por qué yo?"

"Sin razón." El se encoge de hombros. "Necesitábamos un chivo expiatorio y tú eras él".

"Que suertudo."

"Yo diría que lo siento, pero no lo estoy. Conocías las reglas y los peligros. Sabes cómo funciona el juego".

"Pensé que sí".

Horvath está temblando, por dentro y por fuera. Sabía que McGrath era una rata, pero es diferente verlo aquí en persona, escucharlo hablar. Es un hombre completamente nuevo ahora que la estafa terminó. Incluso su voz suena diferente.

"¿Nunca supiste?" Pregunta McGrath. "¿No sospechaste nada?"

"Ni por un segundo."

"No te ofendas, Horvath, pero eres un tonto".

"Culpable de los cargos". Hace una pausa, mirando a todas partes menos a McGrath. "Pensé que eramos amigos."

"Ni por asomo. ¿Sabes cuál es tu problema?

"Supongo que estás a punto de decírmelo".

"Buscas con demasiada atención pruebas de un delito. Sangre, violencia, asesinato, caos. Mafiosos, corrupción, niños en problemas... todas las señales obvias. Pero a veces todo eso no es más que una distracción de lo que realmente está sucediendo. Te dejé un montón de migas de pan y las seguiste como un buen detective. Pero todos eran insignificantes, sólo pistas falsas".

"No te olvides de Lana".

"Ella era la mayor distracción de todas", dice McGrath. "Ves, eres un tipo inteligente, pero no lo suficientemente inteligente. Estabas buscando demasiado y en todos los lugares equivocados. Un par de cadáveres caen en tu regazo y crees que son importantes".

"¿No lo haría nadie?"

"Quizás, pero a veces un cuerpo es solo un cuerpo, 81 kilos de carne inútil. Tienes que prestar atención a las pequeñas cosas, no solo a las salpicaduras de sangre y las mandíbulas rotas. Un libro dejado en la posición incorrecta sobre una mesa. La puerta abierta. La cama de flores con una sola huella. Un crimen no siempre parece un crimen, y la evidencia no siempre te abofetea. Tienes que reducir la velocidad y ver las pequeñas cosas, Horvath. Tienes que caminar por los bordes y mirar todos los rincones oscuros. Te enseñé esto".

"No, no lo hiciste".

"Eh, pensé que sí". El sonríe. "Supongo que omití una de las reglas".

La conmoción, el arrepentimiento y la amargura han salido por la puerta. Ahora está lleno de ira y venganza. Su sangre es una cuerda gruesa que se retuerce por sus venas.

"Eres un buen hombre, Horvath".

"¿Oh sí?"

"Sí, y ese es otro problema". McGrath amartilla la Luger.

"Rompiendo tus propias reglas, ya veo".

McGrath mira la pistola. "Así es. Sin herramientas". Él ríe. "Me lo estaba inventando todo a medida que avanzaba. ¿Lo sabes bien? No había reglas".

"Seguí a cada uno de ellos".

McGrath frunce el ceño y niega con la cabeza al joven crédulo que ya no es tan joven.

Es un buen código, tanto si McGrath cree en él como si no.

"¿Sabes por qué dejaste una marca tan perfecta?" Pregunta McGrath. "Porque fuiste la última persona en la tierra que alguna vez pensaría que lo era. Confiaste demasiado en mí ".

"Parece que estoy lleno de debilidades".

"Te enseñé a esconderlos, ¿no? Para que tus enemigos no puedan usarlos en tu contra ".

"Sí, me enseñaste eso. Simplemente no sabía que confiar en ti era una debilidad ".

"Bueno, ahora lo haces". Da un paso más cerca de Horvath, apunta la pistola a su pecho. "¿Última petición?"

¿Tienes tiempo para freírme un bistec? ¿Quizás un poco de puré de papas al lado?

"Lo siento, dejé al hibachi en mi otro traje".

"¿Qué tal un cigarrillo?"

McGrath asiente.

Horvath alcanza lentamente la mesa auxiliar, recoge los cigarrillos y el encendedor. Saca uno del paquete y se lo lleva a la boca. Cubre el cenicero con una novela de bolsillo.

"Date prisa."

Prende el encendedor y da una calada profunda.

McGrath mira su reloj. Está pensando en el largo viaje de regreso a casa y dónde detenerse para desayunar.

Horvath fuma el cigarrillo rápidamente, lo que hace que su corazón palpite y los brazos se estremezcan.

"Es el momento", dice McGrath.

Se levanta. "¿Qué hago con esto?"

Tan pronto como McGrath gira la cabeza para buscar un cenicero, Horvath da un salto hacia adelante, agarra la pistola, e intenta arrebatárselo de la mano.

McGrath es fuerte para ser un anciano, con hombros anchos,

músculos delgados y manos grandes y carnosas. Grita como un salvaje y abre bien la boca, mostrando los dientes. Antes de que McGrath pueda morderlo en el cuello, Horvath le da un cabezazo.

Está más sorprendido que herido, pero Horvath tiene un segundo para arrancarle el arma de la mano y golpearlo en la cara.

McGrath no pierde el tiempo. Él se apresura a Horvath y lo taclea antes de que pueda disparar.

El arma se le cae de la mano y rueda hacia la ventana.

Salta primero, pero espera a que McGrath se ponga de pie.

El anciano está sin aliento, su rostro pálido y húmedo.

Horvath deja que McGrath haga el primer disparo. Lo bloquea con su antebrazo izquierdo, luego lo golpea en la nariz y lo sigue con un gancho en la mandíbula.

McGrath se tambalea. Antes de que pueda recuperarse, Horvath aterriza dos golpes de conejo, lo agarra por la corbata y lo arroja al suelo.

Ahora es Horvath quien respira con dificultad mientras su mentor está arrodillado en el suelo. No está seguro de cuál es el siguiente paso.

McGrath se pone de rodillas, con un pie en el suelo para mantener el equilibrio. Parece estar a punto de sufrir un infarto. Labios morados, cabello tornado, ojos borrosos. "Bueno. Me rindo. Me tienes." Se afloja la corbata, intenta recuperar el aliento.

Horvath está a un metro de distancia, con las manos en las caderas.

McGrath comienza a ponerse de pie, con los brazos caídos a los lados. Con un movimiento rápido, alcanza su calcetín y saca una navaja.

Horvath está listo para ello. Patea el cuchillo de su mano y este golpea contra la pared.

"Ese es un viejo truco, McGrath. Tú me enseñaste eso hace un año".

"¿Lo hice?"

"Debería haberme retenido eso. Ahora conozco todos tus trucos".

"Este no."

McGrath corre hacia la puerta abierta, atraviesa la cortina y salta por la escalera de incendios. Se ha llevado la cortina con él. Está tres pisos más abajo, pero debe haber apostado que las probabilidades de sobrevivir a la caída son mejores que un disparo a corta distancia.

Horvath sale a la escalera de incendios y mira hacia abajo. El cuerpo no se mueve, envuelto por la cortina como un cuerpo en la morgue. La sangre ya ha formado un charco ancho y poco profundo porque no saltó lo suficientemente lejos. El torso de McGrath está empalado en la punta de hierro de una pequeña valla que rodea tres botes de basura. No tuvo esto en cuenta cuando hizo su apuesta.

Ahora está retirado, piensa Horvath. Y no necesitaba Recursos Humanos para presentar el papeleo.

DEJANDO LA CIUDAD

Horvath sale del hotel y camina hacia la estación de autobuses en el extremo sureste de la ciudad. Es una mañana fría y la niebla es una manta espesa.

Le palpita la cabeza.

Se detiene en una cabina telefónica y llama a la empresa.

Lourette contesta. "¿Sí?"

"Horvath aquí".

"¿Qué hay de nuevo?"

"No hay Van Dyke. McGrath robó el dinero, pero me tendió una trampa. No estoy seguro de si lo sabía o no ".

"Lo sospechábamos y ahora lo sabemos".

"¿Registraste mi apartamento?"

"Sí, encontramos el bulto".

"No tengo nada que ver con eso".

"Lo sabemos. ¿Dónde está McGrath?"

"Limpié el desorden".

"Bueno. ¿Vas camino a casa?

"Sí, voy a tomar un autobús ahora".

"Bien. Pasa por la oficina mañana. Wilson querrá verte, averigua la verdad ".

"Por supuesto. Estaré allí."

El teléfono se apaga.

No hay forma de que vuelva. A la firma le gusta atar todos los cabos sueltos, incluso los que no están tan sueltos. Le clavarán un cuchillo en la espalda o un trozo de metal frío en la cara.

Sigue caminando.

En el depósito, se acerca a la ventana y espera a que el empleado mire hacia arriba.

"¿Hasta dónde me llevará esto?" Deja un par de billetes en el mostrador.

"A mitad de camino de Denver."

"Entonces ahí es donde voy".

El empleado desliza un boleto y algunas monedas por el mostrador.

Horvath recoge el dinero y su boleto, se da la vuelta y camina hacia una fila de bancos de madera en la sala de espera.

Su bolso es tan ingrávido como el día que llegó a la ciudad.

Viaja ligeramente.

Esa era una de sus reglas. Horvath decide seguir siguiéndolos todas, aunque el código no era real y tampoco lo era McGrath. Ha perdido todo lo demás, así que bien podría aferrarse a esta única cosa. En cualquier caso, las reglas funcionan.

El banco es duro e implacable. Piensa en los bancos de la iglesia cuando era un niño. No podía quedarse quieto por más de unos minutos a la vez. Le dolían los zapatos buenos y la corbata le estrangulaba la garganta. Mira hacia el alto techo abovedado, el secretario y el mostrador como un sacerdote y un altar. La mesa de llegadas y salidas cuelga como un crucifijo en lo alto.

Sin embargo, esta no es la casa de Dios. Es una estación de autobuses sucia en una ciudad mala. Estará feliz de dejarlo todo atrás.

Se siente como el final de una era. Algo está muriendo, pero sobre todo eso es algo bueno.

Horvath consulta su reloj. El autobús sale en 20 minutos.

Un vagabundo busca en un basurero restos de comida.

Un hombre de negocios cruza el vestíbulo con un maletín de cuero que parece una especie de arma medieval.

Una familia de cuatro se acerca al mostrador, sonriendo como si nunca antes hubieran estado de viaje.

Saca un libro de su bolsillo. *Los Besos matan*. Es una novela policíaca, pero bien podría ser la autobiografía de Lana. Se ríe para sí mismo. La dama a su izquierda, con un traje chillón falso de Chanel, arruga la cara y se desliza unos centímetros por el banco.

El autobús llega justo cuando la historia está mejorando.

Horvath se mete el libro en el bolsillo, se levanta y sale. Quiere un asiento atrás.

Afuera, el cielo es gris. Tiene que esperar a que el conductor le deje entrar.

Él se sienta. La gente está subiendo, eligiendo asientos, guardando bolsas. Unos minutos más tarde, el autobús se aleja de la estación.

Mira por la ventana y ve cómo la ciudad desaparece en una nube de polvo y grava.

Se le acabó la aspirina, pero su cabeza se siente un poco mejor ahora.

Pasan por un depósito de chatarra, una piscina de automóviles para la policía de la ciudad, un sindicato de fontaneros, el Ayuntamiento de Tipos Extraños, una fábrica de galletas para perros que escupía humo negro al cielo.

Intenta imaginar dónde se asentará, pero no puede.

La ciudad termina y pasan sobre un río, a través de tierras de cultivo y bosques.

Lago, silo, vacas pastando estoicamente. Casas, campos de trigo y maíz. Escuela, iglesia, comedor y todo lo demás. Mira todo y nada.

Sin esposa, sin casa, sin auto. Sin amigo, sin trabajo, sin adónde ir. Ni Doris. Ni siquiera una Lana.

Horvath cierra los ojos. Ve un campo verde y, a lo lejos, un estanque quieto. Un ciervo se detiene, mira hacia arriba y se aleja. Ve un pueblo tranquilo a cinco estados de distancia. Nadie podría conectarlo con él, ni en un millón de años. Nadie jamás lo buscaría allí. Lo ha mantenido en secreto durante años. Su ex esposa no lo sabe. Incluso McGrath no lo sabe.

Ve un roble y, tres pasos al noroeste, un trozo de tierra fresca.

A 1 metro debajo, hay una caja de metal cerrada llena de dinero en efectivo.

El truco consistía en tomar un poco a la vez, a intervalos aleatorios, y tomarlo de una variedad de cuentas. Sin patrón, nada que haga notar a nadie.

Ellos nunca supieron. El problema de McGrath era que agarraba demasiado, demasiado rápido y siempre de la misma caja. Pensó que estaba siendo inteligente. Pensó que era una estafa larga, pero era solo una serie de estafas breves y obvias.

Escondí bien mis huellas. Nunca lo descubrirán. Pero incluso si lo hacen, Wilson no lo rastreará hasta mí. Tampoco Atwood ni ninguno de los demás. Cuando se den cuenta de que no voy a volver, asumirán que es porque tengo miedo de que me maten. Y no enviarán a nadie a buscarme. Después de todo, ese es mi trabajo

Pasará algunas noches a medio camino de Denver. Tal vez se deje crecer el bigote. Luego se disfrazará y volverá al autobús. Al día siguiente, visitará el campo y el roble. Recuperará su dinero y comprará otro billete de autobús. Irá a algún lugar lejano y nunca volverá.

Sonríe y estira las piernas. Tiempo para una siesta.

El autobús gana velocidad en la carretera. El piloto tiene cosas que hacer y quiere hacer un buen tiempo.

El zumbido de los neumáticos sobre el asfalto lo adormece.

Y la niebla comienza a levantarse.

Querido lector,

Esperamos que hayas disfrutado leyendo Oscuro Final de la Calle. Tómate un momento para dejar una reseña, aunque sea breve. Tu opinión es importante para nosotros.

Descubre más libros de Andrew Madigan en https://www.next-chapter.pub/authors/andrew-madigan

¿Quieres saber cuándo uno de nuestros libros es gratuito o con descuento? Únase al boletín en http://eepurl.com/bqqB3H

Atentamente,

Andrew Madigan y el equipo de Next Chapter

SOBRE EL AUTOR

Andrew Madigan es un escritor y novelista independiente de Washington, DC. Ha vivido en Dubai, Okinawa, Corea del Sur, Tokio, Nueva York, Reino Unido, St. Louis y Abu Dhabi. En el pasado, trabajó como profesor, conserje, administrador universitario, columnista, editor, entrenador de rugby, investigador de fraudes y suplente de Bill Murray. Sus escritos han aparecido en The Guardian, The Observer, The Washington Post, The Iowa Review, The Christian Science Monitor, The Believer, The New Haven Review, The London Magazine, Lucky Peach y otras publicaciones periódicas. Su primera novela, La pared de Khawla, fue publicada por Second Wind. Vive con su esposa, tres hijas y una amada colección de discos.

Lightning Source UK Ltd.
Milton Keynes UK
UKHW042111230221
379286UK00008B/345/J